तितलियों का शोर

तितलियों का शोर

हरिओम

वाणी प्रकाशन

वाणी प्रकाशन
4695, 21-ए, दरियागंज, नयी दिल्ली 110 002
फ़ोन : +91 11 23273167 फ़ैक्स : +91 11 23275710
शाखाएँ
अशोक राजपथ, पटना 800 004, बिहार
कॉफ़ी हाउस कैम्पस, महात्मा गांधी मार्ग, इलाहाबाद 211 001, उत्तर प्रदेश
महात्मा गांधी अन्तरराष्ट्रीय हिन्दी विश्वविद्यालय, वर्धा 442 001, महाराष्ट्र
www.vaniprakashan.in
marketing@vaniprakashan.in
sales@vaniprakashan.in

TITLIYON KA SHORE
by Hariom

ISBN : 978-93-88684-53-8
Collection of Stories

प्रथम संस्करण 2010

मूल्य : ₹ 350

सिटी प्रेस, दिल्ली-110 095 में मुद्रित

वाणी प्रकाशन का लोगो मक़बूल फ़िदा हुसेन की कूची से

समर्पण

ज़िंदगी में अमन-चैन, प्यार मोहब्बत और
इन्सानी तहज़ीब को ज़रूरी मानने वालों के लिए

आभार

वागर्थ, नया ज्ञानोदय, कथादेश, बया, कथा, पक्षधर वार्ता, रचना समय, शुक्रवार, कथानक, समकालीन जनमत, परिकथा, इस बार, नई दुनिया आदि के संपादकों के प्रति जिन्होंने अपनी पत्रिका में इन कहानियों को प्रकाशित कर मुझे पाठकों तक पहुँचाया।

अफ़साने से हक़ीक़त तक

अपने पहले कहानी संग्रह 'अमरीका मेरी जान' से ही ख़ासे चर्चा में आए हरिओम का दूसरा कहानी संग्रह 'तितलियों का शोर' है। यह संग्रह इस मायने में महत्त्वपूर्ण है कि एक संभावनाशील कथाकार को यहाँ परिपक्व होते आप महसूस कर सकते हैं। पिछले दशक में भारतीय समाज, ख़ासकर ग्रामीण समाज में हुए महत्त्वपूर्ण बदलावों को इन कहानियों से गुज़रते हुए न सिर्फ़ महसूस किया जा सकता है बल्कि उसके कारणों की पड़ताल भी की जा सकती है। इन कहानियों में समाज की मुख्यधारा से बहिष्कृत 'गुमनाम हैसियत और वजूद वाले लोगों' की भरपूर मौजूदगी है। समाज के हाशिए पर ठेल दिए गए ऐसे लोगों की आँखों में मौजूद सपनों को तहस-नहस करने वाली तथाकथित व्यवस्था की चीर-फाड़ के साथ ही मेहनतकशों के सपनों को सिरजने की ईमानदार जद्दोजहद के प्रमाण भी इन कहानियों में मिलते हैं।

संग्रह में कुल ग्यारह कहानियाँ है। 'ज़िंदगी मेल' से 'बर्फ़' तक की इस यात्रा में 'तितलियों का शोर' है। कुछ अदृश्य 'परछाइयाँ' है जो सभ्यता के विकास के साथ ही प्रेतात्माओं की तरह चिपटी चली आ रही हैं। प्रेत रूपी ये परछाईयाँ आज़ादी के कितने वर्षों बाद भी हमें सुख मयस्सर नहीं होने दे रही हैं, भले ही हमने विकास रूपी 'रामराज की बग्घी' सजा ली हो। यहाँ आपको कुछ 'जानवर' ऐसे मिलेंगे जिन्होंने 'भूसा' खाना छोड़ दिया है। इन जानवरों को अब मनुष्यों का शिकार कर 'जश्न' मनाने का अवसर मिला है। ऐसे ही लोगों ने 'सेवा' के लिए भक्तों की फ़ौज खड़ी कर ली है। और हाँ, हनी और मनी की चाश्नी से तैयार नए ज़माने की शीरी के लिए 'दास्ताने-शहादत' की कथा 'एक और फ़रहाद' के ज़रिए मिल जाएगी।

आज़ादी के पिछले सत्तर सालों में हमने कई उतार-चढ़ाव देखे हैं लेकिन नब्बे के बाद का हाहाकारी दशक हमारा निकटतम अतीत है जिसने भारतीय समाज व्यवस्था के भीतर काफ़ी नकारात्मकता का प्रसार किया है। एक पंगु राष्ट्र के रूप में मिली

आज़ादी के साथ देश विभाजन एक हादसे की तरह था। किन्तु आज़ाद भारत में पैदा हुई पीढ़ी के लिए विभाजन की स्मृतियाँ थीं, उसके प्राथमिक अनुभव नहीं। कहाँ तो ऐसा होता कि विभाजन के ज़ख़्मों को हम सचमुच सूख जाने देते और अतीत की उस स्मृति को एक दु:स्वप्न मानकर नए और स्वस्थ समाज के सृजन की ओर क़दम बढ़ाते। हमने इस ओर क़दम बढ़ाए भी थे पर उसे एक निर्णायक मुकाम तक ले जाने के लिए पूरी व्यवस्था को जिस अन्त: संघर्ष और आधुनिक बोध से गुज़रना था, वह माहौल देने में हमारी राजव्यवस्था और नागरिक भावना नाकाम रही, फलत: एक वैज्ञानिक सोच और तार्किकता आधारित समाज व्यवस्था के निर्माण के उस लक्ष्य से क्रमश: पिछड़ते चले गए। सिद्धांतत: 'समता' और 'पंथनिरपेक्षता' को स्वीकार करने के बावजूद धर्म, वर्ण और जातिगत आधार पर विभाजित समाज के भीतर साम्प्रदायिक सोच भी अपने लिए खाद-पानी जुटाती रही। दलितों, आदिवासियों, किसानों और अल्पसंख्यकों के साथ नए भारत निर्माण के अधूरे कार्यभार को पूरा करने के बदले हमने धीरे-धीरे उनको मुख्यधारा से ही बहिष्कृत कर दिया। परिणाम यह हुआ कि जो सामाजिक तबके आज़ादी के समय हमारे लिए एक संभावना थे, उन्हें हमने समस्या मानकर उनसे किनारा कर लिया और मुख्य धारा में उन्हें शामिल करने का कोई सचेत प्रयास ही नहीं किया। 1990 के बाद उदारवाद की आँधी ने रही सही संभावना को भी ख़त्म कर दिया। नई आर्थिक नीतियों के चलते आर्थिक विषमता बढ़ती चली गई, साथ ही पूँजी प्रायोजित सामजिक विषमता और साम्प्रदायिक उभार को भी बढ़ावा मिला। यह संयोग मात्र नहीं था कि उदारवाद के स्वीकार के साथ ही हमने साझी विरासत को सम्हालने के प्रयासों को निर्णायक चोट दी। बाबरी विध्वंस की घटना ने ज़ख़्म को फिर से हरा कर दिया था। भारतीय समाज का वह हिस्सा भी इसके चपेट में आ गया जो अन्यथा अपने जीवन की अन्य ज़रूरतों के लिए न सिर्फ़ परस्पर निर्भर था बल्कि एक-दूसरे के सुख सपनों का साथी था और दुखदर्द में भागी था।

आज़ादी के बाद के भारतीय समाज के इसी यात्रा के एक दृश्य-चित्र के रूप में इस संग्रह की पहली कहानी 'ज़िंदगी मेल' को पढ़ा जा सकता है। कहानी में नरेटर ख़ुद एक यात्री की तरह शामिल है और पूरी कहानी ट्रेन के एक डिब्बे के भीतर चलने वाले क्रिया-व्यापार के सहारे गति पकड़ती है। ट्रेन के उस सामान्य श्रेणी के डिब्बे में बैठे लोगों की स्थिति बहुत कुछ वैसी ही है जैसा वीरेन डंगवाल ने अपनी एक कविता में बताया है—अब तो डिब्बे भी पांच एसी के/ बाकी में ठूँसा हुआ सारा वतन। कुछ नौजवान लड़कों का एक समूह अपनी पहचान से विरत सामान्य क्रिया कलाप के साथ इस यात्रा में शामिल था। लेकिन ग़ौरतलब बात यह है कि

वे भले ही अपनी पहचान से अनभिज्ञ हो पर उनके साथ यात्रा करने वाला शेष समूह उनकी पहचान और सामूहिकता दोनों के प्रति सचेत था और उनकी हर हरकत पर संदेहयुक्त बारीक नज़र रखे हुए था। कभी-कभी तो नज़रें उठाकर प्रतिक्रया भी दे रहा था कि—'ये साले हमेशा झुण्ड में क्यों चलते हैं।' जहाँ उनकी सामान्य हरकत के आधार पर भी अन्य यात्री उन्हें असभ्य और असंस्कारित मान रहे थे, इस सबके उलट ताज्जुब तो नरेटर को भी हो रहा था कि अल्ताफ़ रज़ा और अदनान सामी के संगीत में अपना भविष्य ढूँढने वाली पीढ़ी के ये कैसे नौजवान हैं जो पुराने फ़िल्मी गानों को अपने मोबाइल में लिए घूम रहे हैं।

समूह में यात्रा कर रहे ये यात्री नौजवान मुसलमान हैं जो अपनी रोज़ी-रोटी के लिए, दुकान की ज़रूरतों को पूरा करने के लिए दिल्ली से अलीगढ़ की यात्रा पर थे। असल में यह कहानी पिछले कुछ वर्षों में बहुसंख्यक समाज के भीतर बना दिए गए उस 'कामन सेन्स' की रचनात्मक आलोचना विकसित करने का प्रयास करती है कि क्यों एक मुसलमान सिर्फ़ 'मुसलमान' समझा जाता है। आख़िर अलीगढ़ से लेकर आज़मगढ़ जैसे तमाम-तमाम शहर हिन्दुस्तान के ही नक़्शे में पाए जाते है और इन शहरों में रहने वाले लोगों का ख़ून-पसीना भी इस भारत देश की मिट्टी में मिला हुआ है। भूख, शिक्षा, रोज़गार जैसे तमाम ज़रूरी पहलू उनके जीवन का भी सच है जिन्हें हम सिर्फ़ 'मुसलमान' मानते हैं। त्रासदी यह है कि आज़ादी के बाद इस देश की 'ज़िंदगी मेल' से जुड़ा वह सबसे पिछला डिब्बा यात्रा के इतने वर्षों बाद कब चुपचाप हमसे अलग हो गया, हमें इसका पता ही नहीं चला।

ऐसे ही 'हवाले और हादसे' के मेल से बनी एक और कहानी है—'रामराज की बग्घी'। कहानी का शीर्षक निश्चित ही हमें पूर्वानुमान की ओर ठेलता है पर जो अंतर्वस्तु है वह जानी पहचानी होते हुए भी अपने शिल्प की वजह से अनूठी है। यह कहानी ददन पुर उर्फ़ बनपुरवा नाम के एक गाँव की है। यह गाँव भी देश के उन तमाम गाँवों की तरह ही है जो आज़ादी के बाद से ही 'रामराज' के आने के इंतज़ार में है। हाल के वर्षों में राजनीतिक हलकों में इस तथाकथित रामराज की गूँज हमें कुछ ज़्यादा ही सुनाई देने लगी है। परन्तु पुरानी समाज व्यवस्था के टूटने के साथ बनती नई सामजिक संरचना का उभार भी इसी के साथ हुआ। इस नई सामाजिक संरचना के भीतर अवसर जनित लाभ से फ़ायदा पाए ख़ास समूहों की अपने समय की सत्ता संरचना के साथ तमाम गुणावगुण में संलिप्तता जाहिर हुई। इस तरह उसने अपने ही समूह के साथ एक ऐतिहासिक विश्वासघात किया। साथ ही भ्रष्टाचार, पंचायती राज की पेंचीदगी, ठेका,पट्टा-कोटेदारी में पिसती और कार्ड से अपने संपन्न और विपन्न होने का पता देती ग्रामीण जनता—एक साथ कई स्तरों

पर यह कहानी चलती है। इस कहानी में ऐसी कई अंतर्कथाएं एक कथा के भीतर मिलेगी जिसे हम रोज़-ब-रोज़ की ज़िंदगी में अब झेलने के अभ्यस्त हो चुके हैं। आश्चर्य यह है कि नित्य घुट-घुट कर जीवन संग्राम लड़ते लोगों के लिए आत्मसम्मान और सुख एक सपना ही है जिसे 'रामराज की बग्घी' के हवाले कर दिया गया है। किसानों के लिए 'रामराज' अभी भी एक अंतहीन इन्तजार है जिसकी क़ीमत लाखों किसानों की ज़िंदगी लेकर भी नहीं वसूली जा सकी है। कहानी का आखिरी हिस्सा इस लिहाज़ से द्रष्टव्य है, 'रात इतनी नई और ख़ुशगवार थी कि रामराज को सुबह की ज़रूरत नहीं महसूस हुई। पहले बीवी और बच्चों ने जाना फिर पूरे बनपुरवा और फिर पूरी पंचायत ने जाना कि रामराज सिधार गए। धीरे-धीरे लोगों का जमावड़ा लग गया। जितने लोग उतनी बातें। बीमारी, ठंड और भूख तीनों वजहें हवा में थी।' कैसी त्रासदी है रामराज के जीवन की आखिरी रात उनके जीवन की सबसे 'ख़ुशगवार' रात थी। इसके बाद भी विडम्बना यह कि मौत पर आंकड़ों की बाज़ीगरी भारी पड़ती है। जो रिपोर्ट सरकार को मौक़े के अधिकारी द्वारा प्रस्तुत की गई, उसकी बानगी देखिए—

'महोदय अवगत कराना है कि सूचना मिलने पर तत्काल ग्राम पंचायत बनपुरवा में मौक़ा जाँच की गई। रामराज पासवान पुत्र गनेशी पासवान, उम्र लगभग 45 बरस की मृत्यु बीमारी-बुख़ार से हो गई। उसके परिवार में बीवी और चार बच्चे-तीन लड़कियाँ और एक लड़का है। तलाशी के दौरान घर से लाल कार्ड और एक टिन गेहूँ बरामद हुआ। मृतक सरपंच का भाई था जिसे खाने-पीने की कोई दिक़्क़त नहीं थी। भुखमरी की ख़बर असत्य और निराधार है क्योंकि पोस्टमार्टम में मृतक के पेट से अनाज निकला था। सर्दी या शीतलहरी से मौत की बात भी बेबुनियाद है क्योंकि मृतक को एक कंबल भी दिया गया था। फिर भी एहतियात के तौर पर सरपंच से कहकर मृतक के घर पर पचास किलो गेहूँ-चावल रखवा दिया गया है।'

उदारीकरण की प्रक्रिया ने भारत के ग्रामीण समाज पर सबसे बुरा असर डाला है। विश्व बैंक प्रायोजित विकास ने घर-घर जो बहुराष्ट्रीय उत्पादों की ब्रांडिंग पहुँचाई है उससे प्रकृति और मनुष्य के रिश्ते के बीच एक दरार आई है। वस्तुओं के आधिक्य ने एक तरफ तो चकाचौध से भरा जीवन प्रदान किया है वही दूसरी तरफ पर्यावरण असंतुलन भी पैदा किया है। आख़िर हमारी दैनंदिन की ज़रूरतों को पूरा करने वाले बाग़-बगीचे, ताल-पोखर, कुएँ, क्रमशः ख़त्म होते गए और एक कृत्रिम जीवन शैली उनकी जगह लेती चली गई। इसी प्रक्रिया में हमारे गाँव क़स्बे में बदलते चले गए संक्रमण के इस दौर में गाँव के भीतर परम्परागत स्रोतों को बचाने के लिए संघर्ष करती पीढ़ी के साथ व्यवस्था को घुन की तरह चाटते ब्राह्मणवाद तथा नए ज़माने

के खतरों से अनजान अपनी धुन में खोई युवा पीढ़ी क्या व्यवहार करती है इसकी बानगी देखनी हो तो इक्कीसवी सदी के दहलीज़ पर खड़े एक गाँव में रहने वाले मण्डली–मंडलाइन की कहानी 'परछाइयाँ' ज़रूर पढ़नी चाहिए। कहानी का यह हिस्सा द्रष्टव्य है, 'देखते–देखते विकास की इस आँधी ने पूरे गाँव को अपने आगोश में ले लिया। रमाशंकर की ही तरह गाँव के तमाम पढ़े–लिखे लोग, जिनकी आँखों में तरक़्क़ी का सपना था, गाँव से शहरनुमा क़स्बों की ओर कूच कर गए। जाते–जाते अपने खेत बेच गए और अपने हरे बाग़ों को कटवा गए। जो कहीं नहीं जा सकते थे उन्होंने गाँव से बाहर नुक्कड़ पर चाय, टेलरिंग और किराने की दुकानें खोल लीं। बेपढ़े लिखे जवान लड़के जो पहले खेतों में काम किया करते थे या गाँव में निर्दुन्द घूमा करते थे,तरक़्क़ी की आँधी में उड़कर बड़े शहरों के कल–कारख़ानों में जा गिरे। गाँव में विकास का मज़ा लूटने के लिए मण्डली–मण्डलाइन की तरह कुछ बुज़ुर्ग जोड़े बचे जिनकी रातों की लम्बाई छोटी होती जा रही थी या फिर वे, जिन्होंने शहर जाने वालों से खेत–बाग़ ख़रीद लिए थे जिनकी रखवाली के लिए गाँव में रहना उनकी मजबूरी थी। वह गाँव जो पहले बिना बिजली के भी चाँदनी से खिलखिलाता लगता था वही अब पीले बल्बों और सफ़ेद रॉडों की रोशनी में बेहद उदास दिखने लगा। जब कभी रात अँधेरी होती और बिजली नदारद तो लगता जैसे काले धुएँ से घिरा कोई मरघट हो जिसकी पहरेदारी के लिए कुछ बुज़ुर्ग चौकीदारों को किसी ने रख छोड़ा है।'

ये वे अदृश्य परछाईयाँ हैं जो अब हर रात ही किसी गाँव में उतरती हैं और किसी न किसी मंडलाइन को अपना शिकार बनाती हैं। उदारीकरण प्रसूत सूचना क्रान्ति के इस ज़माने में जबकि कम्प्यूटर और हनुमान चालीसा समान रूप से फलदायक हैं तब किसी मण्डली–मण्डलाइन का शिकार करते इस व्यवस्था को कितना समय लगता ? यह व्यवस्था जिनका शिकार करती है उनके इर्द–गिर्द ही अंधविश्वास, श्रद्धा और कर्मकांड के मेल से एक ऐसा प्रपंच खड़ा कर देती है जो प्रकारांतर से शोषण आधारित इस व्यवस्था को ही मज़बूत करने का साधन बन जाते है। गाँव में पड़ने वाले अकाल से बचने के नाम पर जो किरदार साज़िश कर कुएँ में धक्का देकर मंडलाइन की हत्या करते हैं, वे ही मंडलाइन को 'चुड़ैल मैया' घोषित कर उसी कुएँ के सहारे अपने रोज़–ब–रोज़ की ख़ुशहाली का सामान जुटाने की जुगत कर लेते हैं—'चुड़ैल मैया के कुएँ का पानी कभी नहीं सूखा। चन्द रोज़ में यह कुआँ दूर–दूर तक मशहूर हो गया। लोग शादी–बीमारी, सुख–दुख हर मौक़े पर चुड़ैल मैया का आशीर्वाद लेने आने लगे। कुएँ से पानी निकाल होंठों से छुआते, सर पर उबारते और घर–बाग़, खेत–खलिहान, मकान–दुकान की बरकत के लिए लोटे,

कलश, डिब्बे या दूसरे बरतनों में परसाद की तरह ख़रीद कर साथ ले जाते। गाँव की पंचायत का हर छोटा-बड़ा सदस्य इस पवित्र धार्मिक स्थल के इंतजाम, श्रद्धालुओं की आवभगत और चढ़ावे के हिसाब-किताब में लग गया।'

ब्रिटिश उपनिवेशवाद से आज़ादी के वक़्त जो चीज़ बिना मांगे हमें सौग़ात में मिली वह थी राजनीतिक सत्ता की प्राप्ति हेतु व्यापक समाज के भीतर सांप्रदायिक विभाजन की कोशिश करना। शासक वर्ग का यह आज़माया और सबसे कारगर नुस्ख़ा है। ज़रूरत पड़ने पर वह इसके लिए देश और समाज को दंगों में भी झोक देने से परहेज नहीं करता है। इसी बात को लक्षित करते हुए कवि गोरख पांडे ने लिखा था कि—'इस बार दंगा बहुत बड़ा था / ख़ूब हुई थी/ ख़ून की बारिश/ अगले साल अच्छी होगी/फसल/ मतदान की।' नव उदारीकरण की प्रक्रिया ने भी इस समस्या को और बढ़ाया है। शासक वर्ग के मनोनुकूल उसने सूचना तकनीक के ज़रिए साधन और अवसर दोनों उपलब्ध कराएं हैं। आज़ादी के बाद भारतीय समाज में साम्प्रदायिक दंगों की बारम्बारता, उसके पीछे की राजनीति का सामाजिक-आर्थिक विश्लेषण अलग से एक वृहद् अध्ययन का विषय है। दंगों से प्रभावित होने वाला सामान्य जन जीवन आम तौर पर अपने रोज़ी-रोज़गार के संकट के चलते भरसक प्रयास करता है कि दंगे न हों और जनजीवन सामान्य बना रहे क्योंकि इससे सबसे ज़्यादा नुकसान उसी का होता है। भीष्म साहनी के 'तमस' से यही सीख मिलती है कि दंगों की भी एक वर्गीय संरचना होती है। वहाँ भी अमीर हिन्दू को बचाने के लिए अमीर मुसलमान मित्र अपनी ताकत लगा देता है जबकि सधर्मी मुसलमान नौकर को वही मित्र सीढ़ियों पर उसके कूबड़ में लात मारकर नीचे गिरा देता है। मतलब घृणा का आधार अमीरी और ग़रीबी पहले है जाति, धर्म, सम्प्रदाय बाद में। 'तमस' में जिस दलित नत्थू को मुराद अली सूअर काटने के लिए कहता है वह अनिष्ट की आशंका से कांपता रहता है। नत्थू स्वभावत: दंगे की नीयत से सूअर नहीं काटता बल्कि परिस्थिति के दबाव वश वह ऐसा करने के लिए मजबूर होता है पर उसकी अंतरात्मा उसका साथ नहीं देती। उपन्यास में नत्थू के अंतर्जगत में चलने वाले द्वंद्व का बड़ा सटीक चित्रण भीष्म साहनी ने किया है।

परन्तु हाल के वर्षों में हुए दंगों के सन्दर्भ में एक बात साफ़ तौर पर देखी जा सकती है कि सत्ता ने दंगों के भीतर वंचित समुदायों की भागीदारी का सचेत प्रयास किया है और उनका घनघोर साम्प्रदायीकरण भी किया है। अशिक्षा और बेरोजगारी से ग्रसित एक जो विशाल निम्नवर्गीय तबक़ा है उसके लिए तो जैसे दंगा ही रोज़गार है। समाज का यह हिस्सा कट्टर साम्प्रदायिक राजनीति के सबसे ज़्यादा काम आने वाले लोगों की जमात बनकर उभरा है जो नृशंस, आत्माहीन, और

आत्मभक्षी है। सत्ता भी इनका संरक्षण बहुत दिन तक नहीं करती। सामान्य अवसरों पर यही समूह अपनी मूलभूत आवश्यकताओं के लिए सत्ता के सामने सरदर्द साबित होने लगते है। कोई भी सचेत सत्ता अपने लिए भस्मासुर पैदा नहीं करेगी। अत: वह ऐसे लोगों को अपने हित में उपयोग कर रास्ते से हटा देने में ही यक़ीन करती है। अपने कलेवर में छोटी किन्तु प्रभाव में सघन कहानी 'जश्न' सत्ता के इसी चरित्र का आख्यान प्रस्तुत करती है। दुर्भाग्य से देश में ऐसी सत्ताएँ हरदम मौजूद रही हैं जो अपने 'जश्न' के लिए अपनी ही ग़रीब और श्रमशील जनता का शिकार करती रही है। यह कहानी दाऊ जी और साहेब की सामर्थ्य जनित साज़िश का शिकार हुए सेनापति जैसे दलित किरदारों की स्थिति को सशक्त ढंग से उभारती है—

"साहेब शांत मुद्रा में अपने कक्ष में विराजमान थे। दाऊ उनके ठीक सामने थे। शहर के आतिशी शोर की हल्की गूँज वहाँ भी थी।

"वह कौन था?"

"सायकिल मरम्मत की दुकान थी उसकी... नख्खास चौकी के पीछे। यही कोई बीसेक बरस का।"

"और इधर से।"

"सेनापती जी।"

"अब शहर का हाल?"

"हर तरफ़ जश्न साहेब! सुन्दर आतिशबाज़ी।"

साहेब की आँखों में जैसे अनार फूट पड़े हों, "उनकी परंपरा शहादत और मातम की रही है। हमारी शौर्य और उल्लास की। हमें अपनी-अपनी परम्पराओं का पालन करना चाहिए।"

इतिहास के इस नए बोध से दाऊ का पूरा शरीर रोमांचित हो उठा था।

साहेब ने दाऊ को ऐसे देखा जैसे कह रहे हों 'जाइये। आज जश्न की रात है। मौज कीजिए।' दाऊ जाने को मुड़े थे।

"कल से एक काम और बढ़ा आपका।" यह साहेब की आवाज़ थी।

"??"

"सेना के लिए नया सेनापति ढूँढने का काम।" साहेब इस बार मुस्कराए और उनका हाथ हवा में उठ गया था।"

त्याग और बलिदान की परम्परा के बरक्स शौर्य और उल्लास की परम्परा की तथाकथित उन्नायकों को हम अपने वर्तमान में भी पहचान सकते है और उनकी नीयत का अंदेशा भी कर सकते है कि उनका इतिहास बोध उन्हें किस तरह का भारत बनाने के लिए प्रेरित कर रहा है।

हत्या में जश्न ढूँढने की आदी यह प्रवृत्ति विचार के क्षेत्र में भी किसी लोकतांत्रिक आचरण का निर्वहन नहीं करना चाहती। विरोधी विचारों से संवाद का कोई तार्किक आधार विकसित करने की बजाय विरोधी को ही येन-केन प्रकारेण समाप्त करने पर वह तुल जाती है। यहाँ भी उसके लिए सबसे आसान शिकार अशिक्षित और असंस्कारित भीड़ है। ऐसी भीड़, जो बिना किसी पुख़्ता वैचारिक आधार पर सहमत हुए किसी भाई जी के आदेश मात्र पर किसी का भी शिकार करने के लिए तैयार रहती है। वैचारिक सहिष्णुता के ह्रास को अगर हम 'सेवा' कहानी में देख सकते हैं तो भीड़ न्याय की त्रासदी को 'जानवर' कहानी में। 'सेवा' कहानी के पात्रों और नामकरण की रोचक प्रक्रिया से गुज़रते हुए लगता है कि ये पात्र अमरकांत के 'हत्यारे' कहानी के दिशाहीन और भटके हुए नौजवानों का विकास हैं। अशिक्षा और बेरोज़गारी जनित जिस प्रक्रिया और घटना का परिणाम ये पात्र और चरित्र हैं उसे याद करने पर ऊपर से क्रूर और नृशंस दीखते इन पात्रों की दयनीयता और लाचारगी भी सामने आ जाती है। भाई जी के इशारे पर 'विद्वान दादा जी' को समझाकर लौट रहे प्रोफेसर का यह कथन ग़ौरतलब है कि—'भाई जी का दिया हुआ यह स्कूटर साला अब खटारा हो चुका है।' किसी सचेत पाठक के लिए इन कहानियों को पढ़ते हुए कलबुर्गी, गौरी लंकेश से लेकर अख़लाक़ और जुनैद की याद आना बेहद स्वाभाविक है। अपराध और राजनीति के परस्पर गठजोड़ की दास्तान 'दास्ताने-शहादत' नामक कहानी में उभरती हैं। आदिवासी इलाकों में आदिवासियों की देह और दौलत से खेलते नेता और अफसर आपाराधिक कारनामों में लिप्त है। उसकी क़ीमत जब चुकानी पड़ती है तो ठीकरा ग़रीब और वंचित आदिवासियों के हितों के लिए लड़ रहे समूहों पर फोड़ दिया जता है और इस आपराधिक गठजोड़ से ध्यान हटाने के लिए इसे नक्सल उन्मूलन कह कर प्रचारित किया जाता है।

इस संग्रह की तमाम कहानियों से गुज़रते हुए हमें आश्चर्य होगा कि 'बर्फ़' और 'तितलियों का शोर' जैसी कहानी भी इस संग्रह में है। बाल मनोविज्ञान की सूक्ष्म समझ के बिना तितलियों का शोर जैसी कहानी नहीं लिखी जा सकती थी। 'बर्फ़' पढ़ते हुए बार-बार यह महसूस होगा कि क्या यह उसी लेखक की कहानी है जिसने कि 'ज़िंदगी मेल', 'परछाइयाँ' और 'रामराज की बग्घी' जैसी कहानियाँ लिखी है। अपने नीदरलैंड प्रवास के दौरान लिखी इस कहानी के माध्यम से कथाकार पूँजीवाद द्वारा पैदा किए गए सभ्यतागत असंतोष और अकेलेपन का शिकार होते प्रेमी युगल के मनोजगत की यात्रा पर पाठक को ले जाता है। मार्टिन से उसकी प्रेमिका का प्रश्न है, ''मार्टिन! ऐसा क्या बचा है पाने को ज़िंदगी में जिसके लिए अलग होना ज़रूरी है?' एक अपरिचित परिवेश को साधते हुए परिवेश और वातावरण के

अनुरूप कथाभाषा का निर्वाह पाठक को चकित करता है। संग्रह की तमाम कहानियों के साथ रखकर पढ़ने पर यह कहानी एक प्रयोग की तरह लग सकती है जिसमें लेखक को सफलता मिली है।

नए क़िस्म के 'सामजिक' यथार्थ को जिस सघनता और संपृक्तता के साथ इन कहानियों में उभारा गया है, वह इस संग्रह को हमारे समय का एक विश्वसनीय रचनात्मक दस्तावेज़ बनाता है। अपने रचनाकार की सामर्थ्य को हरिओम इस संग्रह में परखते भी चले हैं और समृद्ध भी करते चले हैं। उनके पास कथ्य और अनुभवों की व्यापकता के अनुरूप एक समृद्ध कथा भाषा है जो देशज शब्दों, मुहावरों और अवधी के अवसरानुकूल प्रयोगों से अपने पाठक को बाँधती है। हरिओम के कहानीकार का नया विकास इन कहानियों में उनके पाठकों को मिलेगा—इस उम्मीद के साथ यह संग्रह पाठकों के लिए प्रस्तुत हैं।

—प्रेम शंकर

दयालबाग़ एजुकेशनल इंस्टीट्यूट

आगरा (उ.प्र.)

अनुक्रम

ज़िंदगी मेल

ये मौसम पिछले मौसमों से अलग नहीं था। राशन की दुकानों पर पहले जैसी लम्बी कतारें थीं। डीज़ल-पेट्रोल और घरेलू गैस की क़ीमतों में एक बार फिर इज़ाफ़ा हुआ था। देश में यह सच के तमाशों और ख़बरों के अकाल का दौर था। टेलीविज़न चैनलों पर रियालिटी शोज़ और घर बैठे करोड़ों कमाने का लोभ परोसने वाले कार्यक्रमों की भरमार थी। देश की बड़ी पंचायतें और हुक्मरान अवाम की सुरक्षा को लेकर ख़ासे फ़िक्रमंद और परेशान थे, इसलिए सरहदों पर सेना और मुल्क़ के भीतर पुलिस शोर-शराबा करने वालों, क़ानून-व्यवस्था की दुहाई देने वालों और पंचायती फ़रमानों का विरोध करने वालों की ज़बान गोली-बारूद, लाठी-डंडों और मुक़दमों की मार से बंद करने पर तुली हुई थी। अदालतों का काम क़ानून के मुताबिक़ बदस्तूर जारी था। रोज़-रोज़ बदलते नज़ारों से नज़र कुछ ऐसी हो चली थी कि ज़मीन काली और आसमान सफ़ेद दीख रहा था। वैसे ऋतुओं के लिहाज़ से यह सर्दियों का मौसम था और आम आदमी अपने सपनों और हसरतों की ज़िंदगी मेल पर सवार हमेशा की तरह झकपक अपनी मंज़िल की तरफ़ भागा जा रहा था। और मैं, मैं तो सिर्फ़ देख ही सकता था न...नहीं, शायद मैं आपको भी अपने साथ इस मंज़र में कुछ हद तक शरीक़ कर सकता हूँ। अगर आप बुरा न मानें, तक़ल्लुफ़ न करें और मेरी इस हिमाक़त के लिए मुझे माफ़ करें... ...ख़ैर...

दिल्ली की सड़कों पर छोटी-बड़ी गाड़ियों का काफ़िला एक-दूसरे को काटते, बचते-बचाते रेंग रहा था। वक़्त कुछ इतना गड्डमड्ड था कि शाम और रात का फ़र्क़ मुश्किल था। गाड़ियों से निकलने वाले धुँए और आँखों में चुभते कार्बन-कणों के कारण ये मुश्किल और बढ़ी जा रही थी। आसमान पीली-सफ़ेद रोशनी और काले धुँए में घुल बदरंग हो रहा था। सूरज को डूबे हुए शायद देर हो चुकी थी। वैसे भी जाड़ों के दिन अँगड़ाई लेते निकल जाते हैं। दिल्ली जैसे शहरों में ज़िंदगी

की तेज़ रफ़्तार अगर कहीं सुस्त पड़ती है तो इन सड़कों पर ही या फिर शायद उन बस्तियों में जिनसे ये शहर दिन में भी आँखें चुराते हैं। रास्ता उतना लंबा कतई नहीं था जितना ट्रैफिक और लोगों से पटी सड़कों से गुज़रते हुए लग रहा था। मेरी कार का ड्राईवर लगातार वक़्त की कमी और बेसलीक़ा ट्रैफिक के बारे में बोले जा रहा था। वह बीच-बीच में कहता, 'थोड़ी देर पहले निकलना चाहिये था।' या 'सर! ये साले आटो भी ट्रक की तरह चलाते हैं।' या 'हरामियों को दुबई जाने की जल्दी है।'... उसके इन जुमलों से न तो रास्ता छोटा हो रहा था और न ही ट्रेन छूटने की मुसीबत का एहसास। आटो चालकों की टेढ़ी चाल उसकी खीज और बढ़ा रही थी। यह शहर का वह इलाक़ा था जहाँ, 'दुकानों और घनी आबादी के बीच से सड़कें गुज़रती हैं' या कह सकते हैं, 'जहाँ सड़कों पर ही लोगबाग़ आबाद हैं।' सड़क पर एक साथ इक्के, जुगाड़, मोटर, ट्रक, ठेले, रिक्शे और राहगीर आ-जा रहे थे। ऐसे में वक़्त की कमी ड्राइवर को लगातार परेशान कर रही थी। फिर भी उसे भरोसा था कि वह मुझे ट्रेन पकड़ा सकेगा। उसने अचानक गाड़ी एक सकरे रास्ते पर मोड़ दी। मुझे कुछ समझ नहीं आ रहा था। शुक्र है उसे कुछ आड़े-तिरछे भीतरी रास्ते पता थे जिनसे होकर वह ठीक रेलवे स्टेशन के सामने निकला था और वो भी ट्रेन छूटने के ठीक समय। अपना बैग उठाने के साथ ही मैंने ड्राइवर का मेहनताना और शुक्राना दोनों अदा किया। फिर गाड़ी का प्लेटफार्म पता करते और यात्रियों की भारी भींड़ को चीरते हुए एक लगभग नाउम्मीद भरी लम्बी दौड़ लगाने के बाद बड़ी मुश्क़िल से ट्रेन का पिछला डिब्बा पकड़ में आया और मैंने ख़ुद को सामान के साथ करीब-करीब डिब्बे में झोक दिया था। इस बीच मैंने बहुत तेज़ दौड़ लगाई थी और न जाने कितने लोगों से टकराया था। न पलटकर देखने का वक़्त था और न टकराने वाले व्यक्ति से अफ़सोस ज़ाहिर करने का। रेलवे प्लेटफार्म अक्सर अपने देश के बारे में मेरी समझ को और बेहतर करते रहे हैं लेकिन इस बार इंसानों के एक ठहरे हुए हुजूम से मैं बिना कुछ हासिल किये गुज़र गया था जैसे...

बहरहाल यह जनरल डिब्बा था जिसमें गुमनाम हैसियत और वजूद वाले लोग सफ़र किया करते थे। सीढ़ियों से डिब्बे के भीतर आने में मुझे थोड़ा वक़्त लगा। सांसें अभी भी उखड़ी हुई थीं। मैं अपने चारों तरफ़ लोगों के शरीर और उनकी उलझी हुई सांसों का स्पर्श महसूस कर सकता था। मैंने अपनी जगह खड़े-खड़े ही ख़ुद को व्यवस्थित किया।

मैंने एक नज़र में ही देख लिया था कि अगले स्टेशन तक बैठने की जगह के बारे में सोचना बहुत ज़्यादा उम्मीद बाँधना होता। सभी सीटें ठसाठस भरी हुई थीं। फर्श भी खाली नहीं था। वहाँ भी लोग पसरे हुए थे। कुछ अपने थैलों, गमछों

आदि पर उकड़ू बैठे थे तो कुछ पालथी में। सामान रखने के लिये बने रैक भी झोलों, पन्नियों, बैगों, अटैचियों, गठरियों और बेडौल बंडलों से ठसे पड़े थे। मेरे सामने वाला एक बाथरूम गत्तों और भारी बंडलों से उकता रहा था और उसमें कमसकम पाँच लोग घुसे हुए थे। पूरे डिब्बे में हवा का एक ही झोका रहा होगा जिसमें दुनिया की सारी गंधें समाई हुई थीं। नाक को कभी-कभार ही अपना काम इतनी सावधानी से करना पड़ता है। इस मामले में आँख का अभ्यास अधिक होता है। इस डिब्बे में आँख और कान दोनों को अपना काम करने में खासा मशक्कत करनी पड़ रही थी। एक छोटा दुधमुँहा बच्चा माँ की गोद में ज़ोर-ज़ोर से रो रहा था और माँ बार-बार बेबस बगल में सटे अपने पति और उसके पिता को घूर रही थी जो उसे चुप कराने के लिये ऊपर रैक से अपना झोला निकालने की रह-रहकर जद्दोजहद कर रहा था। वह पैरों पर उचकता फिर कामयाब न हो पाने पर बच्चे को पुचकारने लगता। सीट पर इतनी जगह न थी कि उसपर पाँव टेक वह झोले तक पहुँचता। लगभग दस मिनट बाद वह अपने झोले से दूध की बोतल और निप्पल-गिलास निकालने में कामयाब हुआ। इस दौरान तमाम यात्रियों—ख़ासकर जिनके सामान वहाँ ठुसे हुए थे—की बेचैन निगाहें रैक की ओर ही लगी रहीं। बगल की सीट पर एक बूढ़ी औरत एक नौजवान लड़की और उससे थोड़ी कम उम्र के एक लड़के के बीच बैठी थी। लड़की का चेहरा साफ़ दिखाई नहीं दे रहा था लेकिन लड़का बात-बेबात मुस्कुराकर सफ़र को ख़ुशहाल बना रहा था। मैं ठीक दरवाज़े पर अटका बीच-बीच में लड़की का चेहरा देखने की नाकाम कोशिश कर रहा था। एक आदमी फर्श पर मेरी टाँगों के करीब चिथड़ों में लिपटा लगातार अपने घुटनों मे सिर दिये बैठा था। वह बीच-बीच में सिर ऊपर उठाता था और अपने आसपास के यात्रियों को बुझी हुई नज़रों से देखता था। वह कुछ बीमार लग रहा था या फिर उसका कुछ सामान कहीं खो गया था या शायद वह ग़लत ट्रेन पर चढ़ गया था या फिर कुछ और...अब जो भी रहा हो जब किसी को मतलब नहीं तो मुझे क्योंकर चिंता होने लगी। एक चीज़ मैंने ज़रूर साफ़ तौर पर ग़ौर की थी कि डिब्बे में स्त्रियों और बुज़ुर्गों की तादाद बहुत कम थी। बाक़ी जो था उसे ठीक-ठीक देख पाना उतना आसान न था। जो दिख रहा था वो था बस कुछ टाँगें, कुछ हाथ, कुछ कंधे और मफ़लर-कंटोप से ढके-मुंदे ढेर सारे सिर। लोग अपने में सिमटे हुए ट्रेन की रफ्तार के साथ हिल रहे थे। रफ्तार के साथ ठंडे लोहे की टक्कर से निकलने वाली आवाज़ों के साथ खिड़कियों और दरवाज़ों की दराज़ों से छनकर आने वाली सर्द हवा जुगलबंदी कर रही थी और कहीं न कहीं भीतर की गंध को बाहर की गंध से मिला रही थी। अगर सर्दियाँ न होतीं तो डिब्बे

में आक्सीज़न की भी कमी होती। अगर ऐसा होता तो भी क्या होता। ज़िंदगी मेल भला कब रुकती है।...

गाड़ी पूरी गति से मंज़िल की ओर भागी जा रही थी लेकिन मेरे लिये जैसे वक़्त थमा हुआ था। मैंने सुबह से अबतक के हालात पर एक बार फिर स्मृति दौड़ाई और फिर वक़्त काटने के तरीक़ों की तलाश में खो गया। अपने डिब्बे तक पहुँचने की अड़चनों के बारे में सोचा फिर बेफ़िक्री ओढ़ने की कोशिश में होठों पर थोड़ी मुसकान खींच लाया। लेकिन महौल ज़्यादा देर अपने भीतर डूबने की इजाज़त नहीं देता था। वक़्त काटना वाक़ई मुश्किल हो रहा था। थोड़ी देर बाद मैंने सोचा, 'क्यों न ये गिना जाय कि इस डिब्बे में कितने लोग सवार हैं।' चार-पाँच दफ़ा कोशिश करने के बाद मैं कामयाब रहा। फिर मैंने स्त्री-पुरुष, बड़े-बच्चों और खड़े-बैठों की अलग शुमारी की। यहाँ तक कि सामानों की भी इसी तरह फ़ेहरिश्त तैयार की... और फिर इस सबसे ऊबकर एक-एक चेहरे को ग़ौर से देखने लगा। थोड़ी देर में ही इस डिब्बे की डेमोग्राफ़ी पर चर्चा के लिये मैं दिमाग़ी तौर पर पूरी तरह से तैयार था बशर्ते कोई इस बारे में मुझसे बात करने को तैयार हो। आलम यह था कि चंद इशारों के अलावा और किसी तरीक़े से कोई किसी से मुख़ातिब न था सिवाय कुछ लड़कों के।

डिब्बे में तक़रीबन बारह-पंद्रह लड़कों का एक झुंड था जिसपर बोगी में चढ़ते ही निगाह गई थी। वे बंदरों की तरह सीटों के ऊपर से कूदते-फांदते बार-बार इधर-उधर आ-जा रहे थे। अस्लम, दानिश, शावेज़, फरीद, फ़ाकिर, अफ़रोज़ जैसे नामों वाले ये लड़के सफ़र के इस रंग से पूरी तौर पर वाक़िफ़ और बेपरवाह लग रहे थे। दिल्ली छूटने के साथ ही उनमें से दो-तीन लड़कों ने रेक्ज़ीन के बैग से सस्ती व्हिस्की के एक-एक कर दो क्वार्टर्स निकाले और पहले से ही रखे प्लास्टिक ग्लासों में डाल धीरे-धीरे हलक़ में उड़ेल लिया। ह्विस्की की तल्ख़ी को काटने के लिए उनके पास दालमोठ का पैकेट भी था। शायद यह सरदी से निपटने का बरसों से आज़माया हुआ उनका आसान नुस्खा था। मैं उनके काफ़ी पास था। मैंने डिब्बे की बारीक़ रोशनी में व्हिस्की की बोतलों पर छपा हुआ ब्रांड देखने की कोशिश की थी किंतु उससे पहले ही वे छनाक की आवाज़ के साथ दरवाज़े से बाहर फेकी जा चुकी थीं। दरवाज़ा खुलने के साथ ही हवा का बेहद सर्द झोका सबकी हाड़ कंपाता बोगी में घुस आया था। मेरे पैरों के पास घुटनों में सिर दिये बैठे आदमी ने एक बार फिर अपना सिर उठाकर मेरी ओर देखा-जैसे दरवाज़ा खोलकर एक बार फिर मैंने उसे तंग किया हो। मैंने निर्दोष होने जैसा भाव दिखाया। वह कुछ बुदबुद करता हुआ फिर अपने घुटनों में खो गया। मेरा मन हुआ उसी से कुछ बात करूँ लेकिन वह मुझसे ही नहीं

पूरे माहौल से उदासीन बना रहा। रह-रहकर जब वह निगाह उठाता तो लगता जैसे उसकी तक़लीफ़ों का गुनाह डिब्बे में मौजूद एक-एक यात्री के सिर है... बहरहाल व्हिस्की ख़त्म करने के बाद उनमें से एक ने अपनी ठिठुरी उँगलियों को होठों से छुआते हुए अपने साथी को इशारा किया। थोड़ी देर में ही बीड़ी का एक बंडल उनकी तरफ़ उछल आया था। बगल अपनी गोल के बाहर के एक यात्री से उसने माचिस ली और मेरे हिस्से का डिब्बा जल्दी ही तंबाकू के गर्म धुँए और उनके ठहाकों से भर गया। वे सब लगातार एक दूसरे को पुकार रहे थे। संबोधन में दोस्ताना अल्फ़ाज़-साले, हरामी, कमीने, बहनच...आसानी से इधर-उधर हो रहे थे। उनके रिश्ते में एक तरल बेतक़ल्लुफ़ी बह रही थी जो बिना कुछ बोले भी लगातार अपना एहसास करा रही थी। एक चाय-समोसे, बिस्कुट-पानी और गुटखा-पाउच वाला भी डिब्बे में आ गया था जो थोड़े मुनाफ़े के लिये शायद रोज़ ही ये सफ़र करता रहा होगा। उससे ये लड़के लगातार चाय-समोसे और पानी की बोतलें मँगा रहे थे। वह इस टोली का परिचित लग रहा था। डिब्बे में पूरी मस्ती के साथ ये झुंड अपना वक़्त काट रहा था। दूसरे यात्री इनकी हरक़तों पर सिर्फ़ नज़रें उठाकर अपनी प्रतिक्रिया दे रहे थे। वे अपना सफ़र बग़ैर झिकझिक पूरा करना चाहते थे। मैं भी कई बार बस बोलते-बोलते रह गया। उनकी तादाद इससे ज़्यादा की इजाज़त भी नहीं देती थी। यूँ भी मुझे बस अगले स्टेशन का इंतज़ार था। मेरे पाँव दुख रहे थे। मैंने पैरों की अदला-बदली की और फिर एक सीट की पीठ से कमर टेक खड़ा हो गया। मेरे ठीक सामने वाली सीट के कोने में धँसे एक भारी-भरकम आदमी ने मंकी-टोप से अपना मुँह निकालते हुए पूरे माहौल पर एक अलसाई नज़र डाली फिर ख़ुद से कुछ खुसफुसाते हुए सिर दूसरी ओर लुढ़का दिया। हमें सुनाई दिया, 'ये साले हमेशा झुंड में क्यों चलते हैं।' भीड़ और रफ़्तार के झमेले में फँस ये शब्द वहाँ तक नहीं जा सके जहाँ के लिये बोले गये थे। लड़कों का झुंड यूँ भी अपने आप में मशगूल था। उन सभी के पास मोबाईल फोन थे जो एक साथ कई तरह के इस्तेमाल में लाये जा सकते थे। यह हमारी तरह उन लड़कों को भी मालूम रहा होगा सो एक लड़के ने अपने फोन पर एक विडियो क्लिप चालू कर दी थी। उसने थोड़ी देर अकेले उसका मज़ा लूटा और फिर डिब्बे में घूम-घूम कर उसे अपने साथियों को दिखाने लगा। पुरानी फ़िल्म के गाने सुनाई दे रहे थे-'बहुत देर से दर पे आँखें लगी थीं, हुज़ूर आते-आते बहुत देर कर दी', 'ये गोटेदार लहंगा निकलूँ जब डार के, छुरियाँ चल जायें मेरी मतवाली चाल पे', ' गोरकी पतरकी रे मारे गुलेलवा जियरा उड़ि-उड़ि जाय'। और भी कुछ गाने। अब ठीक से याद नहीं लेकिन बारी-बारी से ऐसे कई गानों के बोल डिब्बे के हलके शोर का हिस्सा बने। गाने में नया कुछ नहीं था। शायद विडियो

में कुछ नया रहा हो। उसे देखने वाले चेहरों की मुस्कान इस तरफ़ इशारा कर रही थी। मुझे ताज़्जुब सिर्फ़ इस बात का हो रहा था कि हमारे दौर की नौजवान पीढ़ी जब अल्ताफ़ रज़ा, अदनान सामी और हिमेश रेशमिया में अपनी ज़िंदगी का संगीत ढूँढ रही है, ऐसे वक़्त में ये लड़के पुराने फ़िल्मी गानों को मोबाइल में लिये घूम रहे हैं। लड़कों की आपसी चुहल और चकल्लस का ये सिलसिला कुछ देर चलता रहा और बरबस ही डिब्बे के सभी यात्रियों का ध्यान उस ओर लगा रहा।

कुछ देर में यह लड़का इस क़वायद से ख़ुद ही ऊब गया जैसे। वह बूढ़ी औरत वाली सीट की पीठ पर चढ़कर बैठ गया। थोड़ी देर तक वह अपने इस नए आसन का आनंद उठाता हुए मोबाइल से खेलता रहा... फिर उसने अपने पाँव औरत के सिर के ऊपर से सामने वाली सीट के ऊपर टिकाना चाहा। साफ़ तौर पर वहाँ बैठना बेतुका था लेकिन ऐसी तमाम बेतुकी हरक़तें ये लड़के अबतक सरेआम कर चुके थे और किसी ने टोका-टाकी नहीं की थी। उसका मोबाइल अभी भी चालू था और वह मानीख़ेज़ इशारों में अपने दोस्तों से मुख़ातिब था। हाँ गाना एक बार फिर बदल गया था...अँखियों से गोली मारे लड़की कमाल...वहाँ बैठने की वजह वो लड़की थी जो सब समझते हुए भी कुछ बोलने की हालत में नहीं थी। तमाम यात्रियों ने उसे ऐसा करते हुए देखा लेकिन किसी ने कुछ नहीं कहा। हालांकि साथ बैठे हुए नये लड़के ने अपनी भोली मुस्कान के साथ उस लड़के को ये बताने की कोशिश की कि वहाँ बैठने की कोई जगह नहीं है और इससे उस बूढ़ी औरत और साथ बैठी लड़की को परेशानी होगी। लेकिन लड़के ने उलटे उसे क्लिप दिखानी शुरू कर दी। बूढ़ी औरत ने पहले उसे देर तक घूरा। फिर हाथ के इशारे से उसे उतरने को कहा। फिर साफ़ ज़बान में मना किया। लड़के ने सबकुछ अनदेखा-अनसुना करते हुए उसे भी विडियो दिखानी चाही। थोड़ी देर सब्र करने के बाद बूढ़ी ने ज़ोर का शोर मचाया। इस शोर से उस भारी-भरकम आदमी ने अपना सिर दुबारा खोल से बाहर निकाल लड़के को घूरा। इस बीच दो-चार सीट आगे बैठी एक और महिला ने तेज़ आवाज़ में लड़के को वहाँ से तुरंत उतरने को कहा। डिब्बे का नज़ारा बदल चुका था। पहले तो लड़के ने अम्मा-चाची कहकर बूढ़ी औरत को शांत करना चाहा लेकिन बुढ़िया के शोर, सामने वाली सीट पर उठ खड़ी हुई औरत के तेवर के आगे उसे वहाँ से उतरना ही पड़ा। तब उस जवान लड़की का मुस्कराता सांवला चेहरा पहली दफ़ा मुझे दिखाई दिया था। वह ख़ुद इस वाक़ये का मज़ा ले रही थी। वह लगातार उस लड़के को देखकर हँसे जा रही थी। उसके सिर से दुपट्टा सरक गया था और उसके गालों के गड्ढे दिखाई पड़ रहे थे। गंवई पैमाने के लिहाज़ से वह एक सुंदर लड़की थी। इस बीच उस झुंड के सबसे सीनियर लगने वाले लड़के-अस्लम

भाई ने ज़ोर से नाम लेकर फटकारते हुए उस लड़के को शराफ़त से रहने का पाठ पढ़ाया था। अस्लम यात्रा की शुरुआत से लेकर अबतक मेरी याद में पहली बार कुछ बोला था अन्यथा अबतक वह बींड़ी के गहरे कशों के बीच ह्विस्की के स्वाद और सुरूर का मज़ा लेते हुए सफ़र ख़त्म होने के इंतेज़ार में डूबा हुआ था। अस्लम की फटकार सुनकर शावेज़ सकपका गया था।

इस पूरे वाक़ये से नाराज़ उस भारी भरकम आदमी ने डिब्बे में देर तक एक नाख़ुश निगाह डाली, फिर मेरी तरफ़ देखकर पूछा—

'आप भी इनके साथ हैं क्या?'

मेरे 'न' में सिर हिलाने पर वह थोड़ा सहज हुआ—

'भाई साहब! ये अपना ही देश है जिसमें इन लोगों को कुछ भी करने की छूट है।'

वह पूरी तरह से जाग गया था।

मैंने अपने शरीर का काफ़ी बोझ उसकी सीट की पीठ पर डाल रखा था। उसकी बात समझने का इशारा मैंने सिर हिलाकर किया।

थोड़ी देर इधर-उधर देखने के बाद उसने अपना नाम बताया और मेरा नाम जानना चाहा।

मैंने मुस्कराते हुए कहा, 'आपकी तरह एक मुसाफ़िर हूँ।'

उसने दूसरा सवाल किया, 'कहाँ तक जाओगे?'

मैंने कुछ सोचने के बाद कहा, 'जहाँ तक ये गाड़ी जायेगी।'

उसने पहली बार बड़े ग़ौर से मुझे देखा, 'आज़मगढ़!'

उसकी आवाज़ में ऐसी हैरानी थी जैसे वह किसी और मुल्क़ का हिस्सा हो।

मैने उस हैरानी की वजह पकड़ ली थी लेकिन उसे सहज करने के लिहाज़ से पूछ लिया, 'भाई! ये ट्रेन वहीं जा रही है न!'

उसने सीधा सिर हिलाया। लगा जैसे कुछ असहज हो गया था।

मैं उसके चेहरे को लगातार देखता रहा। कुछ देर बाद अपने ऊपर उड़ रहे धुँए को फूक मारकर उड़ाते हुए शिथिल शब्दों में कहा, 'फिर तो आपको बहुत कष्ट बर्दाश्त करना पड़ेगा।'

मुझे बात समझ में नहीं आई तो उसने साफ़ किया, 'ये सब भी वहीं जायेंगे।'

और उसने एक हिक़ारत भरी निगाह उन लड़कों पर डाली।

मैं पूछ बैठा, 'आपको कैसे पता?'

वह अजीब तरह से मुसकराया, 'और जायेंगे भी कहाँ भाई साहब!' वह जैसे कोई गूढ़ संदेश मुझ तक पहुँचाना चाहता था लेकिन मेरी नासमझी के चलते लाचार

था... ट्रेन अचानक खटर-पटर की तेज़ आवाज़ के साथ हिचकोले लेने लगी थी। वह आदमी बिना अपनी लाचारी मुझ पर और ज़ाहिर किए, जल्दी ही फिर अपनी खोल में उतर, सोने का नाटक करने लगा। मुझे उसमें दिलचस्पी हो चली थी लेकिन शायद मुझमें उसकी दिलचस्पी ख़त्म हो चुकी थी।

इधर ट्रेन अँधेरे में कहीं थम गई थी। बहुत कोशिश करने के बाद भी ये पता नहीं चल पा रहा था कि हम दिल्ली से कितना आगे निकल आये हैं। यात्रियों ने अपनी-अपनी पोटलियाँ खोल गुझियाँ, नमकीन, पराठे, आलू, चने-चबेने निकाल ठंड और भूख से मुक़ाबला शुरू कर दिया था। ये लड़के लगातार बीड़ी फूंक रहे थे और पाउच-गुटखा फांक रहे थे। इस बार मेरी कोशिश कामयाब रही थी। वे दिलबाग़ ब्रांड के पाउच और रानी ब्रांड बीड़ी के बंडल थे। लड़के ज़ोर का कश लेने के बाद धुँए को मस्त अन्दाज़ में एक दूसरे की ओर उछाल रहे थे। मेरी तरह शायद तमाम यात्री यह जानना चाह रहे थे कि लड़कों का वह झुंड कहाँ जा रहा था। उन सबने सस्ती जींस और जैकट्स पहन रखी थीं। कईयों ने सर्दी से बचाने वाले कनपट्टे लपेट रखे थे। उँगलियों में लोहे और पीतल के गोल छल्ले थे। बाक़ी ज़रदे और बीड़ी की उनके पास कोई कमी न लगती थी। व्हिस्की भले ही ख़त्म हो चुकी थी। बूढ़ी औरत की झिड़की और अस्लम भाई की फटकार खाने के बाद शावेज़ मेरे पास आकर चुपचाप फर्श पर बैठ गया था। वह शायद ख़ुद को शांत और सहज कर रहा था। आख़िर मैंने ही उससे जानना चाहा कि वे सब कहाँ जा रहे हैं।

उसने सीधा जवाब न देकर कहा, 'तुम आज जा रहे हो। दुबारा एक महीना या और बाद इस डिब्बे में आओगे। लेकिन हमें कल फिर इसी ट्रेन से वापस आना है।'

मुझे जवाब बेतुका लगा था।

उसने दरवाज़ा खोल काले आसमान की ओर मुँह करके ज़ोर से थूका और बदहवास हवाओं से देर तक अपने चेहरे को भिगोता रहा।

मैं चाहता था वह कुछ और बोले लेकिन उसने मुझमें कोई दिलचस्पी नहीं दिखाई।

मैंने कोशिश की, 'इस डिब्बे में टी. टी. नहीं आता।'

उसने मेरी तरफ़ यूँ देखा जैसे मैं किसी दूसरे ग्रह का आदमी था।

मेरी निगाहों में सवाल अटका देख उसने जैसे ख़ुद से कहा, 'ऐसी तक़दीर सिर्फ़ अपनी ही है। मामू इधर क्या झक मारने आयेगा भाई जान। वह अपनी सीट पर दारू मारकर सीटी बजा रहा होगा।' अपने इस अंदाज़-ए-बयाँ पर वह ख़ुद ही मुस्करा उठा। मैं भी उसकी हँसी में शामिल हुआ।

कुछ देर में उसने अपनी तरफ़ से जोड़ा, 'कभी-कभार कोई मामू इधर आ टपकता है।'

मैंने हुँकारी भरी, 'फिर।'

उसने कहा, 'फिर क्या। एक दिलबाग़, एक रानी या एक समोसे और थोड़ी चिरौरी में मामला फिट हो जाता है।'

थोड़ी देर बाद ही अचानक उन लड़कों में हलचल शुरू हो गई। अस्लम भाई ने सबको कमांड दिया और लड़के गत्तों और पालीथीन के बंडलों को घसीटकर दरवाज़ों की ओर टिकाने लगे। इस बीच मेरी तरह तमाम यात्रियों को अपने बैठने, सिमटने और टेकने की पोज़ीशन बदलनी पड़ी। बाथरूम और रैकों से भी बंडल निकल आये और प्लेटफार्म की तरफ़ खुलने वाले दरवाज़ों के पास छल्ले लग गये।

एक लड़का...शायद दानिश या शायद अफ़रोज़-छल्लों के ऊपर बैठ बड़ी शान के साथ सर्द से सिहरती आवाज़ में ज़ोर-ज़ोर से गाने लगा-जीना यहाँ, मरना यहाँ...मेरे नैना सावन-भादों... तुम तो ठहरे परदेसी साथ क्या निभाओगे... ये दिल दीवाना, दीवाना है ये दिल...पप्पू कांट डांस साला... और भी तमाम गीतों के मुखड़े और एकाध अंतरे ठहर-ठहर कर उसने गाये। कई गाने वह पूरा गा जाता और कई सिर्फ़ छेड़कर ट्रैक बदल देता। उसने कुछ ग़ैर फ़िल्मी गीत भी मस्त अन्दाज़ में गाये। मुझे सिर्फ़ एक लाइन ही याद रह गई है 'बलमां बड़ा नादान...मोरी क़दर न जाने...'

उसके एक साथी ने उसे 'जिस गली में तेरा घर न हो बालमां' गाने को कहा तो उसने यह कहते हुए इंकार कर दिया कि, 'मैं तो साल्ला हर गली से गुज़रता हूँ चाहे बालमां हो या न हो। और न गुज़रूँ तो रात की रोटी का जुगाड़ क्या तेरी ख़ाला करेंगी?'

मैने उसकी थोड़ी तारीफ़ की तो वह बेलाग हँसा।

चाय-समोसे वाला अपना हिसाब माँगने अस्लम की तरफ़ आ रहा था। उसके कुल पैसठ रुपये हुए थे। अस्लम ने अपने हिस्से का बीस-चार समोसे और एक पानी-उसे थमाते हुए बाक़ी फ़रीद और शावेज़ से लेने को कहा। शावेज़ काफ़ी देर बाद कुछ बोला था, 'अमां! कहाँ पैतीस का पैतालीस ठोक रहे हे।। कुछ हिसाब भी याद रखा करो राजा...! तक़दीर वैसे ही चिड़ी की तिग्गी हुई पड़ी है, ऊपर से तुम भी लूटने पे आमादा हो।' यह कहते हुए उसने पैतीस उसकी तरफ़ बढ़ाये। चायवाले ने उँगलियों की पोरें दिखा खीस निपोरी और पैसे ले लिये। इस पर दानिश या शायद अफ़रोज़ ने एक बिल्कुल ताज़ा नग़्मा छेड़ दिया, 'सखी सैयां तो बहुतै कमात हैं...महँगाई डायन खाये जात हैं... खाये जात हैं।' इस तराने पर तमाम यात्रियों की

निगाहें उसकी तरफ़ उठ आईं। यहाँ तक कि उस भारी-भरकम आदमी ने भी कंटोप से एक बार फिर अपना सिर बाहर निकाल उसकी तरफ़ देखा।

एक जगह ट्रेन थोड़ा धीमी हुई तो अस्लम अपने बाक़ी साथियों को मामू पर निगाह रखने को कह उतरकर पिछले डिब्बे में चढ़ गया। मेरी टांगों के पास घुटनों में सिर दिये बैठे आदमी ने भी उठने की अधूरी कोशिश की लेकिन ट्रेन ने फिर रफ़्तार पकड़ ली थी और वह फिर आत्मलीन हो गया। इस लड़के को अलमस्त गाते हुए देख शायद फ़रीद ने कहा था, 'बेटा बीवी अच्छी मिल गई है इसलिए तराने छेड़ लो।'

लड़के ने छूटते ही जवाब दिया था, 'अच्छी मिली होती यार तो ये बंदा बिगड़ता ही क्यों!'

फिर थोड़ा रुककर कहा—'अब अच्छी मिली हो ससुरी या बुरी, ज़िंदगी तो चल ही रही है धकापेल।' फ़रीद ने ठठाकर हँसते हुए जोड़ा—'बस इसी तरह मामू का करम बना रहे...'

अलीगढ़ जंक्शन का प्लेटफार्म जैसे ही करीब आया, पहले से ही तैयार लड़कों ने सामानों का एक-एक बंडल चलती ट्रेन से नीचे फेकना शुरू किया। थोड़ी देर में डिब्बे का आधा सामान खाली हो चुका था। अब जाकर पता चला था कि पिछले डिब्बे में भी ऐसे ही सामान ठुसा हुआ था और अस्लम उसे ढकेलने के लिए ही चलती ट्रेन से कूदकर पिछले डिब्बे में गया था। क्या पता पिछले डिब्बे में भी इनके कुछ साथी रहे हों। न जाने क्यूँ इस बीच मैं यह भूल चुका था कि मुझे दरअस्ल अगले स्टेशन पर इस डिब्बे से उतरकर अपने डिब्बे में जाना था...और इस बीच उनकी आपसी बातचीत और चुहलबाज़ी से मैं जान चुका था कि वे सब दिल्ली से होजरी और सिले-सिलाये कपड़ों के बंडल जनरल बोगियों में लादकर अलीगढ़ लाते हैं और फुटपाथ पर बेचने का धंधा करते हैं। और ज़ाहिर था कि इस धंधे में वे ज़्यादा से ज़्यादा बचत करना चाहते हैं। चलती गाड़ी से सामान फेककर वे टैक्स की चोरी करते हैं।...और मामू रेलवे, पुलिस और टैक्स महकमे के वे हाकिम लोग थे जो इस धंधे में कहीं न कहीं उनके मददगार थे।

गाड़ी धीमी होती जा रही थी। अँधेरे में वे अपने सामान फेकते जा रहे थे और चलती ट्रेन से एक-एककर डिब्बे से बाहर भी कूदते जा रहे थे। वे कूट भाषा में भी कुछ बोल रहे थे जो मेरी समझ में तो कतई नहीं आ रहा था। थोड़ी देर के लिए तो डिब्बे में पूरी तरह अफ़रा-तफ़री थी। इस बीच घुटनों में सिर दिये बैठा आदमी पहली बार बिल्कुल मेरे करीब आ खड़ा हुआ था या शायद उसे मजबूरन खड़ा होना पड़ा था। उस कंपकंपा देने वाली सर्दी में भी उसका बदन तप रहा था।

मैं महसूस कर सकता था कि उसे बुख़ार है। मैंने ख़ुद को उससे थोड़ा अलगाया और जल्दी से जल्दी उस डिब्बे से उतरने की तैय्यारी में लग गया। प्लेटफार्म अब साफ़ नज़र आने लगा था। जंक्शन की पीली रोशनी में बाहर की ज़िंदगी दिखाई देने लगी थी। लोग तेज़ी के साथ ट्रेन पर चढ़ने–उतरने में लगे थे। नये यात्रियों के लिए एक नया सफ़र शुरू होने वाला था और पुराने यात्रियों के लिए मंज़िल का इंतज़ार वही पहले जैसा सर्द और बेचैन। जंक्शन पर गाड़ी रुकते ही मैंने अपना बैग उठाया और उस डिब्बे से उतरकर अपने एयरकंडीशन्ड डिब्बे की ओर बढ़ चला। और इधर सामानों से खाली हुए बाथरूम में कुछ यात्रियों ने अपनी चादर डाल बचे हुए सफ़र को थोड़ा आरामदायक बना लिया था...

तितलियों का शोर

मेरा नाम रघुवंश है और मेरी पत्नी का मीना। मैं एक सरकारी मुलाज़िम हूँ जबकि मीना एक कालेज में पढ़ाती है। हम सरकारी कालोनी के एक छोटे फ्लैट में रहते हैं। हमारी दो बेटियाँ हैं-एक आठ साल की और दूसरी पाँच। इस घर में हम चारों के अलावा कुछ तस्वीरें, टेलीविज़न, कम्प्यूटर और ढेर सारे खिलौनें हैं जिनसे हम अपना खालीपन और ख़ुशी बाँटते हैं। बेटियाँ आना-माना, स्टोन पेपर सिज़र्स, चाइनीज़ व्हिस्पर्स, लूडो और स्पेलर्स में भी हमें शामिल कर ही लेती हैं। जैसे हम उन्हें कभी-कभार सोने से पहले मच्छरमार मुहिम में शामिल करते हैं। बेटियों को हमने मार्डर्न समय के अनुसार सुन्दर नाम दिये थे। बड़ी बेटी जब समझने लायक़ हुई तो उसे पता चला कि उसके नाम का सही उच्चारण कोई आसानी से नहीं कर पाता। अगर कर भी ले तो नाम का मतलब ज़रूर पूछता था। वह इस आसान समय में अपने हर लिहाज़ से मुश्किल नाम को लेकर वह कई बार हमसे मुँह फुला चुकी थी। अपने इसी अनुभव के चलते हमने छोटी बेटी को आसान नाम दिया। जब वह समझने लायक़ हुई तो उसे लगा कि उसका नाम आसान तो है लेकिन दूसरे बच्चों जितना अच्छा नहीं। फिर एक दिन अचानक उन्होने एक साथ अपना नाम बदलने की घोषणा की। बड़ी का नाम क्रीमा और छोटी का अलिंदा हो गया। तो दरअसल यह क्रीमा और अलिंदा की कहानी है। क्रीमा और अलिंदा का मन जब अपने खिलौनों से ऊब जाता तो वे कम्प्यूटर और टी. वी. की तरफ़ मुड़ती। जब वहाँ हमारी तरफ़ से आँखें खराब होने का लेक्चर मिलता तो अपने कमरे में घुसकर दरवाज़ा बंद कर लेतीं और फिर छीन-झपट, फैशन शो, पिट्ठू परेड और मेकअप एक्सरसाइज़ेज़ के बीच उनकी चीख़ों और किलकारियों का तेज़ शोर हमारे कानों के परदे कंपाता। हम उन्हें वहाँ भी टोकते और चुपचाप बैठने, पढ़ने या सोने की नसीहत देते। बीच-बीच में नंगे पाँव होने, ब्रश देर से करने, हाथ-मुँह साफ़ न करने, जूते और स्कूल

बैग सही जगह न रखने या छुपकर टाफी-चाकलेट खाने पर भी उन्हें हमारी डांट खानी ही पड़ती थी। फिर कभी वे आपस में कुछ सलाह-मशविरा करतीं और अपने कमरे का दरवाज़ा बंद कर बिल्कुल ख़ामोश हो जातीं। हम ख़ुश होकर अपनी समझदारी भरी बातें करते और इस दुर्लभ चुप्पी का आनंद उठाते। जब बगल के कमरे की शांति कुछ ज़्यादा ही गहरी हो उठती तो दरवाज़ा खोलकर देखते। दोनों काग़ज़ पर रंग भर रही होतीं। इतनी देर में ही पन्नों पर गुलाब, सूरजमुखी, आम, केले, हाथी, पर्वत या पतंगें साकार हो आतीं। उनके चेहरों के साथ-साथ कपड़ों पर भी रंगोली खिली होती। फिर हमें ये बताना होता कि दोनों में से किसका चित्र बेहतर है और ये काम हमेशा बेहद मुशकिल होता क्योंकि फ़ैसला क्रीमा के हक़ में होने पर अलिंदा की ठिनठिन शुरू हो जाती।

क्रीमा और अलिंदा एक मिशनरी स्कूल में पढ़ने जाती थीं जहाँ बच्चों को एक साथ क्लास में खड़ा करके शपथ दिलवाई जाती थी, 'आई स्वेयर टु स्पीक इंग्लिश ओनली इन द कैम्पस एन्ड बैक होम एज़ वेल।' जब क्रीमा घर आकर यह शपथ दुहराती तो अलिंदा खिलखिलाकर हँसती, कहती, 'दीदी! मेरी टीचर भी गिटपिट करती है और मुझे उसकी कोई बात समझ में नहीं आती।' फिर वह देर तक टीचर की नकल करती और आख़िर में बड़े अंदाज़ में बोलती, 'हुँह...कद्दू...'

एक दिन उन दोनों ने हमारे सामने आकर अपना फ़ैसला सुनाया कि कालोनी में चूँकि उनकी उम्र के बच्चे नहीं रहते इसलिये उन्हें यहाँ नहीं रहना है। हमें ये पता ही नहीं चला कि कब उन्होंने एक-एक घर का सर्वे कर डाला। बहुत ज़िद करने के बाद हमें हमेशा की तरह आख़िरकार उन्हें डाँटकर चुप कराना पड़ा। गोलगप्पे-सा मुँह बनाकर वे चुप हो गईं।

एक दिन स्कूल की छुट्टी थी। मैं किसी काम से बाहर निकल गया था। मीना भी किसी काम में लग गयी थीं। क्रीमा और अलिंदा कालोनी में घूमने की बात कहकर घर से निकल गईं। काफ़ी देर तक वापस न आने पर मीना ने परेशान होकर मुझे फोन किया। वापस आकर हमने पूरी कालोनी छान मारी लेकिन उनका कहीं पता न चला। हम घर-घर उनकी तलाश कर ही रहे थे कि दूर से कुछ बच्चों का एक झुंड हमारी तरफ़ आता हुआ दिखा। उनमें से कुछ के हाथों में हरे पत्तों वाली टहनियाँ थीं और एक बच्चा बकरी के बच्चे को रस्सी में बाँधे हुए साथ-साथ ला रहा है। कुछ दूसरे बच्चे तालियाँ बजाते साथ आ रहे थे। सबके सब धूल से सने हुए थे। पास आने पर दिखाई दिया कि क्रीमा और अलिंदा बकरी के बच्चे को बड़े प्यार से पत्तियाँ खिलाती आ रही हैं। वे रह-रहकर उसे गले लगा रही थीं। उनके चेहरे की चमक देख हमारा गुस्सा जाता रहा। फिर देर रात तक हमें अलिंदा और

क्रीमा से बकरी और उन बच्चों के किस्से सुनने पड़े। उस रात वे चैन से सोईं। लेकिन अगली सुबह उन्होंने स्कूल जाने से इंकार कर दिया। अलिंदा का साफ़ कहना था कि, 'स्कूल का बैग बहुत भारी है... और टीचर जो बोलती हैं कुछ समझ नहीं आता...और रोज़-रोज़ एक ही ड्रेस पहनकर जाना पड़ता है।... स्कूल में झूले लगे हैं लेकिन थोड़ी देर ही खेलने को मिलता है... साथ वाली लड़की मेरा टिफिन खा जाती है...' उसके पास बहाने बहुत थे। क्रीमा भी हाँ-हाँ किए जा रही थी। शायद रात में उन्होंने यह तय कर लिया था। फिर क्रीमा ने कहा, 'हम स्कूल जायेंगे लेकिन इस गिटपिट स्कूल नहीं। उन बच्चों वाले स्कूल जायेंगे जहाँ ख़ूब छुट्टी होती है। खेलने को मिलता है और बैग भी हलका है।' और 'जब जो कपड़े चाहो पहनकर जा सकते हो' अलिंदा ने जोड़ा। हमारे बहुत समझाने पर भी जब वे अपनी ज़िद पर अड़ी रही तो मुझे गुस्सा आने लगा। मीना ने दोनों का स्कूल बैग तैयार कर रखा था लेकिन वे अटल इरादों के साथ मुन्न मारे खड़ी थीं। मैंने सोचा इन्हें टाफी वग़ैरह देकर स्कूल जाने के लिए मनाया जा सकता है। मेरे मुँह से निकला, 'तुम दोनों जो चाहो तुम्हें मिलेगा लेकिन स्कूल जाना पड़ेगा।' दोनों ने एक-दूसरे की आँखों में देखा और एक साथ ही बोली, 'पहले प्रोमिस करो, पक्का दोगे।' मैंने हाँ कहा तो एक साथ बोल उठीं-'हमारे लिये बकरी का बच्चा लेकर आइये।' मैं और मीना एक-दूसरे का चेहरा देखते रहे। हमें कुछ समझ नहीं आ रहा था कि अब प्रोमिस कैसे पूरा करें। फिलहाल शाम तक की मोहलत लेकर हमने मामला सुलझाया। हमने दिनभर बहुत सोचा फिर मार्केट से बड़ा चार्ट पेपर और ढेर सारे कलर्स ख़रीदे। हमने मिलकर चार्ट पेपर पर एक सुन्दर बकरी का बच्चा बनाया और उनके कमरे की दीवार पर ले जाकर टाँग दिया। स्कूल से वापस लौटते ही फ़रमाइश हो गई। मैंने मुस्कुराते हुए कहा, 'जाकर देखो बकरी का बेबी तुम्हारे कमरे में इंतज़ार कर रहा है। यह सुनते ही उनके होंठो से मुस्कान और आँखों से रोशनी छलकी और वे सरपट अपने कमरे की ओर भागीं। इधर-उधर देखने के बाद उनकी नज़र दीवार पर गई... थोड़ी देर में ही वे, 'पापा चीट! मम्मी चीट!' कहते हुए हमारे पीछे-पीछे भाग रही थीं और हम हँसते हुए उनसे बचने की कोशिश कर रहे थे। एक रोज़ मैंने बाहर लान में एक सुन्दर तितली देखी। मैंने उसे अपनी हथेलियों पर सहेज लिया और ले जाकर अलिंदा को दिया। उसकी ख़ुशी का ठिकाना न रहा। मैं थोड़ी देर बाद ही आफिस निकल गया। वापस आया तो घर में हैरान कर देने वाली शांति छाई हुई थी। दोनों अपने कमरे में मुँह लटकाये हुए बैठी थीं। वजह पूछने पर मीना ने बताया कि दिनभर घर में तितली के साथ घमाचौकड़ी मची रही। दोनों तितली को अपने पास रखना चाहती थीं फिर अलिंदा ने तितली को अपनी किताब में छुपा

दिया। थोड़ी ही देर में तितली मर चुकी थी। मैं कुछ बोलता इससे पहले ही अलिंदा मेरे पास आकर मेरा हाथ पकड़कर बोली, 'सॉरी पापा! मैं लान से दूसरी तितली पकड़कर आपको दूँगी।' मैं उसकी मासूमियत पर कुछ न बोल सका। बात आई-गई हो गई।

थोड़े दिन बाद एक रोज़ हमें कुछ ख़रीददारी करने बाज़ार जाना था और वहीं से किसी मित्र के यहाँ भी हाज़िरी लगानी थी। क्रीमा और अलिंदा की स्कूल की छुट्टी थी। हमने उन्हें प्यार से समझा दिया था कि उन्हें घर के अंदर ही रहना है। चाहे पढ़ें, खेले या कार्टून देखें। दोनों ने शराफ़त से सिर हिलाया। उस रोज़ हमें काफ़ी देर बाहर रहना पड़ा। हम शाम को ही घर वापस आ सके। कमरे में प्रवेश करते ही दोनों की खनखनाती हँसी हमारे कानों में गूँज गई। वे अपने बिस्तर पर चादर के भीतर छिपी खिलखिला रही थीं। हम इसे उनकी आपसी मस्ती मान रहे थे कि अचानक मीना की निगाह दीवारों पर गई। उसने मुस्कुराते हुए मेरी ओर कुछ यूँ देखा कि बरबस मेरी नज़र भी ऊपर उठ गई। मेरे कमरे की सभी दीवारों पर कलर पेंसिल, स्केच पेन और मीना की लिपस्टिक से पेड़-पौधे-झाड़ियाँ, रंग-बिरंगे फूल और उन पर मड़राती हुई छोटी-बड़ी तमाम तितलियाँ बनी हुई थीं। यही हाल उनके अपने कमरे का भी था। मेरी समझ में नहीं आ रहा था कि उनकी इस रंगसाज़ी पर हसूँ या गुस्सा करूँ। मैं बड़ी देर तक अपना सिर खुजाता घूम-घूमकर तितलियाँ गिनता रहा। जब उन्हें यक़ीन हो गया कि माहौल बिल्कुल सही है तो दोनों शरारती मुस्कान लिये मेरे पास आईं। अलिंदा क्रीमा की तरफ़ कनखियों से देखती जा रही थी और उसका चेहरा गुड़हल जैसा खिला हुआ था और उसके दाँत अनारदानों की तरह खुल-बिखर रहे थे। क्रीमा की आँखों में शरारती चमक के साथ हमसे तारीफ़ पाने की उम्मीद भी थी। क्रीमा ने बड़े भोलेपन से कहा, 'पापा! ये हमने बनाया है। कैसा है?' फिर उसने अपनी निगाहें चारों ओर नचाईं। अलिंदा ने इस बीच मुश्किल से अपनी हँसी रोकते हुए कहा, 'और...और पापा! ये ढेर सारी तितलियाँ आपके लिए।' मेरे पास वाक़ई शब्द नहीं थे। अगली सुबह जब दोनों स्कूल चली गईं तो मैंने देखा कि घर में चारों ओर सचमुच तितलियों का रंग और उनका मीठा शोर भरा पड़ा है। मैं बहुत देर तक उसमें डूबा रहा और मीना मेरी ओर देख-देखकर दिनभर अनायास मुस्कराती रहीं...

भूसा

यह इक्कीसवीं सदी में गोते लगाते भारतवर्ष के एक गाँव की कहानी है। इस कहानी में तीन किरदार हैं। डॉ. प्रजापति, ठुन्नी परधान और भूसा। बाक़ी दोनों तो मानव चरित्र हैं लेकिन 'भूसा' के बारे में बताने की ज़रूरत है। भूसा पकी हुई फ़सलों-धान, गेहूं, अरहर, चना, मटर आदि से दाने निकालने के बाद बचा हुआ पदार्थ है। यह पशुओं को खिलाने के काम आता है। जब हरा चारा आसानी से नहीं मिल पाता तब इसकी ज़रूरत और अहमियत बढ़ जाती है। ग्रामीण गृहस्थ जीवन में इसके और भी कई उपयोग हैं, मसलन-जलावन के रूप में, गोबर से बनने वाले कंडे या उपलों में मिलाने के लिए, कच्चा घर बनाते समय मिट्टी को मज़बूती देने के लिए, बारिश और धूप से बचने के लिए छप्पर-छाजन बनाने में या फिर सर्दियों में कमरा और बिस्तर गर्म रखने के लिए, वग़ैरह। इसके अलावा लोगों के दिलो-दिमाग में भी इसकी उपस्थिति रहती है। कई बार तो गुस्सैल लोग इसे अपने विरोधियों की खाल में भरने के लिए भी इस्तेमाल करते हैं। दार्शनिक विमर्शों और सौन्दर्य-स्वाद बोध दर्शाने वाले प्रतीकों में भी भूसा काफ़ी लोकप्रिय है। मुझे लगता है कि भूसे के इस संक्षिप्त परिचय से पाठक का काम चल जाएगा हालांकि लोकजीवन में भूसे का महात्म्य इससे भी कहीं अधिक है। ख़ैर आइए कहानी पर लौटते हैं।

प्रजापति मिडिल-मैट्रिक के दिनों से ही गाँव के एक होनहार विद्यार्थी थे। बारहवीं के बाद डॉक्टर बनने का सपना लेकर शहर चले गए। फिर अरसे तक डिग्री पे डिग्री लेते रहे। बीच-बीच में गाँव आते तो अपने साथियों को अंट-शंट कुछ बता जाते। इस बीच गाँव में रह रहे अगने बुज़ुर्ग माँ-बाप की इच्छा पर उनका व्याह-गौना भी हो गया और फिर एक बच्चा भी। उनका कुल परिवार गाँव में ही रहता रहा और सबको बताने के लिए शहर में अकेले उनकी डॉक्टरी की पढ़ाई चलती रही। इस तरह कई साल निकल गए। फिर एक दिन प्रजापति के बाप इस दुनिया

से असमय ही पधार गए। अब घर-परिवार की देखभाल के लिए प्रजापति को गाँव लौटना पड़ा। प्रजापति सूटेड-बूटेड गाँव लौटे थे और कुछ रोज़ बाद उन्होंने घर के पुराने कबाड़ में से टिन का एक तुड़ा-मुड़ा पत्तर निकाला, उसे हथौड़ी से सीधा किया फिर उस पर सफ़ेद पेंट से ख़ुद ही लिखा, 'डॉ. प्रजापति, एल. जी. ए. टी. डी.' और उसे घर के बाहर टांग दिया। अपने घर के पहले कमरे में एक किनारे उन्होंने लकड़ी की कुर्सी-मेज़ रख दी और उस पर दवाइयों के कुछ ख़ाली-भरे डिब्बे रख दिए। मरहम-पट्टी का सामान, सुई-इंजेक्शन, आला वग़ैरह सब सजा दिया। कमरे के दूसरे किनारे बाक़ायदा पर्दा डालकर मेडिकल चेक-अप का इंतेज़ाम भी कर दिया और तैयार हो गया डॉ. प्रजापति का क्लिनिक जो न सिर्फ़ इस गाँव बल्कि आसपास के कई गांवों के मरीज़ों के लिए इकलौता दवाख़ाना बन गया। डॉ. प्रजापति सूटेड-बूटेड तो रहते ही थे, बीच-बीच में अंग्रेज़ी भी बोलते थे इसलिए मरीज़ों पर उनका रौब रहता था। वैसे तो कोई क्या पूछता उनकी डिग्री के बारे में लेकिन एक बार अपने ही किसी साथी को गर्व के साथ उन्होंने अपनी डिग्री का पूरा मतलब बताया था, 'लेडीज़-जेंट्स आल टाइम डॉक्टर।' देखते-देखते डॉ. प्रजापति पूरे इलाक़े में मशहूर हो गए और उनका दवाख़ाना मरीज़ों से भरा रहने लगा। सर्दी-खांसी-बुख़ार जैसी मामूली बीमारियों के अलावा दिल-दिमाग-माहवारी-बच्चेदानी से जुड़ी गंभीर बीमारियों का इलाज भी डॉ. प्रजापति पूरी ठसक के साथ, और वो भी सस्ते में, करते थे। उनके हाव-भाव, बोल-बात में कुछ ऐसा था कि ज़्यादातर मरीज़ थोड़े दिन में ही अच्छा महसूस करने लगते थे। महिलायें भी बड़ी तादाद में डॉ. प्रजापति से इलाज करातीं और आराम पातीं। रात-बिरात, धूप-बारिश प्रजापति सायकिल से घर जाकर बुजुर्ग और पर्दानशीं मरीज़ भी देख आते थे सो गाँव वालों में उनकी इज़्ज़त बढ़ती गई। अब चलिए कहानी के दूसरे पात्र ठुन्नी परधान की तरफ़ चलते हैं।

ठुन्नी गाँव के चुने हुए सरपंच यानि परधान थे। परधान होने से पहले वे ठुन्नी दुबे थे। लेकिन परधानी ने उनके दुबत्व को काफ़ी हल्का कर दिया था। परधानी ने उन्हें वोट के लिए ऊँच-नीच, अमीर-ग़रीब सबके आगे झुकना सिखा दिया था इसलिए अब उनका दुबत्व कभी-कभार ही उभरता था। पुरानी पीढ़ी के आठवीं पास ठुन्नी डॉ. प्रजापति के गाँव लौटने से पहले गाँव के अकेले पढ़े-लिखे समझदार इन्सान थे। ठुन्नी वक़्त ज़रूरत गाँव आने वाले सरकारी हाकिमों-मुलाज़िमों से बातचीत के लिए भी गाँव के प्रतिनिधि होते थे इसलिए पूरा गाँव उनकी बड़ी इज़्ज़त करता था। पिछले तीन-चार चुनावों से लगातार ठुन्नी परधान चुने जा रहे थे क्यूंकि उनके सामने कोई खड़ा नहीं होता था और जब कभी गाँव के किसी दूसरे 'दुबे-सुकुल-तेवारी'

ने उनसे चुनाव लड़ने की ठानी तो गाँव वालों ने हमेशा ठुन्नी को ही जिताया। पढ़ा-लिखा होने के अलावा एक और बात थी जिसकी वजह से ठुन्नी गाँव के हर तबके, हर जाति में मान-मरजाद रखते थे। और यह वजह थी उनका ओझाई का हुनर। यह ओझाई वे इंसान और जानवर-दोनों के मामले में करते थे। वे टोना-टोटका, झाड़-फूंक, क्रिया-अनुष्ठान, ग्रह-नछत्तर, देवी-भवानी-चुड़ैल वाली कला में पारंगत थे इसलिए गाँव में किसी भी आदमी, गोरु-बछरू, यहाँ तक कि कुत्ता-बिल्ली को कोई भी बीमारी-परेशानी हो, उसका इलाज ठुन्नी के पास था। इसका असर यह था कि ठुन्नी की बात काटने वाला गाँव में कोई न था। औरत-मरद सब उनके आगे झुके रहते थे। ठुन्नी के पास पुश्तैनी ज़मीन-ज़ायदाद कम न थी लेकिन परधानी के चलते जो भी गाँव-समाज, आबादी-बचत, ताल-खलिहान की ज़मीन इधर-उधर थी सब ठुन्नी के ही कब्ज़े या कुशल प्रबंधन में थी। अब इतनी वजहों के होते हुए कौन ठुन्नी के सामने खड़ा हो। गाँव के बाहर सियासत का कोई भी दौर रहा हो गाँव के भीतर ज़्यादातर छोटी जातियों ने ठुन्नी को ही वोट दिया। बड़ी जातियों के तो यूँ भी वह इकलौती पसंद बने रहे। अब कहानी में मौजूद तीसरे पात्र 'भूसा' के बारे में भी कुछ बात हो जाय तो अच्छा।

प्रजापति डॉक्टर भले हो गए थे लेकिन उनका पुश्तैनी पेशा पहले कुम्हारगीरी (मिट्टी के बर्तन बनाने का काम) और फिर आधी-बटिया की किसानी ही था जिसके सहारे उनके बाप ने उन्हें पाला-पोसा, लिखाया-पढ़ाया। थोड़ी अपनी खेती भी बाप उनके नाम छोड़ गये थे। प्रजापति को जल्दी ही पता चल गया था कि गाँव की डॉक्टरी से इज़्ज़त-मरजाद जो मिले लेकिन उनका चार जने का परिवार नहीं पलेगा। इसलिए वे साथ में खेती किसानी भी करने लगे थे। ख़ासकर भूसा बेचने का धंधा उन्हें ज़्यादा फ़ायदे का लगने लगा था। गाँव में सबके पास मवेशी थे लेकिन गरमी-सरदी चारे की दिक़्क़त सबको होती थी। अगर कहीं बारिश कम हुई या सूखा दिखा तो भूसे का दाम सातवें आसमान पर। कभी उनके पुरखे जिस जगह बर्तन पकाने का आवां डालते और कच्चे-पके बर्तन रखते थे वह जगह अब प्रजापति के भूसा रखने के काम आती थी। वह फ़सलों के मौसम में सस्ते में भूसा इकठ्ठा ख़रीदते और ज़रूरत के दिनों में दुगना दामों पर बेचते। इससे साल के कुछेक हज़ार उन्हें और मिल जाते थे और साथ ही पढ़े-लिखे डॉक्टर होने के बावजूद वे खेती-किसानी से भी जुड़े हुए थे। जब फ़सलों की बुआई, निराई-गुड़ाई या कटाई का मौसम होता प्रजापति का बाना एकदम बदला रहता। सूटेड-बूटेड डॉक्टर एकदम गंवई हुलिए में आ जाता। नीचे पटरे वाला लम्बा-ढीला जांघिया और ऊपर एक बांह कटी बनियान। कभी-कभी वह भी नहीं। अक्सर एक गमछा भी सिर पर बंधा रहता। प्रजापति का यह

रूप उन्हें गाँव की ग़रीब मजूर-किसान जनता से सीधे जोड़े रखता। लोगों की नज़र में उनकी इज़्ज़त और बढ़ जाती कि एक इतना बड़ा डॉक्टर बेझिझक खेती-किसानी जैसा छोटा काम करता है। भूसा तक बेचता है। ठुन्नी परधान भले ही प्रजापति के इस हुलिए और धंधे पर कभी-कभार टिपोसी बोलते कि 'पढ़े फ़ारसी बेचे तेल' लेकिन इस तरह डॉक्टरी करते और भूसा बेचते प्रजापति गाँव की ज़िंदगी में एकदम रम से गए।

अब इस सबका जो असर होना था वही हुआ। धीरे-धीरे गाँव में ठुन्नी की मान-मरजाद डॉ. प्रजापति के मुक़ाबले घटने लगी। प्रजापति नए ज़माने के आदमी थे। उनकी पढ़ाई-लिखाई भी ऐसी थी कि वे अपने क्लिनिक पर आने वाले मरीज़ों से ग़रीबी-बेकारी, जाति-धर्म-मज़हब, ऊँच-नीच, आदमी-औरत, खेती-किसानी और देश-दुनिया की राजनीति जैसे मुद्दों पर बातें करते। उनके इलाज के साथ उनकी साधारण जीवन-शैली और उनकी बातों का भी गाँव के लोगों पर बहुत असर होता था। डॉ. प्रजापति अपने मरीज़ों से इलाज का उतना ही पैसा लेते थे जितना वे आसानी से दे सकें। देखते-देखते प्रजापति के पास मरीज़ों की भीड़ बढ़ने लगी। जो लोग पहले कुछ होने पर झड़ाई-फुंकाई के लिए ठुन्नी के पास जाते थे अब आँख बंद करके प्रजापति के पास जाने लगे। दवाई मंतर से तेज़ काम करती है, यह गाँव वालों ने देख-समझ लिया था। दूसरे ठुन्नी के यहाँ दान-धरम, व्रत-अनुष्ठान के ख़र्चे बहुत हो जाते थे। तीसरे गाँव की एक बड़ी आबादी को प्रजापति थोड़े ज़्यादा 'अपने' लगते थे। तमाम लोग अपने बच्चों को डॉक्टर प्रजापति से अंग्रेज़ी और गणित पढ़ने-पूछने भी भेज दिया करते थे जिसके वे गाँव में अकेले अधिकारी विद्वान थे।

इसी तरह शांति से कुछ साल गुज़र गए। फिर गाँव की सरपंची का चुनाव आ गया। गाँव वालों के लिए यह कोई नई बात नहीं थी। चुनाव पांच साल में एक बार आता था और ज़्यादातर लोग ठुन्नी को वोट देकर लौट आते थे। यह बात ठुन्नी के इक्का-दुक्का विरोधी भी जानते थे। लेकिन इस बार डॉ. प्रजापति ने चुनाव लड़ने का ऐलान करके इसे गाँव के लिए एक बड़ी ख़बर बना दिया। डॉक्टर अपने क्लिनिक, खेत-बाग़, हाट-बज़ार, रस्ते-चौपाल जहाँ भी रहते गाँव के विकास की बात करते। गाँव में पांचवीं के बाद स्कूल नहीं है, रस्तों में कीचड़ रहता है, नाबदान* बजबजाता रहता है, लोगों के पास टट्टी-खाना तक नहीं है। औरत-मरद सब देर-सवेर लोटा लेकर खेत-बाग़ भागते हैं। तमाम लोगों के पास रहने को झोपड़ी भी नहीं, कईयों को तो खाने के लाले पड़े रहते हैं, वग़ैरह-वग़ैरह। वे कहते कि उनके गाँव आने

* घरेलू मल-मूत्र और अन्य ठोस-द्रव्य अपशिष्ट के विसर्जन का प्रायः खुला तंत्र

से बस एक ही फ़ायदा हुआ है कि इलाज के लिए किसी को कोसों दूर सरकारी अस्पताल नहीं जाना पड़ता बाक़ी सब जस–का–तस है। प्रजापति मानते थे कि सरपंची में वह ताक़त है कि ये सारी चीज़ें गाँव में की जा सकती हैं। पहली बार गाँव में तमाम लोगों ने यह सोचना शुरू किया कि ठुन्नी इतने साल से परधान हैं और वह चाहते तो बकौल प्रजापति 'गाँव का विकास कर सकते थे।' जो ठुन्नी नहीं कर सके वही काम प्रजापति करना चाहते थे, परधानी का चुनाव लड़के।

ठुन्नी ने कभी सपने में भी नहीं सोचा था कि प्रजापति जैसा 'कल का लौंडा' यह मंसूबा अन्दर बांधे हुए था। 'देखने में कितना भोला–भाला है लेकिन अन्दर विष भरा है नीच के।' ठुन्नी मन ही मन ये ज़रूर बुदबुदाते और कुढ़ते लेकिन कहीं न कहीं उन्हें यक़ीन था कि अव्वल तो यह लड़ेगा नहीं और अगर ख़ुदा न खास्ता लड़ भी गया तो जीतेगा किसी सूरत में नहीं। मगर प्रजापति शहर की हवा खाके लौटे थे और गाँव की ज़िंदगी को बेहतर बनाने का एक छोटा सपना उनके मन में जाग गया था। उन्होंने आख़िरकार परधानी के लिए अपने नाम का परचा भर ही दिया। ठुन्नी को बहुत दिनों बाद किसी ने ऐसी खुली चुनौती दी थी। बहुत दिनों बाद उनका सोया दुबत्व जागा, 'अब यह छोटी जात का लौंडा दुबान से परधानी लड़ेगा।' यह सवाल बार–बार उनके मन में कौंधता और उन्हें बेचैन कर जाता।

थोड़े ही दिन में ठुन्नी को लग गया कि अब उन्हें मन लगाकर यह लड़ाई लड़नी ही पड़ेगी। पहले उन्होंने ब्राह्मण समाज की एक गुप्त बैठक अपने अहाते में की फिर कुछ ठाकुर परिवारों और सेठों का मन टटोला। इतने साल की परधानी में ठुन्नी ने इन सबको जो फ़ायदा पहुँचाया था अब उसकी दुहाई देने का वक़्त था। ऊँची जातियों को भी डॉ. प्रजापति का व्यवहार बहुत पसंद था लेकिन उनके सरपंची लड़ने के फ़ैसले से वे सब हैरत में थे। वे ऐसा सोच भी नहीं सकते थे कि गाँव में कोई नीची जाति का व्यक्ति अपने दम पर सरपंच बनने के सपने देख सकता है। उधर प्रजापति ने भी लोगों से मिलना जुलना बढ़ा दिया। कोयरी–पासी–मौर्या–कुशवाहा–मोची–तेली–धोबी आदि जो भी छोटी जातियां थीं सबसे अलग–अलग बैठकी कर प्रजापति इस चुनाव में उनके वोटों की अहमियत उन्हें समझाते रहे और यह पूछते रहे कि ठुन्नी की इतने साल की परधानी से उन्हें क्या मिला। जवाब में सब आसमान ताकते। चुनाव प्रचार पूरे उठान पर था। ठुन्नी और उनके हिमायती, सबको पता था कि अगर छोटी जात के वोटर प्रजापति के साथ चले गए तो उसकी जीत तय है। बड़ी जातियों के भी कुछ नौजवान प्रजापति के साथ खड़े दिख रहे थे। गाँव की ज़्यादातर औरतों–क्या ऊँच, क्या नीच–का मन तो इस बार डॉ. प्रजापति को सरपंच बनाने का था। ठुन्नी को कुछ समझ नहीं आ रहा था। उनकी नींद, उनका

चैन सब उड़ चला। उन्हें मालूम था कि बड़ी जाति के लोग भले ही उन्हें वोट दें लेकिन उनकी जीत गाँव की छोटी जातियों के समर्थन पर ही टिकी है। ठुन्नी सवेरे निकलकर देर रात तक छोटी जाति वालों के घर-घर घूमकर, बरसों की अपनी सेवा की दुहाई देते हुए, सबका मन टटोलते रहे।

इसी तरह एक शाम घूमते-घामते ठुन्नी ननकू मुराई के दरवाज़े पहुँचे। बातचीत से पता चला कि उनकी गाय कुछ रोज़ से बीमार है। उसको दस्त लगा हुआ है और ठीक से चारा-पानी नहीं ले रही है। ठुन्नी ने गाय का बड़ा बारीक मुआयना किया और ढेरों सवाल पूछ डाले। आख़िर इस मामले के सबसे बड़े डॉक्टर गाँव में वे ख़ुद ही थे। मालूम पड़ा कि ननकू पिछले कई रोज़ से प्रजापति से ख़रीदा हुआ भूसा गैया को खिला रहे हैं। ठुन्नी ने कुछ देर सोचा-विचारा फिर सुझाया कि गाय का इलाज करना पड़ेगा नहीं तो कुछ भी हो सकता है। चुनाव अपनी जगह ठीक है लेकिन गौ माता को कुछ नहीं होना चाहिए। अगले रोज़ सवेरे से ही ठुन्नी इलाज में लग गए। यह बूटी, वह बूटी, यह पौडर, वह घोल। न जाने क्या-क्या गाय को खिलाते-पिलाते रहे। ऊपर से अनगिनत मंतर पढ़े, गाय के ओसारे में लोहबान सुलगाई, धुआं किया। उसके माथे पर सेंदुर-हल्दी-अक्षत से स्वास्तिक का निशान बनाया और गले में टनटन करने वाली एक घंटी भी बांधी। इस बीच वह आँख बंद करके गऊ माता से आसन्न विपत्ति हरने की प्रार्थना भी करते रहे। पूरा समय ननकू का परिवार हाथ बांधे ठुन्नी के बताये हुए नुस्ख़े जुगाड़ता रहा। इलाज पूरा करके ठुन्नी यह कहते हुए लौट आए कि 'गोपाल ने चाहा तो कुछ रोज़ में गऊ माता एकदम तंदुरुस्त हो जाएँगी।' जल्दी ही पूरे गाँव को पता चल गया था कि 'ननकू की गैया प्रजापति का भूसा खाकर बीमार हो गई है और ठुन्नी उसका इलाज कर रहे हैं।' दो-तीन दिन गुज़र गए गाय ठीक होने के बजाय और बीमार हो गई और एक रोज़ गोलोकवासी हो गई।

ठुन्नी बहुत दुखी थे। यह उनके लिए परधानी के चुनाव से ऐन पहले एक बड़ा अपशगुन था। उनकी राय में आने वाले दिनों में गाँव पर और संकट आ सकता था और ऐसे में पूरे गाँव को प्रायश्चित करना होगा। इस प्रायश्चित की शुरुआत ख़ुद से करते हुए उन्होंने सरपंची का चुनाव न लड़ने का ऐलान कर डाला। उधर डॉ. प्रजापति घूम-घूमकर सफ़ाई देते रहे कि गाय की बीमारी और उनके बेचे भूसे के बीच कोई संबंध नहीं। हो सकता है इलाज में ही कुछ कोताही हुई हो।...न जाने इलाज के नाम पर गाय को क्या-क्या खिलाया-पिलाया गया... जानवरों के डॉक्टर की राय ली जानी चाहिए थी... लेकिन लोग मान रहे थे कि ठुन्नी दुबे के रहते गाँव में कभी भी गाय-भैसों के लिए किसी डॉक्टर की ज़रूरत नहीं पड़ी और यह भी सच था कि आज तक गाय माता तो दूर कोई कुत्ता-बिल्ली भी गाँव में बीमारी से

नहीं मरा था और जिस जानवर का इलाज ठुन्नी ने किया हो वह तो कुछ ही रोज़ में तनकर खड़ा हो जाया करता था। अब ठुन्नी तो चुनाव न लड़ने का ऐलान किये चुपाई मारकर बैठ गए और उनके लोगों ने गाँव में घर-घर घूमकर 'भूसा-पुराण' बांचना जारी रखा। ऐसा भी सुनने में आने लगा कि गाँव और करीबी मजरों में कुछ और मवेशी भी प्रजापति का भूसा खाकर बीमार पड़ गए हैं।

थोड़े दिनों में गाँव की सभी छोटी जातियों ने पहले अलग-अलग फिर एकसाथ बैठकें कीं और सब इस नतीजे पर पहुँचीं कि प्रजापति का भूसा विषैला था जिसको खाने से गाय माता की मौत हुई है। ठुन्नी दुबे की लाख कोशिशों के बावजूद गाय अच्छी नहीं हो पाई। ऐसे में भला आदमी होने के बावजूद प्रजापति पर, अनजाने में ही सही, गो-हत्या का पाप पड़ता है और ऐसे आदमी को गाँव का सरपंच बनाना ठीक नहीं होगा। इस पाप की छाया से गाँव को ठुन्नी दुबे ही बचा सकते हैं इसलिए उन्हें गाँव के हित में चुनाव न लड़ने का अपना फ़ैसला वापस लेना चाहिए।

फिर सबके बार-बार मनाने के बाद गाँव की भलाई के लिए ठुन्नी ने सरपंची न लड़ने का अपना वचन वापस ले लिया और वे एक बार फिर से परधान चुन लिए गए। कहानी ख़त्म हुई।

जानवर

सुबह बस हुई ही थी। सूरज पूरब में एक दो हाथ ऊपर चढ़ा ही था कि यह बात जंगल में आग की तरह फ़ैल गई कि शहर में कोई आदमखोर जानवर घुस आया है। कोई कहता बाघ है। कोई कहता चीता। कुछ भेड़िया बता रहे थे। कुछ कहते वह लकड़बग्घा हो सकता है। कुछ ज़्यादा जानकार कह रहे थे कि हो न हो बागड़ बिल्ला है जो सोते हुए बच्चों को उठा ले जाता है और फिर उसके चिथड़े भी ढूंढे नहीं मिलते। कुछ बता रहे थे कि वह अजीब किस्म का जानवर है-भारी भरकम लेकिन ग़ज़ब का फ़ुर्तीला। किसी ने उसे मंदिर वाली गली में घुसते देखा तो किसी ने मस्जिद के पिछवाड़े से भागते देखा था। कुछ लोग उसे स्कूल की छत पर चढ़ता देख चुके थे। संयोग से छुट्टी का दिन होने से बच्चे नहीं थे वहाँ नहीं तो बड़ी अनहोनी हो सकती थी। सब डरे हुए थे कि कहीं वह 'आदमखोर' बाज़ार में न घुस जाए। वहाँ तो हमेशा भीड़ रहती है। वह किसी को भी झपट्टा मार सकता है। लोग बदहवास परेशान थे। ख़बर सुनते ही जिसे देखो वह शोर मचाते हुए सड़क पर था। अपनी रक्षा और हिंसक पशु से निपटने के लिए जिसे जो भी सूझा वह उसे लेकर मुस्तैद हो गया था। किसी के हाथ में लाठी-डंडा था, किसी के हाथ में बल्लम-भाला। जिन्हें चाकू-तलवार मिली वही लहराते निकल पड़े। कुछ ने रस्सियाँ उठा ली थीं। कुछ के पास जाल थे। उनके मुताबिक़ ऐसे ख़तरनाक जानवर को बिना फंसाए-बांधे पकड़ा या मारा नहीं जा सकता। कुछ के पास तमंचे और बंदूकें भी थीं। आख़िर कब काम आएँगे ये असलहे! जब जान पर बनी हो तो क्या सही, क्या ग़लत। एक ही गोली में काम तमाम। लड़कियां-महिलायें घर में क़ैद खिड़कियों-झरोखों से ताक-झाँक कर रही थीं। मांओं ने गली-चबूतरों पर खेलते अपने बच्चों को पकड़कर ज़बरन घर में बंद कर दिया था। साहसी और बहादुर लोग झुंड बनाकर शहर के सभी नुक्कड़ों-निकासों पर गहरी नज़र रखे जानवर को ढूंढ रहे थे। कुछ

टोलियाँ शहर के अलग-अलग हिस्सों में छतों पर भी तैनात हो गई थीं। क्या पता वह किधर से आ धमके और किस को चपेट में ले ले। सड़कों पर मुस्तैद लोग जिस तरफ़ भी शोर होता उधर लपक लेते लेकिन उसे न देख निराश होकर उसे भला-बुरा कहते। कुछ हथियारबंद टोलियाँ शहर के चारों कोनों पर घर की छतों पर डट गईं थी। इस तरह देर तक चौतरफ़ा उसकी तलाश होती रही।

सूरज ऊपर चढ़ आया था लेकिन आदमखोर कहीं दिख नहीं रहा था। लोग थकने लगे थे लेकिन ऐसे में कोई भी ढिलाई जानलेवा हो सकती थी। ऐसे तमाम क़िस्से थे जब आदमखोर जानवर ने घात लगाकर हमला किया था और अपने नाखूनी पंजों से देखते ही देखते आदमी का पूरा थोबड़ा नोच डाला था या किसी बच्चे पर पीछे से झपट, गर्दन दबोच सरपट जंगल की ओर निकल भागा था। ऐसा भी सुना था कि आदमखोर जानवर बहुत चालाक होता है। दुश्मन को चौकन्ना देख छुप जाता है फिर मौक़ा मिलते ही हमला करता है। इसलिए कोई भी कोताही नहीं बरती जा सकती।

जब कुछ घंटे ऐसे ही गुज़र गए तो भीड़ में से ही कुछ लोगों ने इसे अफ़वाह कहना शुरू किया और उसकी तलाश करने लगे जिसने पहली दफ़ा उस आदमखोर को देखा था। सब एक-एक कर मुकरते गए। वैसे ये सभी मान रहे थे कि पहले भी कई बार रात-बिरात शहर में आदमखोर आया है और कुछ बच्चों और लड़कियों को उठाकर भी ले गया है फिर उनकी बची-खुची, नुची हुई लाशें कई दिनों बाद जंगल से बरामद हुई थीं। कितनी ही जांच-पड़ताल हुई, जंगल में हांका चला लेकिन कोई भी जानवर हाथ नहीं आया। पुलिस भी किस पर मुक़दमा करती सो हर बार लोगों को मन मसोसकर रह जाना पड़ता था लेकिन ऐसा पहली बार हो रहा है कि जंगली जानवर दिन दहाड़े शहर में घुस आया हो। आज उसकी ख़ैर नहीं। उसे उसके सभी पुराने पापों का खामियाज़ा भुगतना होगा। पूरा शहर ही आज उसे सज़ा देने को अमादा था। आज कोई मुरव्वत नहीं होगी बस वह हाथ आ जाए। इसी तरह हंसी-ठठ्ठा और आदमखोर को सज़ा देने की तरक़ीब सोचते-विचारते कुछ घंटे और गुज़र गए। लगने लगा जैसे अनदेखे ही छिप-छिपाकर वह फिर जंगल में भाग गया।

लोग ढीले पड़ने ही लगे थे कि एक तरफ़ से चिल्लपों, सीटियों और आवाज़ों का शोर सुनाई दिया। सब उधर ही दौड़ पड़े। उधर देखा तो वाक़ई एक जानवर के पीछे सैकड़ों की भीड़ पड़ी थी। वह तेंदुए का एक छोटा बच्चा था। वह सड़क पर बेतहाशा भाग रहा था। उसके ठीक पीछे शोर मचाते हुए लोग उसकी तेज़ी का मुक़ाबला नहीं कर सकते थे लेकिन दूर से ही वे उस पर ईंट-पत्थर फेंक रहे थे जो उस तक पहुँच नहीं पा रहे थे। वह कभी इस गली में घुसता कभी उस गली में।

कभी इस चबूतरे पर चढ़ता कभी उस पर। कभी किसी दीवाल की खिड़की पर दोनों पंजों से सीधा तनकर अन्दर देखने लगता तो कभी उछलकर किसी घर की छत पर चढ़ जाता। लोग उसे देखते ही भाग खड़े होते और दूर से ही उसे 'मारो-मारो' 'भागने न पाए' 'आज फंसा है' बोलकर ललकारते। उसके पास जाने की हिम्मत किसी की न थी। वह जिस घर के क़रीब जाता या जिसकी छत पर चढ़ता उधर कोहराम मच जाता। लोग जान बचाने के लिए चीख़ने-चिल्लाने लगते। वह देर तक इस छत, उस छत, इस-उस गली चढ़ता-उतरता, दौड़ता-भागता लुका-छिपी करता रहा। लोगों के लिए अब यह एक खेल हो गया था। अब नई उम्र के लड़के, जो पहले घरों में छुपकर बैठे थे, भी बाहर निकल आये थे और इस तमाशे का मज़ा ले रहे थे। वह थोड़ी देर एक जगह सुस्ताता फिर उछलकर दूसरी ओर चल देता। हथियारबंद लोगों का झुंड उसके बिलकुल पीछे-पीछे था। वह हांफने लगा था। शायद थक रहा था या शायद उसे प्यास लगी थी। लोगों ने दिमाग़ लगाना शुरू कर दिया था। उसे क़ाबू में करने की नई-नई तरक़ीबें हवा में उछल रही थीं... जब वह पानी की तरफ़ जाए उसे घेरो...जब वह थककर सुस्ताने बैठे उसे ईंट-पत्थर मारो... डंडे फेंको उस पर... हो सके तो उस पर जाल डाल दो...। वह उसी में फंस कर रह जाएगा... तमंचा-बंदूक़ वाले भी निशाना साधना चाहते थे मगर सही मौक़ा नहीं मिल रहा था।

वह किसी तरह इस भीड़ से निकल भागना चाहता था लेकिन कोई रास्ता नहीं दीख रहा था। लोगों ने उसे हर तरफ़ से घेर रखा था। वह शहर आकर बुरी तरह फंस गया था। चारो तरफ़ लाठी-बल्लम, चाकू-तलवार, रस्सी-जाल, तमंचा-बंदूक़ वाली चीख़ती चिल्लाती उग्र भीड़ थी। धीरे-धीरे उसके पैरों की तेज़ी थमने लगी। उसकी साँसें तेज़ हो चलीं और धड़कने बढ़ गईं। उसकी आँखों में बेबसी और कातरता झलकने लगी। वह न चाहते हुए भी दौड़ रहा था। न चाहते हुए भी उछलकर छत पर चढ़ रहा था। न चाहते हुए भी भीड़ की तरफ़ देखकर गुर्रा रहा था। कुछेक घंटों की उछल-कूद और भागम-भाग के बाद वह निढाल पड़ गया। किसी घर की छत पर एक किनारे बैठ गया और शोर मचाती भीड़ को बेबस देखने लगा। उस पर ईंट-पत्थरों की बरसात हो रही थी। यकायक उसने गुर्राते हुए भीड़ की तरफ़ लपकने की एक कोशिश और की लेकिन जल्दी ही फिर बैठ गया। उस पर पत्थरों की बौछार जारी थी। वह अपनी कोशिश भर उनसे बैठे-बैठे ही बच रहा था लेकिन कुछ पत्थर उसकी टांगों, पेट और सिर पर गिर रहे थे। उसने एक बार फिर उठने की कोशिश की लेकिन नाकाम रहा। हमलावर भीड़ को समझ में आ गया था कि अब वह बेदम और लाचार था। भीड़ उसके क़रीब आ रही थी और

वह कातर निगाहों से उसकी तरफ़ देख रहा था। उसके शरीर पर भारी पत्थरों के तेज़ वार हो रहे थे और शरीर के कई हिस्सों से ख़ून निकलने लगा था। भीड़ उसे डंडे फेंक कर भी मार रही थी। अपने दुश्मन को चारो तरफ़ से घेर लेने का उत्साह भीड़ में साफ़ दिख रहा था। दिन भर की भाग-दौड़ के बाद आख़िर आदमखोर चपेट में आ ही गया था। भीड़ ने शोर बढ़ा दिया था। कुछ लोग रह-रह कर जयघोष और ज़िंदाबाद भी कर रहे थे। उसका शरीर ज़ख़्मों से भरता जा रहा था और उसकी गुर्राहट धीमी पढ़ती जा रही थी। हमलावर भीड़ उसके बिलकुल क़रीब थी लेकिन वह भागना तो दूर उठ भी नहीं सकता था। उसकी आँखें भी पूरी नहीं खुल पा रही थीं। नथुने फूले हुए थे और जबड़ों से लार टपक रही थी। वह बस पड़ा हुआ था। इसी तरह कुछ देर और उस पर चोटें बरसती रहीं फिर जाने कब वह शांत हो गया। न कोई गुर्र, न गिर्र। आँखें भी बंद। बस उसके ज़ख़्मी शरीर में रह-रहकर सांसों की हल्की लहर उठ-गिर रही थी। भीड़ में से कई नौजवान उसके क़रीब जाने का ज़ोखिम उठाना चाहते थे लेकिन बड़े-बुज़ुर्ग उन्हें अभी भी पस्त पड़े जानवर से आगाह कर रहे थे। क्या पता कब वह अपनी आख़िरी ताक़त लगा कर हमला कर दे। जब तक उसमें साँस है उसके क़रीब जाना ख़तरे से ख़ाली नहीं था। इसलिए समझदारी इसी में थी कि दूर रहकर ही उसके मरने का इंतज़ार किया जाय।

सूरज ढल चुका था लेकिन शाम उतरने में अभी कुछ देर थी। लोगों को यह भी लग रहा था कि अँधेरा होने पर यह जानवर एक बार फिर न कहीं हाथ से बचकर निकल जाए। इसी बीच एक बंदूक़धारी ने निशाना साधा और एक गोली सीधे उसके पेट में दाग दी। उसके बदन में थोड़ी सिहरन हुई। फिर एक तमंचे वाले को भी जोश आया उसने भी सही निशाना मारा। उसकी गोली शिकार की पसलियों को चीरती हुई निकल गई। जानवर के बदन में कहीं कोई हरक़त नहीं हुई। भीड़ ने ज़ोर की हुंकार भरी और सबके सब उसके क़रीब आ गए। वह सिर्फ़ लहूलुहान मांस का एक लोथड़ा था। अब किसी को कोई ख़तरा नहीं था। लोगों ने पहले लाठियों और बल्लमों से उसे कुरेद कर देखा कि कहीं वह अब भी ज़िंदा न हो। जब आश्वस्त हो गए तब उसके पैरों और मुँह को रस्सियों से बाँध दिया। कुछ उत्साही युवक उसे घसीटते हुए शहर के चौक की तरफ़ चले और बाक़ी भीड़ अपनी जीत का जश्न मनाती, जयघोष करती, उल्लास में डूबी पीछे-पीछे चली जा रही थी। अँधेरा होने लगा था। जानवर मर चुका था। शहर को अब कोई ख़तरा नहीं था।

रामराज की बग्घी

कुछ पेशबंदियाँ और एक माफ़ीनामा

कहानी शुरू करने से पहले कुछ बातें ज़रूरी हैं जिससे आख़िर में आपको मुझसे कोई शिक़वा न हो। पहली बात तो यह कि ये कहानी न नई है, न ही पुरानी। न सच है, न झूठ। आप चाहें तो इसे कहानी भी न मानें। मेरे लिए तो ये आपसे गुफ़्तगू का एक तरीक़ा है। दूसरी बात यह कि कहानी के सभी पात्र काल्पनिक हैं। हाँ हालात, हवाले और हादसे ज़रूर सच हैं। तीसरी और आख़िरी बात यह कि इस कहानी को आप सब पहले से जानते हैं फिर भी इसे दोबारा एक साँस में पढ़ जाएँगे। गुस्ताख़ी माफ़ हो लेकिन आपकी इजाज़त से मैं अपनी बात शुरू करता हूँ।

नए दौर में सियासत के लिए नई लफ़्फ़ाज़ी की ज़रूरत ताड़ जन विकास पार्टी ने जातीय समीकरणों को साधने के बाद विकास को चुनावी मुद्दा बनाया और 'सबको रोटी, सबको काम' का नारा देकर अरसा बाद सूबे में दूसरी बार सरकार बनाई। प्रदेश की दूसरी पार्टियों को अपने तमाम मुद्दों, दावों, वादों और नारों को अगले चुनाव तक के लिये टालना पड़ा था। सियासत की समझ रखने वाले इसे बढ़-चढ़कर प्रदेश की राजनीति में एक नई शुरुआत मान रहे थे। सूबे के सियासी इतिहास में पहली बार ऐसा हो रहा था कि किसी पार्टी ने अपने चुनावी मसौदे में खेत-मज़दूर, किसान-कामगार, वनवासी-आदिवासी, और दिहाड़ी-गुरबा की सुध बढ़-चढ़ के ली थी। सिर्फ़ जात-पांत, मज़हब-ईमान और धरम-करम के सहारे सत्ता हथियाने के फेर में उलझी पार्टियाँ अपनी जन-चिंताओं और योजनाओं का बस्ता किनारे रख चुनावी हार के कारणों की जाँच-परख और लानत-मलानत में लग गई थी।

जन विकास पार्टी के मुखिया और पूर्व मुख्यमंत्री ने पुनः मुख्यमंत्री पद की शपथ लेते ही ये ऐलान कर दिया था कि, 'प्रदेश की धरती उर्वर है और सरकारी गोदाम अनाज से पटे पड़े हैं। इन्द्र देवता की मेहरबानी और हरहराती नदियों की किरपा से सूबे का कोई इलाका ऐसा नहीं है कि हमारी प्यारी जनता को रोटी कमाने के लिये गाँव छोड़कर शहर की तरफ़ आना पड़े। हम चाहते हैं कि मौक़े के अधिकारी-कलेक्टर, सीडियो, यसडियम, तहसीलदार और बीडियो यह पक्का करें कि बेघर को मकान, बेकार को काम, भूखे को रोटी और बीमार को बूटी (दवाई) मिल सके। इसमें लापरवाही दिखाने वाले अफ़सरों को किसी भी सूरत में बख़्शा नहीं जायगा। हमें दिन-रात मेहनत करके परदेस को विकास के रस्ते पर आगे ले जाना है। जन विकास पार्टी के पहले और बाद परदेस में जितनी भी सरकारें आईं उन्होंने दिल खोल कर जनता के पैसे को लूटा और जनता की समस्याओं और तक़लीफ़ों पर घड़ियाली आँसू बहाये... जनता हमारे लिये भगवान है। हम उसकी तक़लीफ़ बर्दाश्त नहीं कर सकते। हम जन विकास पार्टी में दुबारा आस्था दिखाने के लिये परदेस की जनता का कोटि-कोटि आभार परगट करते हैं। सर झुकाकर परनाम करते हैं।'

मा. मुख्यमंत्री जी का यह पहला बयान था सो अख़बारों में सुर्ख़ी बना और खबरिया चैनलों पर इसके अर्थ-अनर्थ और भावार्थ पर दूसरे दल के नेताओं, नीति-गुरुओं, प्रबंध-सलाहकारों, समाज-सेवियों, विकास-विशेषज्ञों और मीडिया-महानुभावों ने हफ़्तों चर्चा की। नई सरकार की बदली हुई प्राथमिकताओं के मद्देनज़र ग्राम्य विकास, पंचायतराज, रसद, परिवार और स्वास्थ्य कल्याण महकमा ने ताबड़तोड़ कई शासनादेश जारी किए जिनकी भाषा कुछ फेर-बदल के साथ इस तरह की थी, 'मा. मुख्यमंत्री जी द्वारा प्रदेश के सर्वांगीण विकास को गति प्रदान करने के उद्देश्य से दिए गये प्रेरक वक्तव्य के आलोक में एतद-द्वारा मुझे यह कहने का निदेश हुआ है कि तत्काल प्रभाव से प्रदेश के ग़रीबी-रेखा से नीचे जीवन यापन करने वाले समस्त परिवारों को...फलां-फलां सुविधाओं...योजनाओं...लाभों...से आच्छादित करने का निर्णय लिया गया है...'

शुरुआती कुछ महीनों में काफ़ी गहमा-गहमी रही और फिर राज-काज सामान्य गति से चल पड़ा। मा. मुख्यमंत्री जी मंत्रिमंडल के गठन आदि झंझटों से फ़ारिग होकर असंतुष्टों की सुराग़रसी, दूसरी पार्टी के जीते हुए नेताओं को लालबत्ती और गाँधी बाबा के चित्रों से भरी हुई अटैचियों के बदले अपनी पार्टी में लाने की तिकड़म, धन्नासेठों-बिचौलियों-दलालों-ठेकेदारों-सेवादाताओं और चुनाव के दौरान पार्टी की मदद करने वाले सहयोगियों के साथ प्रदेश के चहुँमुखी विकास हेतु विचार-विमर्श, जन विकास पार्टी को अगले चुनाव तक राज्य स्तर की पार्टी से राष्ट्र स्तर

की पार्टी बनाने के अभियान और इन सबसे ऊपर अपने पद की भव्यता और ताम-झाम का मज़ा लूटने और अपने सुरक्षा घेरे को अभेद्य बनाने में लीन हो गये। सरकार के दूसरे मा. मंत्रीगण अपने नेता अथवा मा. मुख्यमंत्री जी द्वारा समय-समय पर सौपे गये दूसरे कामों के साथ-साथ अपने विभाग से होने वाली आमदनी का हिसाब रखने, उसे ठिकाने लगाने की फ़िक्र और ज़्यादा मालदार महकमे की जुगाड़ में उलझ गये। बचे अफ़सर-नौकरशाह, हाकिम-हुक्काम, इंजीनियर-डॉक्टर और बाबू-इंस्पेक्टर-सो उनके लिए कुछ नया नहीं था। उन्होंने इस तरह के कई चुनाव देखे और करवाए थे। विकास का वादा और दावा करने वाली ऐसी तमाम सरकारों में काम किया था। कई मुख्यमंत्रियों के भाषण सुने और अनगिनत शासनादेश लिखे-पढ़े थे। उन्हें अपना काम अपनी तरह से करने का हुनर आता था। इसमें किसी बाहरी दखल, राय-सलाह की न तो उन्हें ज़रूरत थी और न ही वे इसे पसन्द करते थे। रही बात व्यवस्था के तीसरे और चौथे खंभे की तो तीसरा खंभा (न्यायपालिका) अपने 'चाल-चरित्र और चेहरे' पर हमेशा की तरह मुग्ध था और चौथा (मीडिया) अपने धंधे के अपरिमित विस्तार की ख़ाम-ख़याली में लिप्त था। उसे बैठे-बिठाये जो खुराक़ मिल जाती थी उसे ही पचा पाना मुश्किल था...और फिर बेज़ार जनता की ज़िंदगी में ख़बर बनने लायक़ कुछ भी तो आसानी से घटित नहीं होता था। ऐसे में दिन-रात-चौबीसों घंटे ख़बरों की उसकी तलब को पूरा करना आम जनता के बूते की बात कहाँ थी! मजबूरन उसे सिनेमा, क्रिकेट और सियासत के गलियारों में 'लव-सेक्स और धोखा' के तड़के की तलाश करनी पड़ती थी। कभी ज़रायम दुनिया की सनसनी का सहारा लेना पड़ता था तो कभी-कभार मुर्ग़ों और साँड़ों की लड़ाई और साँपों की मुहब्बत या फिर भूत-प्रेत, हवन-कीर्तन, ओझाई-फुंकाई और तंत्र-मंत्र से ही पूरा दिन निकालना पड़ता था।

दरअसल कहानी का यह जो देशकाल है उसे आप जानते ही हैं और जिसे दोहराने की मुझे कतई ज़रूरत नहीं थी बल्कि यह आपका क़ीमती वक़्त बर्बाद करने की क़वायद और आपका अदबी ज़ायक़ा बिगाड़ने की गुस्ताख़ी भी मानी जा सकती है। और इसके लिए बेशक़ मुझे माफ़ी माँगनी चहिये। कहानी में कुछ ताज़ा, चटपटा, मस्त, मूड फ्रेश करने वाला वाक़या होना चाहिये। आख़िर आप अपनी ज़िंदगी के गंभीर मसलों से फ़ुरसत निकाल कुछ पढ़ते हैं और ऐसे में लफ़्फ़ाज़ी नाक़ाबिले बर्दाश्त है। सो कहानीकार अबतक दुहराई गई तमाम पुरानी और जगज़ाहिर बातों के लिये माफ़ी माँगता है और यह वादा करता है कि आख़िर तक वह आपको वाक़ई ज़ायक़ेदार और चटपटा एक क़िस्सा ज़रूर सुनायेगा।

ईचक दाना बीचक दाना

इसे सुखद संयोग कहा जा सकता है कि जिस साल जन विकास पार्टी ने प्रदेश में अपनी जीत का परचम फहराया उस साल पूरे देश में गेहूँ की बम्पर पैदावार हुई। अन्न की पैदावार के लिहाज़ से कहानी वाला यह प्रदेश पूरे देश की कुल उपज का एक चौथाई अकेले पैदा करता था। यह अलग बात थी कि खपत के मामले में भी यह सूबा आगे था और देश की कुल पैदावार का एक तिहाई अकेले चट कर जाता था। गेहूँ की बम्पर पैदावार एक तरह से प्रदेश के किसानों की तरफ़ से जन विकास पार्टी के लिए एक और तोहफ़ा था। प्रदेश के अर्थ और गणना विभाग द्वारा अपने अगड़म-बगड़म फ़ार्मूले के आधार पर मा. मुख्यमंत्री जी को यह बताया गया कि इस बरस पिछले बरस की तुलना में गेहूँ की पैदावार बगड़म फ़ीसदी ज़्यादा हुई है। इकाई गणना के मुताबिक़ कुल अगड़म लाख मीट्रिक टन अनाज अधिक पैदा हुआ है। मा. मुख्यमंत्री ने मुस्कराते हुए इसे किसान-मज़दूरों के सवाल पर जन विकास पार्टी द्वारा किये गये ज़मीनी संघर्ष का सुफल बताया। जबकि विपक्ष इसे किसानों की मेहनत और भगवान की कृपा कह रहा था।

ख़ैर सरकार के मंत्रियों और कृषि महकमे के ज़िम्मेदार अफ़सरों ने इस उपलब्धि का हर मौक़े पर घूम-घूमकर प्रचार किया। महीनों तक रंगीन जश्नों और 'वेट' पार्टियों का दौर चला। चुनावी जीत के तुरंत बाद अनाज से अटे पड़े बोरों से लदे हथठेलों, बैलगाड़ियों, जुगाड़, ट्रकों और ट्रैक्टरों की रेलमपेल का मधुर संगीत मौसम में गूँजता रहा। सरकार ने किसानों को उनकी उपज का भरपूर दाम देने का वादा पूरा करते हुए प्रति क्विंटल सरकारी ख़रीद दर में बगड़म रुपए का इज़ाफ़ा करते हुए पूरे प्रदेश में तत्काल सरकारी ख़रीद चालू करने का एक और शासनादेश जारी कर दिया। वह यह बात भूल गई कि पिछली सरकार के जाते-जाते धान ख़रीद के बाद राइस मिल वालों को जितना चावल लौटाने की शर्त पर धान दिया था, मिल वालों ने उसका आधा चावल भी नहीं लौटाया था। बावजूद इसके सभी सरकारी गोदाम ठसाठस भरे पड़े थे। यहाँ तक कि कृषि, सहकारिता जैसे महकमों द्वारा खाद-बीज, रसायन और उपकरण रखने के लिये बनाए गये भवनों और गोदामों में भी अनाज ठूंसा हुआ था। तहसील और विकास खंड भवनों के स्टोरों और मीटिंग हॉलों में भी कहीं-कहीं अनाज के बोरे रखे हुए थे। उनमें चावल के अलावा पिछले साल का गेहूँ भी कहीं-कहीं एक बरसात झेलकर बदरंग हो रहा था। प्रदेश के रसद विभाग ने जब यह समस्या मा. रसद मंत्री के सामने रखी तो उन्होंने उलटे इसे मा. मुख्यमंत्री के सामने रखा। यह पार्टी का अनुशासन था। मा. मुख्यमंत्री से पूछे बिना पार्टी का कोई

नेता न तो दूसरे रंग के कपड़े पहनता था और न ही किसी होटल वग़ैरह में दावत उड़ाने जा सकता था। अपने चुनाव-क्षेत्र के अलावा कहीं और जाने के लिए भी इजाज़त लेनी होती थी। वे विभाग के मंत्री ज़रूर थे पर उनको अपना संतरी बदलने के लिये भी अनुमति लेने का नियम था फिर यह तो यूँ भी एक बड़ा निर्णय था। सो मामला मुख्यमंत्री तक गया। मुख्यमंत्री जी ने अपने क़रीबी अफ़सरों से मशवरा करने के बाद तय किया और फिर मीडिया के सामने घोषणा की—

'सूबे के ग़रीब-गुरबा, मजूर-किसान, बुज़ुर्ग-बेसहारा को राशन कार्ड दिया जायगा जिसपर उन्हें हर महीने गल्ला-गेहूँ-चावल दिया जायगा। बाक़ी कम-ज़्यादा ग़रीब कौन है, अफ़सर देख लें...आठवीं तक के स्कूलों में सब बच्चों को दोपहर का खाना देने की स्कीम भी चलाई जायगी। मजूर-धतूर के लिये 'काम के बदले अनाज योजना' भी चालू की जायगी...गाँवों में जो बहू-बेटियाँ उम्मीद से हैं, उनको और फिर पैदा होने वाले बच्चे को स्कूल जाने की उमर तक गेहूँ का दलिया और पंजीरी बाँटी जायगी...हमारे परदेस में रामराज होगा। अनाज की भरमार है तो सबको दो जून की रोटी मिलनी चाहिये। नियम-क़ानून सब अफ़सर लोग देख लें...' मुख्यमंत्री के तेवर कड़े थे लेकिन वे जनता के लिये अपना दिल उड़ेले जा रहे थे। बग़ल बैठे अफ़सर एक-एक शब्द नोट किये जा रहे थे जैसे स्कूली बच्चे इमला नोट करते हैं। हालांकि अफ़सरों को मुख्यमंत्री का बयान पहले से ही रटा हुआ था। उसे तैयार करने में उन्होंने कड़ी मेहनत जो की थी!

मुख्यमंत्री जी ने आगे कहा, 'और सभी अधिकारी यह भी नोट कर लें कि एक हफ़्ते के भीतर परदेस भर में बचे हुए अनाज के लिए गोदाम किराए पर लिया जाय। सरकारी ग़ैर-सरकारी मकानों और खुली जगहों को तलाश कर अनाज की हिफ़ाज़त की जाय। ज़रूरत हो तो बरसाती और तिरपाल ख़रीदा जाय। मगर कान खोल कर सुन लें अफ़सर कि किसी भी किसान को न तो अपनी फसल मजबूरी में दलाल को बेचनी पड़े और न ही अनाज का एक भी दाना सड़ने पाए।'

मीडिया ने अगले दिन मा. मुख्यमंत्री जी की 'जन-संवेदना' की प्रशंसा करते हुए प्रदेश में अनाज ख़रीद और उसके रख-रखाव की चुनौतियों का पुरज़ोर हवाला दिया था।

इससे प्रदेश की जनता में न सिर्फ़ एक अच्छा संदेश गया था बल्कि ज़रूरतमंद लोगों में ख़ुशी की एक लहर भी दौड़ गई थी।

कुछ रोज़ बाद जब अफ़सरों ने मा. मुख्यमंत्री जी के संज्ञान में पुनः यह तथ्य पहुँचाया कि सारी कोशिशें करने के बावजूद सूबे में अगड़म गेहूँ रखने की जगह का इंतज़ाम नहीं हो पा रहा है तो उन्होंने फिर से अपने क़रीबी अफ़सरों के साथ

लंबा विचार-विमर्श किया और फिर मीडिया के सामने सुविचारित 'गेहूँ ख़रीद नीति' का खुलासा किया।

इस नीति के तहत प्रदेश भर में छोटे आढ़तियों, आटा-चक्की वाले मिल-मालिकों और बिस्कुट-ब्रेड बनाने वाली बड़ी-बड़ी कंपनियों को मनचाही जगहों और मनचाही शर्तों पर गेहूँ ख़रीदने का लाइसेंस जारी करने की व्यवस्था थी। सरकार की इच्छा के मुताबिक़ एक बार फिर संबंधित महकमों ने ताबड़तोड़ कई शासनादेश जारी कर दिए और राजकाज फिर पुराने ढर्रे पर चल पड़ा।

स्कूली बच्चों को खाना खिलाने वाली योजना से शिक्षा, पुष्टाहार-पंजीरी योजना से महिला और बाल-विकास तथा काम के बदले अनाज योजना से पंचायत और ग्राम्य विकास महकमें के अफ़सरों और उनके रिश्तेदारों के यहाँ रोज़मर्रा के अनाज की कमी तो पूरी हो ही गई साथ ही शादी-विवाह, पर-परोजन, श्राद्ध-संस्कार के लिए भी असानी से राशन उपलब्ध हो चला। रही बात रसद और मार्केटिंग महकमे की तो उनकी पांचों उँगलियाँ पहले से ही घी में थी। इन योजनाओं के बाद बीस की बीसों घी में जा धंसीं और सिर कड़ाही में।

यह तो तय था कि बड़े गोदामों से अनाज का इतना बड़ा उठान और छोटी-छोटी जगहों तक उसका बंटवारा बिना परिवहन विभाग की चुस्ती और ट्रांसपोर्ट ठेकेदारों की मदद के नहीं हो सकता। सो इस भोज में उन्हें भी शामिल कर लिया गया। अब 'थाना-पुलिस, तहसील-पटवारी हरदम सबपर भारी' वाली पुरानी कहावत तो सच होनी ही है। इनके बग़ैर न कोई ख़ुद को ज़िन्दा साबित कर सकता है न मरा। सो थाने का डंडा और तहसील की कलम सबपर मंडराती रहती थी और उनका काम भी चलता रहता था।

अब इतनी सारी योजनाओं की ज़मीनी निगरानी और उन्हें जनता के बीच ले जाकर लागू करने की ज़िम्मेदारी तो देश के संविधान ने ही गाँव पंचायतों को दे रखी है फिर भला कोटेदार, सरपंच और उसके सेक्रेटरी का ज़िक्र क्यों न हो। मगर प्रिय पाठकों इस सबमें उनकी हिस्सेदारी नहीं थी बल्कि गाँव तक पहुँचने वाला पूरा का पूरा हिस्सा उनका ही था। वे अपनी गणित के मुताबिक़ जबर विरोधी को चुप करने से लेकर आए दिन जाँच-पड़ताल वग़ैरह के लिए गाँव आने वाले बेहिसाब छोटे-बड़े हाकिमों के लिये इसी में से चाय-बिस्कुट, बरफी-पेड़े, मुर्ग़ा-खसी, काजू-किशमिश, सौंफ, इलाइची के साथ-साथ हल्के-भारी लिफ़ाफों का भी इंतज़ाम करते थे।

सरकारें आज़ादी के बाद से ही देश के विकास में सरपंचों की अहमियत समझती आई थीं। फ़र्क़ सिर्फ़ यह आया था कि सरपंच भी धीरे-धीरे अपनी अहमियत समझने लगे थे। उन्हें पता चल गया था कि जन विकास के इस अनुष्ठान में किसका

क्या-क्या घी में है। सो जनता की भलाई के नाम पर जो घी उनके पास तक आता था उसमें वे अपना हाथ-पाँव और मूंड़, सब गाड़ देते थे।

बहरहाल क़िस्सा गेहूँ ख़रीद के लिये किये जाने वाले सरकारी इंतज़ामों का चल रहा था सो आनन-फानन में पुरावा-पाही, गाँव-गिराँव और क़स्बा-कछार में छोटी औक़ात के बनियों, बड़ी जात के आढ़तियों और बहुत बड़ी थैली वाली कंपनियों के कांटे टंग गये और उनके दलाल... अरे न...न...सेवा-प्रदाता घूम-घूमकर छोटी काश्त के किसानों के खेत से औने-पौने गेहूँ उठाने लगे। सूबे के नब्बे फ़ीसदी किसानों के लिए खेती यूँ भी 'जीने-मरने' का सवाल थी। जुताई-बुआई, खाद-पांस, बीज-बेरन, सिचाई-निराई, रखाई-मड़ाई तक वैसे ही जहन्नुम का दीदार हो जाता था, अब फसल बेचने के लिये भला कौन सरकारी अड्डे तक जाय। और अगर जाय भी तो भला कैसे ? फिर दो-चार-दस मन अनाज गाड़ी पर लादें तो उसका किराया-भाड़ा-मजूरी अलग। और फिर इतना कुछ करने पर भी अड्डे का मुंशी ठेंगा दिखाता है नगद-नरायन के नाम पर, 'जब सरकार पैसा देइहै तबै मिलिहै काका!... गोहूँ तउल जात है, ई का कम है।' फिर हुज्जत कितनी ही करो, 'अब गहना-गिरवी रख, करजा-पाती काढ़ फसल तैयार की और उधारी बेच दी तो कुनबा कैसे पाले कोई! शादी-गौना, बिमारी-इलाज, पिंड-सराध, कथा-भागवत, मेला-मनौती का खर्चा है सो अलग।' सरकारी कांटे के मुंशी को इससे मतलब नहीं जबकि बनिए और बबुआन खड़ी फसल का दाम लगे हाथ देने को तैयार रहते हैं। सौ-दो-सौ कमी रहती है सो हुआ करे। काम तो नहीं रुकता। काश्तकार का मन समझते हैं ये धंधे वाले। और फिर सरकारी मुंशियों को भी बनियों आढ़तियों और ज़मीदारों से अनाज ख़रीदने में आसानी होती है। न ज़्यादा चिकचिक न झिकझिक। दोनों एक दूसरे की मजबूरी समझते हैं और हँसी-ख़ुशी आपसी समझदारी से इस मजबूरी का फ़ायदा भी उठाते हैं। अनाज तो वैसे भी ख़रीदा ही जाता है। खेत में तो सड़ता नहीं। अब यह बात दीगर है कि मुनाफ़ा मंत्रियों, अफ़सरों, मुंशियों, बनियों और बबुआन की ज़ेब जाता है। यह बात सबको पता भी थी। मा. मुख्यमंत्री जी को भी। लेकिन उनके पास इसका जवाब भी था जिसे वह निजी बातचीत में कह भी डालते थे—

आज़ादी के इतने साल बाद भी—जबकि इतनी सरकारें आई-गईं, इससे बेहतर व्यवस्था तो किसी ने न निकाली। फिर रातोरात कुछ सुधरता है भला। हर बात पे रोना, हर काम को कोसना भी ससुर पब्लिक की आदत हो गई है। ख़ुद कुछ करना नहीं है। हर बात के लिए बस भकुआये हुए सरकार की तरफ़ देखती रहती है।'

तो सरकार की इच्छा और आदेश के मुताबिक़ तमाम लोकहितकारी योजनाएँ पूरे प्रदेश में चल निकलीं। अनाज के बोरों के छल्ले गोदामों, बखारों, दफ़्तरों, बरामदों

और छज्जों तले शोभायमान हो गए। जनता के लिए बनाये गए कम्युनिटी हॉलों में भी अनाज पाट कर सरकारी ख़रीद-फ़रोख़्त के आंकड़े पूरे किये गए। चारों तरफ़ सरकार की इस तेज़ी की तारीफ़ हुई। सिर्फ़ विपक्षी पार्टियों को ही कुशासन और लूट का राज दिखा। इस काम में दिन-रात एक करने वाले हाकिमों, बाबुओं और ठेकेदारों ने चौतरफ़ा जश्न मनाया और पूरे साल के लिए कुत्ते-बिल्लियों, चूहों-गीदड़ों, छिपकलियों-चमगादड़ों, कठफोरों-कौवों, कीड़ों और दीमकों के मुफ़्त खाने और हगने का इकट्ठा इंतज़ाम खुले में करके पुण्य कमाया सो अलग। प्रिय पाठकों! जो कहानी मैं आपको सुनाना चाहता हूँ वह धन-धान्य से भरे और जनता के भले के लिये काम करने वाली सरकार वाले ऐसे ही एक प्रांत की कहानी है।

ग्राम पंचायत बनपुरवा उर्फ़ सरपंच भौजी की जागीर

जन विकास पार्टी जिस प्रांत में राज कर रही थी उसमें कुल अगड़म गाँव पंचायतें थी। लेकिन यह कहानी उसमें से सिर्फ़ एक गाँव पंचायत बनपुरवा की है। हालांकि यह कहना मुश्किल है कि दूसरी पंचायतों में ऐसी कहानियाँ नहीं थीं। वैसे बनपुरवा में भी कोई यही एक कहानी नहीं थी। तमाम और कहानियाँ भी थीं। मैं आप सबका क़ीमती वक़्त बरबाद करना नहीं चाहता लेकिन अगर आप इजाज़त दें और मेरी ग़ुस्ताख़ी के लिए मुझे एक बार फिर से माफ़ करें तो मैं आपको कुछ मज़ेदार क़िस्से सुना सकता हूँ। अब जैसे एक क़िस्सा ख़ुद बनपुरवा के नाम और उसके एक छोटे मजरे से ग्राम पंचायत बनने का ही है। तो चलिये लगे हाथ ये क़िस्सा मैं आपको सुना ही देता हूँ। काग़ज़ात सरकार और जिल्द बंदोबस्ती में आज जिसे ग्राम पंचायत बनपुरवा कहते हैं वह जन विकास पार्टी की सरकार बनने से पहले तक ददनपुर के नाम से जाना जाता था। और यह नाम गाँवों और मजरों के नामकरण की सामान्य परंपरा के अनुरूप भी था। अब हम सब जानते हैं कि नाम रखने के पीछे कोई न कोई वजह होती है-जैसे किसी राजा, रानी, रियासत के नाम पर या किसी महात्मा-फ़क़ीर, सैलानी या बलिदानी के नाम पर। कभी बड़ी जातियों के असर को दिखाने के लिये उनके नाम पर तो कभी-कभार जंगल-नदी-पहाड़ के कारण भी किसी जगह का नाम पड़ जाता है। अब बनपुरवा नाम के पीछे ऐसी कोई वजह नहीं समझ आती। इसके आस-पास वन या बन नहीं था। ज़मीन भी ऊसर-बंजर नहीं थी कि उसी तर्क से इसे बनपुरवा कहते। गाँव की आबादी भी आदिवासी-वनवासी प्रजाति की न थी और न ही जंगल पर उसकी रोज़ी-रोटी टिकी थी। बनपुरवा में पासी और कोरी या कोयरी जाति के परिवार आबाद थे। पासी जाति के लोगों का पेशा सुअर

पालना और महुए के लहन से शराब, दारू या ठर्रा तैयार करना था जबकि कोयरी परिवार बकरी और भैंस पालने के साथ खेती-बारी के कामों में अधिया-बंटाई करके गुज़र-बसर करते थे। वैसे कहानीकार ने बनपुरवा नाम के पीछे एक तर्क खोजा भी था कि हो न हो ये कोरी या कोयरी लोग कोल जनजाति-जो जंगलों में रहती है, के वंशज हों। हालांकि इसे साबित करना मुश्किल है। ख़ैर बनपुरवा में कुल सौ-डेढ़ सौ परिवार थे जिनके पास न तो अपनी ज़मीन-ज़ायदाद थी न ही कोई दर-दुकान जो उनकी आमदनी का नियमित ज़रिया होती। कुल मिलाकर उनकी ज़िंदगी ज़रूर जंगलियों की तरह थी और वे पंचायत के दूसरे मजरों से काफ़ी दूर रहते थे और इस लिहाज़ से उन्हें वनवासी कहा जाता रहा होगा।

तो ग्राम पंचायत बनपुरवा में तीन मजरे और थे। एक पंडित पुरवा जिसमें ब्राह्मण रहते थे और एक पुरवा वो जिसमें ठाकुर या क्षत्रिय जाति के परिवार रहते थे। इन मजरों में कुछ परिवार छोटी जातियों के भी थे या शायद इन बड़ी जातियों की सेवा-टहल के लिए बसाये गए थे। इसके अलावा एक पुरवा ऐसा भी था जिसमें कई जाति के परिवार एक साथ बसे हुए थे। तो इस तरह से ग्राम पंचायत बनपुरवा में कुल चार मजरे थे लेकिन आबादी के लिहाज़ से बाक़ी पुरवे बनपुरवा से छोटे थे और यही वह वजह थी कि पंचायत परिसीमन के वक़्त बनपुरवा को ग्राम पंचायत बनने का रंग-रुतबा हासिल हुआ। नई सरकार ने छोटी जातियों के हित में तमाम काम किये थे और बनपुरवा को पंचायत बनाने का फ़ैसला भी उनमें से एक था। इससे पासी और कोयरी परिवार बड़े ख़ुश थे जैसे इतने भर से सरकार में उनकी हिस्सेदारी हो गई हो। उन्हें उम्मीद बंध गई थी कि आने वाले दिनों में सरकार उनकी रोटी और मकान की समस्या का समाधान भी करेगी। अब यह अलग बात है कि सरकारी पन्नों पर नाम बदलने भर से न किसी का काम बदलता है न क़िस्मत। ज़ाहिर है कि नाम बदलने का यह सरकारी फ़रमान बड़ी जातियों को पसंद नहीं आया होगा। वैसे इससे न तो पंडितों की पूछ कम हुई और न छोटे ददन का रुतबा। छोटे ददन कौन?...अरे हाँ! मैं ये बताना तो भूल ही गया था। लेकिन मैंने ये ज़रूर बताया था कि बनपुरवा पंचायत को पहले ददनपुर नाम से जाना जाता था। तो छोटे ददन का क़िस्सा भी लगे हाथ सुनाते चलें क्योंकि सरपंच भौजी की दास्तान दरअसल उसके बिना अधूरी रहेगी।

बड़े-छोटे ददन और इम्पाला कार

...तो ददनपुर पहले ज़माने की एक छोटी रियासत थी और छोटे ददन उर्फ़ कुंवर अरिदमन सिंह अतीत की इस वैभवशाली और विलासी रियासत की स्मृति के पालने

में बड़े हुए वारिस थे। वे छोटे इसलिए नहीं थे कि उनसे बड़ा कोई और वारिस था बल्कि इसलिए थे कि उनके पिता बड़े ददन ठाकुर जयवीर सिंह प्रदेश में ज़मीदारी विनाश क़ानून लागू होने के काफ़ी बाद तक राजसी अंदाज़ में जिए और उसी तरह मरे भी। ददन उनकी ख़ानदानी पदवी थी। जिसका पहले अर्थ दादा अर्थात बड़ा पिता, बड़ा भाई या कोई ऐसा जो आपकी रक्षा करता हो, था। लेकिन बाद में यह बदलकर ग़ुण्डा, सरहंग, नंगा या अन्यायी हो गया था।

बहरहाल बाक़ी रियासतों की तरह ददनपुर भी एक समृद्ध रियासत थी। क़िलेनुमा एक महल में राजपरिवार रहता था और पंचायत और उसके बाहर भी पूरे इलाक़े की सभी ज़मीन और बाग़ान इसी परिवार के खाते की बतायी जाती थीं जिसे धीरे-धीरे उन्होंने दान और बख़्शीश के रूप में ब्राह्मणों और दूसरी छोटी जातियों में बाँट दिया था। ज़मीदारी विनाश क़ानून लागू होने के बाद सरकार ने भी इस परिवार की तमाम ज़मीन भूमिहीन निचली जातियों को पट्‌टे पर दे दी थीं। राजपरिवार के दूसरे कुछ ख़ादिम और फ़रमाबरदार जिन्हें राजा ने ख़ुद आसामी पट्‌टे बाँटे थे अब नये क़ानून के मुताबिक़ इस ज़मीन के मालिक और फ़र्द सरकार पर संक्रमणीय भूमिधर के रूप मे दर्ज़ हो गये थे। रियासतों का सहज सियासी रुतबा तो काफ़ी पहले ही ख़त्म हो चुका था, अब राजसी रंग बनाये रखने का एक मात्र ज़रिया बची-खुची ज़ायदाद ही थी। उसे बेच-बांचकर ही ख़ानदानी भरम को बचाये रखा जा सकता था और यह काम बड़े ददन उर्फ़ ठाकुर जयवीर सिंह ने बखूबी किया। वह अपने महल से कभी-कभार ही बाहर निकलते थे और जब निकलते थे तो बाक़ायदा घोड़ागाड़ी (जो मय कोचवान उन्हें अपनी ससुराल से छोटे ददन के जन्म के मौक़े पर नेग में मिली थी) या इम्पाला कार (जो उनके पिता-बड़े राजा ने उनकी अट्ठारहवीं वर्षगांठ पर उनकी ज़िद के आगे हारकर तोहफ़े में ख़रीदी थी) में ही निकलते थे। यह कार साल में दो-चार बार ही महल के मुख्य द्वार से बाहर निकलती थी और जब निकलती तो ड्राईवर और अर्दली कलंगी टोपी और ददनपुर रियासत का ख़ानदानी सोने की पॉलिश वाला बिल्ला पहनकर बड़ी ठसक के साथ खिड़की का शीशा खोलकर बैठते थे। और बड़े ददन पिछली सीट पर वक़्त के साथ पुरानी पड़ चुकी अचकन में तने, एक पाँव दूसरे के ऊपर रखे सोने की मूंठ वाली छड़ी पकड़े बैठते। उनके होठों से वह चुरट भी लगी रहती जिसे महारानी विक्टोरिया ने हिंदुस्तान के दौरे पे कभी उनके पिता अर्थात बड़े राजा को ख़ुश होकर उपहार स्वरूप दिया था। वे अक्सर बिना काम के ही निकलते और अपनी रियासत-जो उनके जीते जी ग्राम पंचायत बनपुरवा बन गई थी, का एक चक्कर लगाने के बाद अपने महल में लौट आते थे। बीच रास्ते गाँव के नंग-धड़ंग बच्चों को देखकर मुस्कराते हुए हाथ हिलाना

नहीं भूलते थे। यह निकलना शायद इसलिए था कि वे जीते जी अपनी रियाया-जो अब उनकी नहीं बची थी, के ज़हन में अपने बचे हुए रसूख़ का जायज़ा लेते रहना चाहते थे। यह निकलना उन्हें ख़ुशी देता था। इम्पाला कार उनकी तरह ही अब काफ़ी पुरानी हो गई थी लेकिन कुलीनता का रोगन उसपर उसी तरह था जैसे उनकी मूंछों पर। गाँव की कच्ची और खड़ंजा सड़कों पर चलती हुई कार बेतहाशा काला धुआँ फेकती थी। कई बार गाड़ी गुज़र जाने के बाद गाँव के बच्चे शरारती लहज़े में टेर लगाते, 'देखो-देखो! राजा की गाड़ी से धुआँ निकल रहा है।' और इस टेर में 'गाड़ी' के 'गा' पर चंद बिंदी अनायास ही लग जाती थी। ख़ैर राजकाज भले न बचा हो लेकिन बड़े ददन ने अपनी ज़िंदगी राजा की तरह ही बिताई। वह सुबह-सुबह ही नहा धोकर महल की बारादरी में आ बैठते थे। उनका पुराना वफ़ादार-कल्लू बारी झाड़ा-पेशाब छोड़, बाक़ी समय साये की तरह उनके साथ लगा रहता। उसका सबसे बड़ा काम राजघराने के सुनहरे अतीत के किस्से सुनाकर और उनकी दरियादिली का मस्का मार उन्हें ये एहसास दिलाना था कि ज़माना अभी भी उतना नहीं बदला है और वह अब भी राजा हैं। पूरा का पूरा दिन ऐसे ही गुज़र जाता था लेकिन बड़े ददन का अनुशासन ऐसा था कि बारादरी में आने से पहले रानी साहिबा को भी उनकी इजाज़त लेनी होती थी। महल के बाहर वक़्त कितनी तेज़ी से बदल रहा था, उसकी न तो उन्हें भनक थी और न ही परवाह... ...

...तो छोटे ददन का बचपन बड़े ददन के मासूम कुलीन आग्रहों और तेज़ी से बदलते वक़्त के बेरहम दबावों के बीच गुज़रा था। राजसी रंग-ढंग और शाही फ़रमाइशों के चक्कर में धीरे-धीरे खेत-बाग़ या तो बिक गये थे या सेठ-साहूकारों के यहाँ गिरवी हो गये थे। फिर एक दिन वह आया जब बड़े ददन इस दुनिया से चले गये लेकिन जाते-जाते छोटे ददन उर्फ़ कुंवर अरिदमन सिंह को हमेशा के लिये छोटा ही कर गये। यह ददनपुर बड़े ददन के भाई-भयौह, पर-पट्टीदार और कई पीढ़ियों से राजपरिवार की सेवा-टहल से जुड़े दूसरे घराने के परिजनों से बसा हुआ था।

बहरहाल छोटे ददन की उम्र बड़े ददन के इंतकाल के समय अट्ठारह-बीस से ज़्यादा न थी और उन्होंने बीड़ी पीने, लड़की देख सीटी बजाने, पेड़ पर चढ़ आम-इमली तोड़ने, ग़ुस्से में सामने वाले को माँ-बहन की चालू गालियाँ निकालने और कबाड़ हो चुकी इम्पाला कार को फर्स्ट गीयर में गैराज के अन्दर-बाहर करने के अलावा कुछ नहीं सीखा था। अब तक की उनकी परवरिश भले ही अभिजनता के बासी तक़ाज़ों के बीच हुई थी लेकिन बड़े ददन के जाने के बाद उन्होंने ख़ुद को इन बंधनों से आज़ाद कर लिया और गाँव पंचायत के बाक़ी हमउम्र लड़कों के साथ

कुश्ती, घुच्चू, झाबर, डंक, छिपा-छिपौव्वल, गेंदतड़ी, ताश, कंचा और कौड़ी का मज़ा लूटने में लग गये। ज़मीन-ज़ायदाद पहले ही किनारे लग चुकी थी, अब बारी घर के ज़ेवरों और बरतनों की थी। इसी पुरानी पूँजी के दम पर छोटे ददन जवान हुए, मछरी-गोश-दारू का स्वाद जाना और फिर उसके मुरीद हुए। पढ़ाई ख़ानदानी शगल नहीं था इसलिये नहीं की। रानी साहिबा ने बड़ी मुश्किल से पड़ोस की एक बरबाद रियासत की कन्या ढूँढ उनका ब्याह कराया और कुछ महीनों के बाद पुरखों का नाम न डुबोने की सलाह और ख़ानदानी परंपरा की दुहाई देकर परलोक सिधार गईं।

छोटे ददन की रगों में शाही ख़ून था। धीरे-धीरे बेचने लायक़ सबकुछ बिक गया और उनके तीन-चार बच्चे हो गये। अब नई रानी, जिन्हें वह पहले चंदा कहते थे, में भी उन्हें कोई दिलचस्पी न रही। महल की बारादरी, रंगशाला, बड़े ददन और रानी साहिबा का शयनकक्ष और घुड़साल आदि मलबे में तब्दील हो चले थे। घोड़ागाड़ी गाँव के सेठ ने ख़रीद ली लेकिन इम्पाला कार ख़रीदने की हिम्मत कबाड़ी भी न कर सका। कार गैराज में पड़े-खड़े ही सड़ गई। छोटे ददन के पास अगर कुछ बचा था तो एक उजड़ी रियासत के नालायक़ वारिस का रुतबा और उसके लिहाज़ से बंधे हुए एकाध नौकरों की जी-हुज़ूरी।

यही वह दौर था जब छोटे ददन जन विकास पार्टी की राजनीति से जुड़े और अपने इलाक़े में पार्टी की ज़मीन तैयार करने में ज़ोर-शोर से लग गये। अबतक सरपंची पंडितान के पास होने और राजसी अकड़ के कारण लोग महल से दूर ही रहते थे लेकिन अब धीरे-धीरे ज़रूरतमंदों की भीड़ महल के बाहर लगने लगी। छोटे ददन भी ऊँच-नीच सबके दरवाज़े उठने-बैठने और खाने-पीने लगे। इसी बीच उनकी नज़र बनपुरवा की फूला पासिन पर पड़ी और फिर ऐसी पड़ी कि कभी न हटी।

फूला यानि टपकी जाय जलेबी रस की

फूला की उमर यही कोई पच्चीस-तीस के बीच या ये समझो कि छोटे ददन के बराबर ही थी। उसका आदमी शादी के साल भीतर ही बूढ़े माँ-बाप की ज़िम्मेदारी फूला और छोटे भाई रामराज पासवान पर डालकर परदेस कमाने निकल गया था। फूला को तब घर के कामकाज के अलावा कुछ भी न आता था। उसका देवर रामराज दिनभर पंडितान और बबुआन की मजूरी-धतूरी करके घर चला रहा था। फूला की जवान नमकीन देह रामराज को दिनरात खटने पर मजबूर करती थी। फूला रस्मी

तौर पर भले रामराज से हँस बोल लेती लेकिन आगे किसी हरक़त पर आँखें तरेर देती। रामराज ने रात-बिरात कई बार हाथ फेरने की कोशिश की लेकिन फूला फिरंट गई। शायद वह ख़ुद पर क़ाबू कर सकती थी। शायद उसे अपने आदमी की वापसी का इंतज़ार था या फिर शायद वह रामराज से बेहतर विकल्प की तलाश में थी। रामराज पहले मन ही मन कुढ़ता था—बड़ी सत्ती-साबित्तरी बनती है। कमा के न खिलाऊँ तो छाती पचकते देर न लगेगी। छाती छूने से मरकही भैंस की तरह उचकती है ससुरी! अब सब्र की इंतहा होने पर धीरे-धीरे वह धमकी पर उतर आया था, 'भउजी! अगर तू हाथ धरै न देहौ तौ खुदै कमाय के खा... हमसे ई बेगारी जनम भर न होई।' और फूला मजबूर होकर पंडितान के खेत पर काम करने गई थी।

जैसा हम अपने पाठकों को बता चुके हैं कि तब तक पंचायत का नाम भले ही ददनपुर था लेकिन परधानी पंडितान के पास ही थी। छोटे ददन सिर्फ़ नाम के राजा थे बाक़ी खेत-बाग़, गोरू-बछरू, जंगल-कछार सब पंडितान के कब्ज़े में ही थे। सरकारी दंद-फंद और तीन-तिकड़म में भी उनका मुक़ाबला करने वाला कोई न था। वे कोयरी, पासी, चमार और मुसलमान-जिनकी आबादी गाँव की कुल आबादी के आधे से अधिक थी, को दो सेर रोजाना या डेढ़ पसेरी हफ़्ता के हिसाब से मजूरी देकर बड़ी आसानी से परधानी जीत रहे थे। बाक़ी चुनाव से पहले पेंशन, कालोनी, नलका, वज़ीफ़ा, पट्टा और राशन कार्ड का झुनझुना बजा देते थे। फूला ने एक-दो रोज़ परधान के खेत पर अपने पुरवे की दूसरी औरतों के साथ काम किया लेकिन जल्दी ही परधान की नज़र उसपर पड़ गई। अब परधान अक्सर उसका हाल-चाल लेने के बहाने उसके क़रीब खड़े रहते और मेहनत से सीझे उसके शरीर को आँखों ही आँखों उघारते रहते। फूला परधान की उमर, जो उसके बूढ़े ससुर के बराबर थी, के झांसे में आकर कभी-कभार अपने मरद की बेरुखी और घर की बदहाली का रोना रो देती। परधान ने भी लगातार अपनी बूढ़ी वासना पर क़ाबू पाने की कोशिश की होगी लेकिन कामयाब नहीं हो सके। एक बार भरी दुपहरी में घास का गट्ठर सिर पर लादे आती फूला को लपककर अपनी छाती से कस लिया और अपना झाड़ सा मुँह फूला के मुँह और छाती से रगडने लगे। गट्ठर फूला के सिर से लुढ़क चुका था और वह वासना के आवेग में बेसुध परधान के कांपते शरीर से ख़ुद को अलग करने की कोशिश में थी। आस-पास काम करने वाली औरतें इस वाक़ये को चुपचाप देख रही थीं। एक बूढ़ी औरत ने हिम्मत करके खेत में खड़े-खड़े ही परधान से मिन्नत की, 'हे परधान! हे पंडित! ई न करा भाई... न करा। नई दुलहिन है। एकर मरद भी तौ नाहीं बाटै हियाँ।' इस बीच परधान फूला की फड़फड़ाती देह के पोर-पोर को रगड़ चुके थे। फूला ने ज़ोर का धक्का दिया था या शायद परधान की पकड़

आवेग शिथिल पड़ने के कारण ढीली पड़ गई थी—जो भी रहा हो, फूला छूट गई। परधान अपने घुटने पर झुके तेज़ी से हांफ रहे थे। उनका चेहरा और शायद कुरते के भीतर पूरा शरीर पसीने से भीग गया था। बुढ़ापे की गरमी उतरते देर नहीं लगती। थोड़ी देर में ही परधान ज़मीन पर उकड़ू बैठे हो-हो, ही-ही करके हँस रहे थे और बाक़ी मजूरिनों की तरफ़ देखते हुए कह रहे थे, 'बिना मरद के औरत कितना ख़तरनाक़ हो जाती है हो! ससुरी कइसा करंट मारती है।' और उधर फूला अपनी बढ़ी हुई धड़कन पर क़ाबू करते हुए धोती-ब्लाउज सहेज रही थी और लगातार गालियाँ निकाल रही थी। बाक़ी औरतें उसे बार-बार वहाँ से जाने को कह रही थीं।

यही वह घटना थी जिसके बाद छोटे ददन की निगाह फूला पर पड़ी थी। छोटे ददन आजकल पंचायत और आसपास की हर छोटी-बड़ी घटना पर बराबर नज़र रखते थे और जन विकास पार्टी के हलक़ा इंचार्ज होने के नाते सबकी-खासकर कमज़ोर, ग़रीब तबक़े के लोगों की हर लिहाज़ से मदद करते थे। थाना-तहसील, ब्लाक-कचेहरी हर जगह उनका आना-जाना था। उन्हें दरअसल पंडितान के ख़िलाफ़ ही अपनी सियासी ज़मीन तैयार करनी थी। रियासतों का राज-पाठ ख़त्म होने के बाद धीरे-धीरे पंडितों ने हर मामले में बड़े ददन को चुनौती देनी शुरू कर दी थी और जब तक छोटे ददन कुछ समझने लायक़ हुए तब तक हनक और ताक़त की धुरी ददनपुर से हटकर पंडितान की तरफ़ जा चुकी थी। छोटे ददन ने पंडितान से उलट जन विकास पार्टी की पॉलिटिक्स इस धुरी को वापस ददनपुर की तरफ़ मोड़ने के लिये भी पकड़ी थी। जन विकास पार्टी के लिये भी इस इलाक़े में छोटे ददन के अलावा पंडितान की कोई काट नहीं सूझ रही थी।

ख़ैर फूला इस घटना के बाद काफ़ी परेशान हो गई थी। उसके देवर के खार खाये दिल को भी जैसे कुछ ठंडक मिली, 'अब अइसी जानलेवा जवानी पै सबकै ईमान डोल जाये। अउर फिर पंडित-ठाकुर तौ राच्छस कै दूसर रूप हैं। हम कउन खाये जात रहिन भउजी तुहैं! हम कही कि ई जवानी आख़िर बरबाद केहे का फ़ायदा!' उसने फूला की तरफ़ देखकर एक साथ हमदर्दी और नसीहत दोनों दे डाली थी। ऐसे में छोटे ददन ने फूला को बड़ा सहारा दिया और थाना-पुलिस तक फूला को साथ लिये भटके। परधान की थुक्का-फ़जीहत कराई सो अलग। फूला को देखकर वैसे भी छोटे ददन की नीयत डोल गई थी लेकिन वह यह भी जान गये थे कि बिना छोटी जातियों का भरोसा जीते राजनीत नहीं की जा सकती।

अब छोटे ददन आते-जाते बनपुरवा ज़रूर जाते और ज़्यादा समय फूला के पास बैठकर बिताते और दुनिया-जहान की बातें करते। चलते-चलाते कुछ रुपये उसके हाथ पर रख देते। फूला को भी छोटे ददन का आसरा मिल गया था। धीरे-धीरे

उसकी शुरुआती झिझक जाती रही। रोज़ी-रोटी की दिक़्क़त ख़त्म होने से उसका ध्यान अब अपने ऊपर भी जाने लगा था। वह छोटे ददन की निगाह समझने लगी थी और उसका मज़ा भी लूटने लगी थी। इतने दिन की तनहा ज़िंदगी ने फूला को समझदार बना दिया था और छोटे ददन हर लिहाज से उसे पंसन्द आ रहे थे। वह बस बात आगे बढ़ने का इंतज़ार कर रही थी। फिर एक दिन छोटे ददन ने उसके सिर पर अपना हाथ रख दिया। अगले दिन कंधे पर और फिर छाती पर। और फूला ने उस हाथ को अपने दोनों हाथों से दबा लिया। जैसे ज़माने से अकड़ी देह एकबारगी नरम पड़ गई थी। फिर खेत-बाग़, सांझ-भिनसार छोटे ददन फूला की मदद करते रहे। थोड़े दिन बाद छोटे ददन ने फूला को दूसरा ही काम पकड़ा दिया था—कोयरी, पासी और चमार को जन विकास पार्टी से जोड़ने काम। फूला अब दुनियादार हो चली थी। और छोटे ददन ने तो एक तीर से कई निशाने मार गिराये थे।

सूबे में जन विकास पार्टी की सरकार बनने से पहले ग्राम पंचायत ददनपुर में परधानी का चुनाव हुआ और आज़ादी के बाद पहली बार पंडितान को हराकर छोटे ददन ने सरपंची हथियाई। फिर क्या था छोटे ददन का ख़ानदानी रुतबा लौटने लगा। इस बीच फूला के बूढ़े सास-ससुर परलोक सिधार गये और रामराज पासवान ने बियाह कर बीवी-बच्चों के साथ गृहस्थी बसाई। छोटे ददन ने फूला को अपने महल के पास ज़मीन देकर एक कालोनी बनवा दी और इलाक़े में अपनी रखैल कहलाने का रुतबा दिया सो अलग। फूला ने भी छोटे ददन पर अपना सबकुछ वार दिया और बेफ़िक्र हो चली। इस तरह वक़्त गुज़रता गया और छोटे ददन अपने इलाक़े में जन विकास पार्टी के मज़बूत नेता बन गये।

बाद का क़िस्सा मैं पहले ही सुना चुका हूँ कि अरसा बाद प्रदेश में भारी चुनावी जीत के साथ जन विकास पार्टी की सरकार बनी लेकिन ये बताना बाक़ी रह गया था कि इस जीत में छोटे ददन जैसे कई नेताओं और फूला जैसी कार्यकर्ताओं का बड़ा योगदान था। फिर सरकार ने छोटे ददन की कोई बात नहीं टाली। पंचायत का कोटा, ठेका-पट्टा सबकुछ उनकी मरज़ी से ही चला। सरकार ने उन्हें ज़िला पंचायत भेजने का फ़ैसला भी कर लिया। इस बीच पंचायत की चौहद्दी फिर से तय हुई और ग्राम पंचायत ददनपुर का नाम बदलकर बनपुरवा किये जाने की सिफ़ारिश सरकार से मनवाकर छोटे ददन ने फूला का तन-मन एक बार फिर जीत लिया और निचली जातियों में अपनी जगह पुख़्ता कर ली। फिर पंचायत का आरक्षण बदला। आज़ादी के बाद से अबतक परधानी 'सवर्ण' जातियों के पाले में ही रही आई थी। सरकार ने इसे 'अनुसूचित' जाति के लिये सुरक्षित कर दिया। इसमें छोटे ददन की कोई भूमिका नहीं थी लेकिन सबने यही माना कि यह उनकी तरफ़ से फूला रानी को

एक और तोहफ़ा था। फूला ने भी यही समझा और छोटे राजा पर तन-मन से वारी गई। और फिर जन विकास पार्टी की सरकार में जब पंचायत चुनाव हुए तो फूला रानी ग्राम पंचायत बनपुरवा की नई सरपंच बनीं और छोटे ददन ने ज़िला पंचायत में झंडा गाड़ा। पंचायत का काम अब भी छोटे ददन के इशारों पर चलता था लेकिन ग्राम पंचायत बनपुरवा फूला उर्फ़ सरपंच भौजी की जागीर बन गई थी।

प्रिय पाठकों! इधर-उधर के तमाम क़िस्से सुनकर आप सचमुच ऊब गये होंगे लेकिन आप यक़ीन मानिये कि यह भी वो क़िस्सा नहीं था जो मैं आपको सुनाना चाहता था। दरअसल वो क़िस्सा सुनाने से पहले यह सब आपको बताना बेहद ज़रूरी था। अब अगर आप मुझे थोड़ी मोहलत और दें तो मैं आपको वो क़िस्सा सुना सकता हूँ। आप न चाहें तो मैं अपनी कहानी यहीं ख़त्म कर सकता हूँ। वैसे जहाँ तक मैं समझता हूँ आप वो क़िस्सा भी सुनना चाहेंगे। अब जब इतना सब्र रखा है तो थोड़ा और सही। तो चलिये सुनाते हैं।

और रामराज की बग्घी

सरकार के हुकुम पर पूरे प्रदेश में ग़रीबों की गिनती चालू थी। इसके लिये अर्थ और गणना महक़मे द्वारा दिनरात की मेहनत और करोड़ों रुपए फूँकने के बाद बगड़म फ़ार्मूला निकाला गया था। फिर सभी बातों का ध्यान रखते हुए एक शासनादेश जारी किया गया था जिसमें यह कहा गया था कि ज़र-ज़मीन से कंगाल, खेत-मजूर, कच्ची छत या झोपड़पट्टी वाले बेसहारा परिवारों, विधवाओं और कड़के अपाहिजों को लाल कार्ड दिया जाएगा जबकि छोटे और मझोले किसानों और महीने में अगड़म आमदनी वाले परिवारों को ग़रीब मानते हुए पीला कार्ड दिया जाएगा। अब आप पूछेंगे कि आमदनी कौन तय करेगा? तो जवाब है-तहसीलदार। वो भी लेखपाल, क़ानूनगो और नायब की रिपोर्ट के बाद जिससे शक़-शुबहो की कोई गुंजाइश न रह जाय। फिर आप जानना चाहेंगे कि कार्ड कौन बाँटेगा? तो उसका जवाब है-बीडियो यानी ब्लॉक का विकास अधिकारी। वो भी पंचायत सेक्रेटरी और एडियो पंचायत की सिफ़ारिश के बाद। ताकि कोई ग़रीब-गुरबा कार्ड पाने से छूट न जाय। अब आप ये सवाल भी करेंगे ही कि आख़िर कार्ड लेकर होगा भी क्या? तो ये रहा सबसे मौज़ू सवाल। अरे भाई! सरकार ने पहले ही कह रखा था कि प्रदेश में अनाज की भरमार है और ऐसे में कोई भी अन्न को न तरसे। ग़रीब को दो जून की रोटी का इंतज़ाम हो। सूबे में करोड़ों ग़रीब थे और उन सबको कार्ड बाँटा जाना था सो आदेश जारी होने से पहले ही मा. रसद मंत्री जी ने पत्नी द्वारा नाज़ुक़ मौक़े

पर डाले गए भीषण दबाव में कार्ड छापने का ठेका अपने साले को दिलवा दिया था और न चाहते हुए भी पार्टी के एक निष्ठावान कार्यकर्ता की पेशगी लौटा दी थी।

तो इस कार्ड पर हर महीने ग़रीब परिवारों को सस्ते दाम पर अनाज दिया जाएगा। पीले कार्ड पर पाँच रुपए पच्चीस पैसे किलो गेहूँ और सात रुपए सैंतीस पैसे किलो चावल और लाल कार्ड पर दो रुपए बाईस पैसे किलो गेहूँ और तीन रुपए तैंतीस पैसे किलो चावल। दामों की गणना भी सूबे की अर्थ-व्यवस्था और ग़रीबों की माली हालत के दशमलव के शुद्ध पूर्णांक तक जाकर किए गए आकलन के बाद की गई थी जिसपर बहस की कोई गुंजाइश नहीं थी। प्रदेश के हर ग़रीब परिवार को बस एक बार अपनी माली हालत के मुताबिक़ कार्ड बनवाना था और फिर उसे घर बैठे हर महीने गेहूँ चावल मिलता रहता। पीले कार्ड पर जहाँ महीने में कुल दस किलो राशन मिलने की बात थी वहीं लाल कार्ड पर चालीस किलो और वो भी समझो मुफ़्त। बस इसमें सरपंच और कोटेदार की थोड़ी मेहरबानी चाहिए थी। सरकार वाक़ई ग़रीबों के भले में काम कर रही थी और ये काम प्रदेश की हर पंचायत में पूरे ज़ोर-शोर से जारी था। तहसील और ब्लॉक के अफ़सरों और कारिंदों ने इस काम की ज़िम्मेदारी सरपंचों पर डाल रखी थी और सरपंच भी अपना फ़र्ज़ बखूबी निभा रहे थे समझो।

हर गाँव पंचायत में आमदनी का सर्टिफिकेट और कार्ड बनवाने के लिए कैम्प लग रहे थे। जिनमें भारी भीड़ उमड़ रही थी। गाँव पंचायत बनपुरवा में पिछली सर्दियों में कैम्प लग चुका था। इस साल फिर लगने वाला था। लेखपाल और पंचायत सेक्रेटरी ख़ास तौर से हल्कान थे। पूरे पंडितान और ददनपुर के ज़्यादातर परिवारों ने कार्ड के लिए ज़रूरी आमदनी का सर्टिफिकेट तहसील से जुगाड़ लिया था और अब कार्ड के लिये अर्ज़ी का फारम भरने की तैय्यारी में थे। ज़्यादातर लाल के चक्कर में थे। पिछली बार जिन्होंने फार्म भर दिया था उनमें से कुछ को लाल और कइयों को पीला मिल भी चुका था। जबकि बनपुरवा के पासी-कोयरी में से कुछ को छोड़ बाक़ी अभी अपनी आमदनी का सबूत जुटाने की जुगत में ही झुरा रहे थे। चक्कर ही कुछ ऐसा था। वो महीने भर में किस-किस काम से कितना कमाते थे और उनकी रोटी का जुगाड़ कहाँ से होता था इसका ठीक-ठाक जवाब उनके पास नहीं था। सो वे लाख कोशिश के बाद भी लेखपाल को अपने कंगाल होने का यक़ीन नहीं दिला पा रहे थे। वे ज़िन्दा थे, अपना कुनबा पाल रहे थे और अक्सर बुक्का फाड़ हँस भी देते थे। इससे ये तो साबित होता ही था कि उन्हें खाने के लाले नहीं थे और कार्ड के बिना भी वे मरेंगे नहीं। सरपंच, सेक्रेटरी और लेखपाल इस बात पर एक राय थे कि वे उतने ग़रीब नहीं हैं जितना दुहाई दे-देकर सरकार से मनवाना चाहते हैं।

बहरहाल उधर रामराज पासवान ने भी 'ललका कारड' बनवाने का इरादा किया हुआ था। जवानी ढलान पर थी और परिवार बढ़ गया था। फूला के हाथ से निकलने के बाद फूला की याद में हर साल एक के हिसाब से अपनी बीवी से चार बच्चे(तीन लड़की और एक लड़का। शुक्र है भगवान का) पैदा कर दिये थे। काम पहले भी कौन था लेकिन पंडितान से परधानी छिनने के बाद अब बेगारी के भी लाले पड़ गये थे। पंडितान की सरपंची में किसी तरह बैंक से करजा काढ़ 'सुरोज़गार स्कीम' में चार सुअरें ख़रीदी थीं। अबतक उनके बच्चे बेच-बेचकर अपने बच्चों का पेट भर रहा था। गये साल मादा सुअर बीमारी से मर गई थी सो इस धंधे में भी बरक्कत की उम्मीद जाती रही थी। करजे का कोढ़ अलग से बढ़ रहा था। ऊपर से फूला के रंग-रुतबे के आगे रहा-सहा पानी भी उतर गया था। किस मुँह से हाथ फैलाता। जिस भौजाई पर कभी कमाई और जवानी का रौब गाँठता था उसी के सामने बार-बार बच्चों की दुहाई...सोचकर ही रामराज का मन खदबदा जाता था। और फिर फूला छोटे ददन से पूछे बिना एक खर भी इधर से उधर न करती थी। इस पर भी फूला के एहसान से पिछली दफ़ा लेखपाल ने उसको कंगाल मानते हुए आमदनी का सर्टीफिकट बनवा दिया था। ये अलग बात है कि इसके एवज़ में उसने तहसीलदार को चिक्कन करने के नाम पर सुअर का एक छौना हलाल करवाया था। रामराज को उसका ग़म न था। आमदनी का सर्टीफिकट हाथ में आने के बाद उसे लगने लगा कि अब गुरबत के दिन जाने वाले हैं। कारड मिलने के बाद अन्न का रोना समझो खतम-यह सोच-सोचकर ही वो ख़ुद को और अपनी औरत को दिलासा देता रहता था। उसने पिछले कैम्प में लाल कार्ड का फार्म भी भर दिया था लेकिन अभी तक उसका कार्ड नहीं बना था। पंचायत सेक्रेटरी जब भी गाँव आता रामराज रुंआसे होकर 'कारड' की मिन्नत ज़रूर करते थे। सेक्रेटरी हर बार-'अरे पासवान जी! आप तो सरपंच भउजी के देवर हैं। आपका कार्ड नहीं बनेगा तो किसका बनेगा पूरी पंचायत में' कहकर गोली दे देता था। मन मार के रामराज हर दूसरे-तीसरे फूला की चौखट पर भी गुहार लगा आते थे जो अक्सर अपनी कालोनी में 'कारड-पिंसिन-कोटा-पट्टा' माँगने वालों से घिरी रहती थी और—'कौन कारड के बिना मरे जा रहे हौ। खाय का जुगाड़ तौ कर ही दिया है हमने तुम जैसे गोजर का' कहकर कुछ काग़ज़-पत्तर पलटने लगती। रामराज मन ही मन कुढ़ता, 'कोई पूछै बुजार से कि रजिट्टर में है का तौ नखरा भुलाय जाय...जाव रानी! तुहूँ तकदीर लै के पइदा भइउ है...नाहीं तौ हमार छुन्नी चाटत रहतू अबै।' एकाध बार वह छोटे ददन के आगे भी पेश हो चुके थे लेकिन वह 'सरपंच भौजी जाने' कह कर कन्नी काट लेते थे। वैसे भी अब उनका ज़्यादा समय गाँव के बाहर ज़िले की राजनीत में बीतता था।

इसी तरह चकरघिन्नी बने रामराज पासवान की ज़िंदगी कटने लगी। फूला जब से छोटे ददन के हाथ आयी थी और तोहफ़े में उसे कालोनी मिली थी तभी से उसने बनपुरवा जाना लगभग छोड़ दिया था। कभी भूले-भटके गई भी तो अपना काम सटका निकल भागी। अब जब से इधर सरपंच बनी है तब से तो वो जाना भी बंद हो गया। उलटे बनपुरवा के ही लोग 'बिटिया-भउजी-बहुरिया-दुलहिन' कहकर छेके रहते थे। फूला के सरपंच बनने के बाद बनपुरवा के ज़्यादातर मरदों ने ठर्रा जमाया था और रात में अपनी औरतों को पटाने के ताव में उनकी सारी फ़रमाइशें फूला के दम पर इकट्ठा पूरी करने की क़समें भी खा ली थीं। औरतों ने भी अपने मरदों के बजाय फूला को 'जुग-जुग जियो' का आशीष दिया था। चाहते हुए भी वे '...पूतो फलो' वाला आशीर्वाद नहीं दे पाई थीं। छोटी जात के छैला लौंडों ने भी 'फूला भौजी रानी है। बड़ों-बड़ों की नानी है' का नारा उछाल रखा था।

जैसे-जैसे वक़्त गुज़रा फूला की सरपंची बनपुरवा के लिए भी एक ठंडी जज़्बाती ख़बर बनके रह गई थी। रामराज न तब ख़ुश हुए थे न अब। भूखों मरने की नौबत अब दूर न थी लेकिन अकड़ अभी भी कभी-कभार ज़ोर मार देती थी। अक्सर तब जब रामराज रात को खाट पर पड़े हुए उन दिनों के बारे में सोचते जब फूला की जवानी उसके रहमोकरम पर थी। रामराज जब फूला के ख़यालों में डूबे होते तो रात के उस पार इंतज़ार मे बैठे, बदले दिनों के दुख-दर्द से बेफ़िक्र होते। बहरहाल ऐसी रूमानियत कभी-कभार ही ज़हन पर चढ़ती थी। बाक़ी ज़िंदगी ने ऐसी पलटी मारी थी कि रामराज को फूला के पाँव पड़ने में भी गुरेज़ न थी। ऐसा न था कि फूला को दया-मया न थी। रामराज को एक बार टरका भी दे लेकिन उसके बीवी-बच्चों की परवाह थी। तभी कुछ रोज़ 'काम के बदले अनाज' योजना की मेठगीरी दिलवा दी थी लेकिन सेक्रेटरी ने कान भरके हटवा दिया था। जब चेहरा देख-देखकर आजिज आ जाती तो कोटेदार से कहकर एकाध पसेरी धान-गेहूँ दिलवा देती। मजूरी-धतूरी का काम तो था लेकिन जगहंसाई के फेर में न फूला रामराज से वह काम कराना चाहती थी और न रामराज ही सड़क-खंती-तलाब में तसला-फावड़ा ले उतरना चाहते थे। बाक़ी पंचायत में कैम्प लगता, कोई हाकिम आता या जाँच-पड़ताल होती रामराज हमेशा बेमतलब, बिनबुलाए हाज़िर रहते। मुख्य इंतज़ामिया बनके।

रामराज की ज़िंदगी इसी तरह अन्न की तलाश में छछूंदर बने गुज़रती गई। एक-एक कर सूअर के सभी बच्चे बिक गए। फूला ने बाक़ी एहसानों के साथ एक एहसान यह भी किया कि पंचायत सेक्रेटरी से कहकर रामराज को सरकारी कर्ज़ अदायगी से साल भर की मोहलत दिला दी थी। बनपुरवा का पुराना कच्चा घर जिसमें

कभी फूला भी रहती थी आँधी-पानी, धूप और वक़्त की मार सहते-सहते ढह रहा था। ले-देकर एक कोठरी बची थी जो तेज़ बारिश में चूने के बावजूद रामराज के पूरे कुनबे को संभाले हुए थी। रामराज बीवी-बच्चों की कातर आँखों से मुँह चुराए बेकाम-काज गाँव-पुरवे में भटकते रहते थे और उसके बीवी-बच्चे भी भूख की मार से बेचैन घर-घर काम तलाशते घूमते। अक्सर चौका-बरतन, निराई-मड़ाई या सफाई-पछोर का काम मिल जाता था और कुछ न कुछ खाने का जुगाड़ भी हो जाता था। जिस दिन कुछ न होता तो फूला का आसरा आख़िरी होता और फूला दया-मया दिखा ही देती थी। फूला ने अपनी देवरानी की मिन्नत से आजिज आकर अगले साल एक कालोनी दिलाने का भरोसा देकर उसे जीने का एक सपना दे दिया था। ये और बात है कि रामराज को अब फूला की बात पे कोई भरोसा नहीं रह गया था फिर भी वह ज़िंदगी से हारने वालों में से न थे। उन्हें दिन बहुरने का भरोसा था। कई बार खेत-खलिहान घूमते हुए सोचते कि एक दिन उनके पास भी एक टुकड़ा खेत होगा और वे अपनी फसल की गाँठ सर पर रख चलेंगे। जब कभी पंचायत भवन के क़रीब से गुज़रते-जिसमें एक बारिश झेल चुके गेहूँ से भरे बोरों की अजीब गंध भरी हुई थी—वह किसी बहाने देर तक वहीं बने रहते। कुता-बिल्ली भगाते, दरवाज़े से कान लगा चूहों की उछल-कूद पर बड़बड़ाते और फिर इधर-उधर देख खिड़की-दरवाज़े के पास बिखरा सीला-सड़ा-अधखाया दो-चार मुट्ठी गेहूँ पछोर लाते। इधर वह ख़ुद से न जाने क्या बतियाने भी लगे थे। कई बार जैसे भविष्यवाणी-सा करते बुदबुदाते-'फूला रानी अब तुहार दिन लदा समझो। बहुत मज़ा लूटा तैने। अगली दफा परधानी हमरे हिस्से समझो रानी।' रामराज को जैसे-जैसे भूख सताती, वह और भटकते और बुदबुदाते जाते। वह जब घूम-घाम कर पस्त हो जाते तो वापस लौटकर परछत्ती के नीचे पड़ी टुटही खाट पर लोट जाते। काया दिनोदिन सूखती जा रही थी। पसलियाँ पारदर्शी हो चलीं थी लेकिन एक इरादा जो रामराज ने पुख्ता कर लिया था वह था फूला से अब न मिलने का। और इसके लिए उन्हें रोज़ दो-चार बार मन को मारना और ज़िंदगी को गरियाना पड़ता था।

इसी तरह गर्मियों और बरिशों का एक और मौसम बनपुरवा से गुज़रा जिसे रामराज ने भी अपने तन-मन पर महसूस किया। फिर सर्दियाँ आईं और आती ही चली गईं। रामराज की खाट ही उनके लिए पूरा घर थी बाक़ी एक कोठरी जो घर के नाम पर थी वह उन्होंने ख़ुशी-ख़ुशी अपने कुनबे के खाते में डाल रखी थी। तो अपनी उसी खाट पर एक रात रामराज पड़े हुए थे जब उन्हें तेज़ ज्वर ने जकड़ लिया था। रामराज

को इधर कई दिनों से भूख न लगने की बीमारी भी हो चली थी। वे दिन-रात मुँह में तंबाकू कूटे रहते थे जो उन्हें गाँव में आसानी से माँगे मिल जाती थी। बदन पर जो फटा कुरता महीनों से था उसको सहारा देने के लिए एक कंबल भी इधर आ गया था जो बेसहारा अपाहिजों और बूढों को ठंड से बचाने के लिये सरपंच ने बंटवाया था और जिसे हासिल करने के लिए रामराज की औरत को फूला के आगे अपने बच्चों की दुहाई देनी पड़ी थी। अन्दर के कमरे में पुआल पड़ा था और रामराज की बीवी और बच्चों को एक-दूसरे से लिपट वहाँ आसानी से नींद भी आ जाती थी। एकाध साल पहले तक बीवी का शरीर रामराज को भी रात-बिरात भीतर खींच ले जाता था लेकिन अब उसके अपने शरीर में ख़ुद जान नहीं बची थी और बीवी के जिस्म से भी गरमी जाती रही थी। रामराज बहुत देर तक ठंड से सिहरते सितारे ताकते रहे और खाट के आसपास पच्च-पच्च थूकते रहे। उन्हें लग रहा था जैसे उनके अपने पेट के भीतर से बर्फ़ीली हवाओं का तूफ़ान उमड़ रहा हो। बार-बार वे कंबल खींचकर अपना बदन समेट रहे थे। फिर न जाने कब उन्हें नींद ने अपनी आग़ोश में ले लिया।

आज नींद रामराज के लिए एक और ज़िंदगी लेकर आई थी। उन्होंने देखा कि वे एक बग्घी पर सवार हैं जो बिल्कुल बड़े ददन की बग्घी की तरह थी। बगल में फूला लाल चटख साड़ी पहने, माँग में सेंदुर और पाँव में आलता भरे बैठी थी। रामराज बीच-बीच में जब फूला को देखते तो वह मीठी हँसी हँस देती थी और रामराज का शरीर कुछ और अकड़ जाता था। बग्घी गाँव पंचायत बनपुरवा के सभी मजरों से होकर गुज़र रही थी। गाँव की औरतें और बच्चे उन्हें देखकर रास्ते पर किनारे खड़े होकर हाथ हिला देते थे। उनमें से कईयों को तो रामराज पहचान भी सकते थे। एक जगह काफ़ी भीड़ हाथ जोड़े खड़ी थी। उसमें छोटे ददन और पंडित परधान भी थे जो शायद कालोनी, खेती का पट्टा, बेसहारा पेंशन या शायद लाल कार्ड मांग रहे थे। उन सबके हाथ में ज़रूरी काग़ज़ात और तुड़ी-मुड़ी दरख़ास्तें थीं। रामराज सबको तसल्ली दे रहे थे और ऐसा करते हुए फूला को लगातार देख रहे थे। फिर उनकी बग्घी तेज़ी से आगे बढ़ गई और पीछे से 'ज़िन्दाबाद-ज़िन्दाबाद, जिया हो-जिया हो' की आवाज़ें आती रहीं। फिर शायद बग्घी तेज़ हिचकोले लेने लगी और फूला रामराज के सीने से आ लगी। फूला की सांसें ज़्यादा तेज़ थी या शायद हवा के झोकों में सिहरन ज़्यादा थी—जो भी हो रामराज नींद के आग़ोश से फिसल पड़े। उनका पूरा जिस्म पसीने से तर-बतर बेतरह कांप रहा था। रामराज ने देर तक उखड़ी नींद का सिरा थाम झटके से दूर जा गिरी ज़िंदगी में वापस जाने की नाकाम कोशिश की। फिर अँधेरे को निशाना बना एक बार पच्च से थूक फूला

को प्यार भरी गाली दी और कंबल सिर तक खीच लिया। फिर पूरी रात एक बारगी रामराज की ज़िंदगी पर रेंग गई।

एक ज़िंदगी का न होना

रात इतनी नई और ख़ुशगवार थी कि रामराज को सुबह की ज़रूरत नहीं महसूस हुई। पहले बीवी और बच्चों ने जाना फिर पूरे बनपुरवा और फिर पूरी पंचायत ने जाना कि रामराज सिधार गए। धीरे-धीरे लोगों का जमावड़ा लग गया। जितने लोग उतनी बातें। बीमारी, ठंड और भूख तीनों वजहें हवा में थी। फूला आई और थोड़ी देर में छोटे ददन भी आए। अख़बारों ने अगले दिन बनपुरवा में भूख और शीतलहरी से एक मौत की ख़बर छापी। फिर लेखपाल-सेक्रेटरी, नायब-बीडिओ, तहसीलदार-यसडियम सब आए। ज़िले के हाकिम ने भी यसडियम से फोन पर जानकारी ली और शाम तक रिपोर्ट तलब की।

रिपोर्ट में कुछ ख़ास नहीं था। लिखा था—महोदय अवगत कराना है कि सूचना मिलने पर तत्काल ग्राम पंचायत बनपुरवा में मौक़ा जाँच की गई। रामराज पासवान पुत्र गनेशी पासवान, उम्र लगभग 45 बरस की मृत्यु बीमारी-बुखार से हो गई। उसके परिवार में बीवी और चार बच्चे-तीन लड़कियाँ और एक लड़का है। तलाशी के दौरान घर से लाल कार्ड और एक टिन गेहूँ बरामद हुआ। मृतक सरपंच का भाई था जिसे खाने-पीने की कोई दिक़्क़त नहीं थी। भुखमरी की ख़बर असत्य और निराधार है क्योंकि पोस्टमार्टम में मृतक के पेट से अनाज निकला था। सर्दी या शीतलहरी से मौत की बात भी बेबुनियाद है क्योंकि मृतक को एक कंबल भी दिया गया था। फिर भी एहतियात के तौर पर सरपंच से कहकर मृतक के घर पर पचास किलो गेहूँ-चावल रखवा दिया गया है। रिपोर्ट महोदय की सेवा में अवलोकनार्थ सादर प्रेषित है।...

कुछ रोज़ बाद मा. मुख्यमंत्री जी ने जन विकास पार्टी द्वारा कराए गए विकास कार्यों पर एक प्रेस कांफ्रेंस की और 'प्रिय पत्रकार साथियों' को भोजन के लिए आमंत्रित करने से पहले एक वाक्य जोड़ना नहीं भूले कि उनकी सरकार में पिछले चार साल में अब तक भूख से एक भी इंसान की मौत नहीं हुई है जो अपने-आप में एक रेकॉर्ड है। मा. मुख्यमंत्री जी की बात पर पूरे हाल में गूँजे ठहाके ने हामी की मुहर मार दी थी।

एक और फ़रहाद

शीरीं और फ़रहाद की ईरानी प्रेम-कहानी तो आपने सुन ही रखी होगी। पर्शिया के राजा खोसरू और आर्मेनियाँ की रानी शीरीं के बीच बेचारा फ़रहाद आ जाता है। फ़रहाद एक संग-तराश। पत्थरों में भी ख़ूबसूरत ज़िन्दा अक्स उकेरने वाला शिल्पी। प्रेम के लिए कुछ भी कर गुज़रने वाला दीवाना आशिक़। अपने दिल की सुनने वाला फ़रहाद जो अपने फ़न की गहराइयों में उतरकर अपनी ज़िंदगी को शीरीं के सौन्दर्य और माधुर्य से भर लेना चाहता था। कहते हैं कि शीरीं के लिए खोसरू की शर्त पूरी करते हुए उसने पहाड़ काटकर दूध की नदी निकाल दी थी। लेकिन राजा-रानियों की दुनिया के उसूल उसे कहाँ पता थे। भले शीरीं भी उससे प्रेम करती थी लेकिन शाही वादों में उस दौर में भी मिलावट हुआ करती थी फिर आज के दौर की तो बात ही क्या की जाए। ख़ैर उस फ़रहाद की कहानी तो दुनिया जानती है लेकिन यह उस फ़रहाद की प्रेम-कहानी है जो हमारे ज़माने में पैदा हुआ। तो आइये सुनाते हैं आपको इस फ़रहाद की कथा मगर उससे पहले यह बताना ज़रूरी होगा कि हमारे ज़माने में खोसरू का नाम मनीचंद और शीरीं का नाम हनी हो गया है। फ़रहाद का नाम कुछ भी हुआ हो लेकिन हनी को पागलों की तरह चाहने वाला, उसके लिए राजा मनीचंद की हर शर्त मानने वाला हमारे ज़माने में भी फ़रहाद के नाम से ही मशहूर हुआ।

तो इस आधुनिक फ़रहाद को हनी से प्रेम हो गया। उठते-बैठते, सोते-जागते बस हनी का ख़याल। उसी के सपने। मगर हनी को पाना तो दूर उस तक पहुँचना भी मुश्किल। वह ख़ुद राजा मनीचंद की सरपरस्ती में थी और मनी के बिना राजा किसी को भी हनी के पास फटकने तक नहीं देता था। हनी की एक झलक के लिए भी राजा मनीचंद अच्छी-खासी मनी वसूलता था। मनी राजा की ज़रूरत भी थी। राजपाट, दल-बल, सेना-हरम, दान-धरम के अलावा प्रजा की भलाई और राज्य

की तरक्क़ी के लिए भी मनी ज़रूरी थी। राजा को पता था कि हनी हमेशा के लिए उसके कंट्रोल में नहीं थी इसलिए जितने भी समय के लिए हनी पर उसका नियंत्रण था, उसमे वह ज़्यादा से ज़्यादा मनी बटोरना चाहता था। क्यूँकि वक़्त बीत जाने के बाद उसे फिर से अपनी प्रजा के आगे एक राजा के तौर पर अपने अच्छे कामों का बही-खाता रखकर हनी का कॉपी राईट नए सिरे से हासिल करना पड़ता था और तब मनी ही सबसे ज़्यादा काम आती थी। ख़ैर राजा तो आख़िर राजा होता है। मनीचंद भी राजा था। गद्दी पर बैठने के बाद से ही उसने हनी की सौदेबाज़ी शुरू कर दी थी। मनीचंद ने हनी की सौदेबाज़ी का एक सिस्टम बना दिया था। हनी के दीवानों की केटेगरी के हिसाब से मनी की अलग-अलग दरें तय थीं। इन्हीं दरों पर पूरे राज्य में राजा के कारिंदे, मुलाज़िम, हाकिम, मंत्री-वज़ीर आदि हनी का धड़ल्ले से सौदा कर रहे थे। लेकिन फ़रहाद का केस फ़रक था। हनी के लिए उसकी चाहत राजा के सिस्टम में फिट नहीं बैठती थी। उसे हनी पूरी की पूरी चाहिए थी और वह भी हमेशा के लिए। इस पर राजा मनीचंद ही कोई निर्णय ले सकते थे। सो हाकिमों और मंत्रियों ने फ़रहाद से राजा के हुज़ूर में पेश होकर अपनी अर्ज़ी लगाने की सलाह दी।

आख़िरकार फ़रहाद कई बार की कोशिशों और राजदरबार के कारिंदों की कृपा से वहाँ पहुँच ही गया जहाँ पहुँचने के लिए उसने दिन-रात एक कर दी थी। दरबार में पेश होकर उसने राजा को शाही फ़र्शी ठोकी, अपना नाम बताया और बामुलाहिज़ा अर्ज़ किया कि उसे ताज़िंदगी हनी का साथ चाहिए। राजा बड़े ग़ौर से उसे देख रहा था। फ़रहाद ठीक वैसा ही था दिखने में जैसे एक मामूली आशिक़ होता है। राजा पहले मुस्कुराया फिर हँसा। फिर ठठाकर हँसा। फ़रहाद टस से मस नहीं हुआ। उसने हाथ जोड़े। आँखों में थोड़ी विनय और उड़ेली। होठों पर थोड़ी गुज़ारिश और लपेटी। उसे हनी चाहिए तो चाहिए-किसी भी क़ीमत पर। राजा ने उसे सिर से पाँव तक ठीक से देखा और बोला-

'हूँ...। तो तुम्हें हनी चाहिए। क्यूँकि तुम हनी से प्रेम करते हो। उसके बिना जी नहीं सकते... हनी को चाहने वाले तो इस राज्य में लाखों हैं। क्या तुम्हें यह बात पता है?'

फ़रहाद ने 'हाँ' में गर्दन हिलाई। राजा ने आगे पूछा-

'क्या हनी भी तुम्हें चाहती है?' फ़रहाद ने ज़बान खोली-

'पता नहीं। लेकिन मुझे यक़ीन है कि मेरे बारे में सुनकर हनी भी मुझे चाहने लगेगी।'

राजा फिर एक बार ठठाकर हँसा—

'तुम्हें शायद पता नहीं है हनी के बारे में। उसे किसी एक फ़रहाद में दिलचस्पी नहीं है। इस दरबार में हनी को चाहने वाले तुम्हारे जैसे न जाने कितने आशिक़ रोज़ आते हैं। किसी को उसका दीदार चाहिए होता है तो किसी को उसका अल्प सानिध्य। कुछ तो उसके साथ फोटो खिचवाकर ही ख़ुश हो जाते हैं लेकिन तुम्हें तो उसका पूरा संसर्ग चाहिए वह भी हमेशा-हमेशा के लिए। तुम जानते हो कि यह नामुमकिन है। हनी किसी एक के साथ नहीं रहना चाहती। फिर भी तुम ऐसी ज़िद कैसे पाल बैठे? हैरत हो रही है मुझे।'

फ़रहाद की ख़ामोशी और विनम्र समर्पण ने मनीचंद को थोड़ी देर में आश्वस्त-सा कर दिया। उसे भी हनी के लिए ऐसे ही किसी सिरफ़िरे आशिक़ की तलाश थी। वह अब तक ख़ुद हनी के 'टुट-पुँजिया' आशिक़ों से तंग आ चुका था। उसे पता था कि ऐसा पागल ही हनी के एवज़ में उसे मुँह माँगी मनी दे सकता है। राजा मनीचंद ने आख़िर फ़रहाद से पूछ ही लिया—

'हनी को हमेशा-हमेशा के लिए अपना बनाने के बदले तुम मुझे कितनी मनी दे सकते हो?'

फ़रहाद ने होश सँभालने के बाद से ही हनी को हासिल करने के लिए मेहनत-मजूरी, चोरी-बेईमानी, लूट-खसोट, लैमारी-लम्पटई, धोखाधड़ी-गबन जो कुछ बन पड़ा-पूरी निष्ठा से करते हुए अच्छी-खासी मनी इकठ्ठा की थी। उसने राजा को एक आँकड़ा बताया जिसे सुनकर राजा ने फ़रहाद की खिल्ली उड़ाई और यह कहते हुए उसे बाहर का रास्ता दिखाया—

'जितनी मनी तुम बोल रहे हो उतने में हनी की महज एक झलक, वह भी दूर से मुमकिन है। बेहतर हो तुम इसकी दस गुना मनी लेकर आओ या फिर मैं तुम्हें मुफ़्त में हनी को पाने का एक रास्ता बताता हूँ। जाओ, फ़ेसबुक पर जाकर हनी को अपना प्रेम-सन्देश भेजो अन्यथा ट्विटर पर उसे फॉलो करो। हो सकता है हनी को तुमपे तरस आ जाए।'

यह कहते हुए राजा मनीचंद बलखाकर हँस रहा था। फ़रहाद का दिल बैठा जा रहा था। वह भारी मन लिए दरबार से बाहर आया था।

मगर फ़रहाद हनी का सच्चा आशिक़ था। हनी का सौन्दर्य और आकर्षण कुछ ऐसा था कि वह फिर-फिर राजा मनीचंद के सामने पेश होता रहा। उसने राजा के चरणों में ख़ुद को समर्पित कर दिया और अनुरोध किया कि हनी के बदले राजा उससे कोई भी काम करा सकता है। वह बिना थके-डरे राजा की आज्ञा का पालन करेगा। बस उसे हनी का संसर्ग दे दिया जाए। आख़िरकार राजा को हनी के लिए फ़रहाद के अडिग, अनन्य प्रेम पर विश्वास हो गया। उसने अपने मंत्रियों और

सलाहकारों से परामर्श करने के लिए कुछ वक़्त लेते हुए फ़रहाद को थोड़े दिन बाद आने को कहा।

तयशुदा वक़्त पर फ़रहाद दरबार में हाज़िर था। उसने हनी के लिए अपने अडिग प्रेम को दोहराया। राजा ने उदार नज़रों से उसकी तरफ़ देखा—

'तुम यह बखूबी जानते हो कि हनी के सर्वथा संसर्ग के लिए आवश्यक मनी तुम्हारे पास नहीं है फिर भी हनी के लिए तुम्हारी तड़प बरक़रार है। हम इससे बहुत प्रभावित हैं। हमने हनी के प्रति तुम्हारे प्रेम को मुमकिन बनाने के लिए एक उपाय खोजा है।' यह कहते हुए राजा कुटिलता से मुस्कुराया था। फ़रहाद बिना कुछ बोले राजदरबार में घुटनों के बल बैठ गया। राजा ने अपने दरबारियों पर एक नज़र घुमाई और बोला—

'फ़िक्र मत करो। तुम्हें हनी मिल जाएगी। बस उसके बदले तुम्हें इस राज्य के सारे पहाड़ तोड़ने होंगे, जंगल काटने होंगे और नदियों के पेट से रेत-बजरी-मोरम निकालना होगा। उम्मीद है तुम्हें इस काम में कोई परेशानी नहीं होगी। तुम ख़ुशी-ख़ुशी यह काम कर सकोगे।' फ़रहाद आश्चर्य से राजा मनीचंद को देखे जा रहा था। उसने अहिस्ता से कहा—

'मैंने तो सोचा था कि एक पहाड़ काटने से हनी मिल जायेगी।'

राजा मुस्कुराया—

'वह तो बीते ज़माने की बातें हैं फ़रहाद। यह इक्कीसवीं सदी है। विज्ञान और तकनीक का युग। इसमें हनी को चाहने वालों की तादाद बेइंतेहा बढ़ गई है और उसी के मुताबिक़ उसे हासिल करने की शर्त भी थोड़ा कठिन हो चली है। लेकिन इससे तुम्हें क्या। पहले ज़माने में फ़रहाद ने अकेले छेनी-हथोड़े और कुदाल-फावड़े से पहाड़ काटा था। आज तुम इसके लिए स्टोन कटर, स्टोन क्रेशर, ड्रिल मशीन, बुलडोज़र, डाला-डम्पर, ट्रक-ट्रेक्टर-ट्राली सबका इस्तेमाल कर सकते हो। जितने चाहो हिस्सेदार-ठेके-पट्टेदार रख सकते हो। इसमें क्या मुश्किल!' थोड़ा रूककर राजा ने आख़िरी वाक्य जोड़ा—

'वैसे मैं तुम्हें पहाड़ तोड़ने का एक बेहद आसान नुस्खा भी बता दूँ। पहाड़ में छेद करके उसके बदन में बारूद भरो और फिर पलक झपकते उसे चिंदियों में उड़ा दो। है कि नहीं...ही-ही-ही...'

इस तरह राजा मनीचंद ने फ़रहाद को एक बार में ही पूरी तकनीक समझा दी। फ़रहाद को यह सब बताते हुए राजा इस मामले में अपने अनुभव पर रोमांचित दिख रहा था। फ़रहाद एकटक राजा को देख रहा था। उसके मन में सवालों की भरमार थी। लेकिन जाने क्यूँ ज़बान से सिर्फ़ इतना ही निकला—

'सभी पहाड़? सारे जंगल? सभी नदियाँ?'

राजा की भंगिमा कुटिल हो उठी—

'और तुम्हें भी तो आज के ज़माने में हनी का शौक़ चर्राया है। हनी के मिल जाने से तुम चिर युवा रहोगे। तुम्हारा रूप-सौन्दर्य निखरेगा। पद-प्रतिष्ठा बढ़ेगी। अनगिनत शीरियाँ तुम्हारे आग़ोश में आने को मचलेंगी। हनी के मुतफ़र्रिक़ आशिक़ों में तुम्हारा जलवा बुलंद होगा सो अलग। सब तुमसे 'इर्ष्या' करेंगे फ़रहाद! इसे छोटी बात मत जानो। जीते जी जन्नत का सुख।'

राजा ने थोड़ा ठहरकर फ़रहाद को प्रेरित करने के लिहाज़ से इतना और जोड़ा-

'और तुम्हें पता नहीं कि यह सब करके तुम इस राज्य की प्रजा पर कितना बड़ा उपकार करोगे। राज्य की तरक्क़ी में कितना योगदान दोगे। आने वाले वक़्त में लोग तुम्हे इक्कीसवीं सदी के फ़रहाद के नाम से याद रखेंगे। गुज़रे ज़माने का फ़रहाद अपनी मौत के लिए जाना जाता है लेकिन तुम अपनी शानदार ज़िंदगी के लिए, हनी के जांबाज़ आधुनिक आशिक़ के रूप में जाने जाओगे।'

यह सब सुनकर फ़रहाद की आँखों में पहली बार एक अनोखी चमक दिखी-

'आपकी मेहरबानी लेकिन इस सबके बारे में मुझे ठीक से कौन समझाएगा- कहाँ, कब, कैसे, क्या करना होगा?'

राजा ख़ुश था। उसने अपने मंत्री की तरफ़ देखा। मंत्री ने धीरे से अपना हाथ हिलाते हुए दिल पर रखा। आज फ़रहाद राजदरबार से निकलने के बाद से ही हनी के हसीन सपनों में खोया हुआ था। वह देख रहा था कि हनी उसके बिलकुल बगल में बैठी है। उसके सुनहरे बाल हवा में लहरा रहे हैं। उसकी मीठी बातें उसके कानों में मिसरी घोल रही हैं। उसके बदन की ख़ुशबू उसे मदहोश किये जा रही है। यह सोचते-सोचते हनी के लिए उसकी बेक़रारी और बढ़ चली। उसे अगली सुबह का बेसब्री से इंतज़ार था।

अगली सुबह मंत्री ने सबसे पहले फ़रहाद को मय नज़री-नक्शा पूरे राज्य के पहाड़ों, पठारों, चट्टानों और खदानों की गूढ़ जानकारी दी। फिर एक-एक कर सब नदियों के गर्भ में संचित खनिज संपदा का बोध कराया। मंत्री ने फ़रहाद को यह ठीक से समझा दिया कि राजा द्वारा सौपा गया कार्य उसे कैसे करना है और इस कार्य से जो भी पत्थर-गिट्टी, कोयला-मिट्टी, रेत-बजरी और लकड़ी-लट्ठा निकलेगा उसका क्या करना है। साथ ही एक लिस्ट भी मंत्री ने फ़रहाद को थमाई। लिस्ट में उन लोगों का नाम था जो इस काम में फ़रहाद के सहयोगी होंगे। अंत में यह कहते हुए मंत्री ने फ़रहाद को शुभकामनाएं दीं कि—

'तुम्हें समय-समय पर राजा के निर्देशों से अवगत कराया जाता रहेगा। अगर

कोई सवाल हो, जिज्ञासा या आशंका वग़ैरह हो तो अभी पूछ लो।'

'नहीं। वैसा कुछ तो नहीं, हाँ इतना अवश्य... हनी का क्या कैसे... ?' फ़रहाद अपनी आतुरता छुपा नहीं सका लेकिन अपने मन की बात ठीक से कह भी न सका। मंत्री ने उसके बिना कहे ही सबकुछ समझ लिया। वह शरारत से मुस्कुराया-

'अरे महाराज! इतना उतावलापन। अरे इधर आपने काम प्रारंभ किया और उधर हनी आपके पहलू में। गाड़ी-घोड़ा, नौकर-चाकर, सेवा-मेवा, माल-मत्ता सब एक इशारे पर आपके चरणों में गुरु!'

फ़रहाद थोड़ा झेंप गया। उसने हनी से सच्चा प्रेम किया था इसलिए उसे अब बस हनी की परवाह थी। हनी के लिए वह इस राज्य के सारे पहाड़ तोड़ने, जंगल काटने और नदियों को काछने के लिए तैयार था।

एक वह दिन था और एक यह दिन, फ़रहाद ने न जाने कितने पहाड़ तोड़ डाले। कितने जंगल उखाड़ फेके। कितनी नदियों के गर्भ में घुसकर मनमानी की। देखते-देखते फ़रहाद गिट्टी-पत्थर, लट्ठा-लक्कड़, बालू-बजरी और मोरंग-मार्बल का बादशाह बन बैठा। अपने इस काम को बेहतर ढंग से व्यवस्थित करने के लिए उसने अनगिनत फ़र्में, कंपनियाँ बना डालीं। राज्य के लगभग सभी बैंकों में उसके खाते चलने लगे। सभी शहरों में कई-कई मकान हो गये। तमाम शहरों के शॉपिंग कॉम्प्लेक्सों में तमाम दुकानें ख़रीद उसने किराए पर उठा दीं और गाँवों में सैकड़ों बीघे खेत-बाग़ का बैनामा अपने नाम, नौकरों-चाकरों, पड़ोसियों और मददगारों के नाम कर दिया। यह सबकुछ दरअसल उसने हनी के कहने पर उसी के लिए किया था। अपने काम को लेकर भी फ़रहाद की शुरुआती फ़िक्र और झिझक अब जाती रही थी। थोड़े ही दिन में तमाम पट्टेदार-ठेकेदार-हिस्सेदार, नामी-बेनामी लोग उसके गैंग में शामिल हो गए। फ़रहाद का सारा काम अब इस गैंग के ज़िम्मे था।

इधर एक-एक कर पहाड़ टूट रहे थे, जंगल काटे जा रहे थे, नदियों को बाँधकर उनका प्रवाह मोड़ा जा रहा था, गिट्टी-पत्थर, बालू-बजरी-मोरंग से लदी शोर मचाती गाड़ियों की आवाजाही से राजमार्ग ध्वस्त हो रहे थे और उधर अनजाने ही पहाड़ों-जंगलों और नदियों के सहारे जीवन बसर करने वाले पशु-पक्षी, जीव-जंतु, वनवासी-आदिवासी अपने आश्रय से उजड़ रहे थे। मगर इन सबसे बेपरवाह फ़रहाद पूरी तरह हनी के संसर्ग में डूबा जीवन के शानदार पलों का आनंद लेने में लगा हुआ था। कभी-कभार अगर उसके कान तक यह बातें पहुँचती भी थीं तो वह अपने सहयोगियों को इस सबको 'मैनेज' करने की नसीहत देकर मस्त हो जाता था। उसे हनी का चस्का लग गया था। सोते-जागते, उठते-बैठते, खाते-पीते हनी उसके पहलू में होती थी—उसकी आतुर नज़रों की प्यास बुझती, उसे ज़िंदगी के ख़ूबसूरत लम्हों का दीदार

कराती। फ़रहाद हनी के आग़ोश में खोया ऐशो-आराम की दुनिया में गुम था। वह बस चाहता था कि जल्दी से जल्दी अपने लोगों की मदद से वह राजा की शर्त पूरी कर सके जिससे हनी हमेशा के लिए उसकी होकर रह जाए। फ़रहाद बीच-बीच में राजा का आशीर्वाद और मंत्री से निर्देश लेता रहा। राजा फ़रहाद के कठिन परिश्रम, दिए गए वचन के प्रति समर्पण और ख़ुद अपने प्रति उसकी निष्ठा से अभिभूत था। फ़रहाद की मेहनत से राजा के ख़जाने में ख़ूब मनी आ रही थी जिससे राजा के उदर का आकार और उसके मुख मण्डल की आभा-दोनों में आशातीत बढ़त हो रही थी।

वक़्त गुज़रता गया। फ़रहाद के कारनामों से उजड़ चुकी बस्तियों के लोग राजा के पास मौक़ा-हाकिमों के ज़रिये अर्ज़ियाँ भेजते। कभी-कभार ख़ुद राजा के 'जनता दरबार' में हाज़िर हो गुहार-मनुहार करते मगर राजा उनकी तकलीफ़ों को एक कान से सुनता और दूसरे से निकाल देता। पहाड़ों और जंगलों के कट जाने से जहाँ राज्य में एक तरफ़ अकाल जैसी हालत हो गई तो दूसरी तरफ़ नदियों को बाँधने और उनके तट तोड़ देने से कुछ इलाक़ों में बाढ़ का संकट पैदा हो गया। राज्य की प्रजा गाहे-बगाहे राजा को अपनी जानमाल की दुहाई देती रही लेकिन राजा उसे दैवीय प्रकोप कहकर सबको शांत करता रहा। वह लगभग रोज़ ही फ़रहाद के ऐतिहासिक श्रम की वजह से अपने ख़जाने में आने वाली मनी का अनुमान लगाकर ख़ुश होता। जब राजा ने प्रजा की नहीं सुनी तो प्रजा धरना-प्रदर्शन, अनशन-जुलूस के ज़रिए अपनी बात राजा तक पहुँचाने लगी। राजा ने फिर भी ध्यान न दिया तो प्रजा तोड़-फोड़, आत्म-हत्या और आत्मदाह पर उतर आई। अब कहीं जाकर राजा के कान पर जू रेंगी। राजा ने मंत्री से पूछा। मंत्री ने जिले के हाकिमों से। हाकिमों ने मौक़ा-ए-वारदात से रिपोर्ट तलब की। रिपोर्ट में सबकुछ राजाज्ञा के अधीन नियमों और क़ानूनों के अंतर्गत होना पाया गया। राजा इस बात से और ख़ुश हुआ कि फ़रहाद ने न सिर्फ़ सौपे गए कार्य को बखूबी अंजाम दिया बल्कि उसने इस काम में राज्य के क़ानून-क़ायदों का भी पूरा ख़याल रखा। राज्य के पत्रकार, ख़बरनवीस और मीडियाकर्मी भी फ़रहाद से ख़ुश थे। फ़रहाद ने ज़्यादातर के भाई-भतीजे-रिश्तेदार को कहीं न कहीं, कोई न कोई ठेका-पट्टी दे रखी थी और जो बचे रह गये थे उन्हें मोटा विज्ञापन थमा कर 'फ़रहाद के द्वारा प्रजा के हित में किये जा रहे कार्यों और राज्य के विकास में उसके एतिहासिक योगदान' का बखान करने का ज़िम्मा दे रखा था। राज्य का शायद ही कोई संगठन या एन. जी. ओ. ऐसा रहा होगा जिसे 'जन-कल्याण' के लिए फ़रहाद ने अपना दिल खोलकर चंदा न दिया हो। लगे हाथ वह दान-पुण्य, दीन-करम, पूजा-यज्ञ, व्रत-उपवास में भी बढ़-चढ़ कर शामिल रहता। इस तरह सेठ-साहूकार, बिज़नेसमैन-धंधेबाज़, मीडिया-पत्रकार, बुद्धिजीवी-

समाजसेवी तथा धरम-करम से जुड़े पंडों-पुरोहितों के बीच फ़रहाद की अच्छी छवि थी। राजनीति के हलके में तो फ़रहाद को राजा का ही वरदहस्त प्राप्त था। फिर कहना ही क्या। पूरे राज्य में जो 'मैटर' करते थे वे सब फ़रहाद से ख़ुश थे और जो नाखुश थे वे 'मैटर' नहीं करते थे। हनी के सुखद संसर्ग ने फ़रहाद को मनी की तिलिस्मी ताक़त का एहसास करा दिया था। हनी ने ही फ़रहाद को सिखाया था कि 'मनी भले ही सबसे न संभले लेकिन मनी सबको संभाल लेती है।'

इस तरह फ़रहाद मनी की बारिश में हनी के साथ बेफ़िक्र भीगता रहा। दिन-महीने-साल गुज़रते रहे। धीरे-धीरे राज्य के सभी पहाड़ धरती से ग़ायब हो गये, सब जंगल काट डाले गए। नदियों के तटबंध तोड़ दिए गए और नदियों ने अपना रास्ता बदल कई बस्तियों को बेपानी कर दिया। खेती सूख चली। ज़मीन के नीचे जलधार लुप्त होने लगी। राज्य की सड़कें जहाँ दिन-रात खनिज ढोते वाहनों के भार से उबड़-खाबड़ गड्ढे में तब्दील हो गईं वहीं राज्य का वातावरण रेत-धूल-धुंध-राख और पहाड़ उड़ाने वाली बारूद की सल्फरी गंध से भर गया। राज्य की शांति को पत्थर तोड़ती मशीनों की गड़गड़ाहटों ने चीरकर रख दिया था। हवा ज़हरीली हो गई थी। प्रजा त्राहि-माम करती रही लेकिन राजा मनी के नशे में धुत रहा।

ख़ैर वक़्त कब किसके लिए ठहरा है। देखते-देखते वह वक़्त आ ही गया जब नए विधान के अनुसार राजा को प्रजा के बीच फिर से जनादेश के लिए जाना था। यह जनादेश ही उसे दुबारा राजगद्दी पर बिठा सकता था। नए विधान के तहत हनी राजगद्दी पर बैठने वाले के हवाले हो जाती थी लेकिन तभी तक जब तक राजा के पास प्रजा का विश्वास और जनादेश होता था। हनी हमेशा के लिए न राजा के पास रह सकती थी और न ही उसके पास जिसे राजा उसके लिए चुनता था। वह चल-बैजंती थी। जिसके पास मनी उसके पास हनी और जिसके पास राजगद्दी, हनी उसकी चेरी। उसका हर हुक्म मानना हनी की मजबूरी। इधर जिस तरह की ख़बरें राजा के कानों में पड़ने लगी थीं उनसे राजा को राजगद्दी, मनी और हनी सब हाथ से निकलने का डर सताने लगा था। उसने अपने मंत्रियों, सिपहसालारों और हाकिमों के ज़रिए प्रजा के मूड-मिज़ाज का पता लगाना शुरू किया। राजा के विरोधी भी इस बीच अपने लिए मौक़ा देखकर इधर-उधर उल्टी-सीधी बातें करने लगे। तमाम तरफ़ से मिली सूचनाओं और अपने ख़ुफ़िया-तंत्र से कई दौर में मिली रिपोर्टों के अनुसार प्रजा फ़रहाद के निरंकुश आचरण रो बहुत दुखी थी। पहाड़ों-जंगलों को काटने और नदियों को काछने का जो काम फ़रहाद ने किया है वह प्रजा की नज़र में न सिर्फ़ अन्याय था बल्कि घोर पाप भी था। प्रजा यह मानने लगी थी कि फ़रहाद को मनमानी करने से न रोकने के कारण राजा ख़ुद भी इस पाप का भागीदार था।

राजा को अपनी प्रजा के इस मूड पर यक़ीन न हो सका। उसके मंत्रियों और हाकिमों ने हमेशा ही राज्य में राजा के यश-कीर्ति का डंका पीटा था। मीडिया ने भी हमेशा ही राजा के ऐतिहासिक विकास कार्यों की प्रशंसा की थी। विभिन्न क्षेत्रों के बुद्धिजीवियों और कलाकारों को राजा ने इतने पुरस्कार और सम्मान दिए थे कि उनके मुख से वैसे भी राजा के लिए कभी कुछ विपरीत नहीं निकला। अब ऐसे में प्रजा की यह राय उसे हैरत के साथ ही अपने भविष्य को लेकर फ़िक्रमंद किये जा रही थी। राजा ने और कोई रास्ता न देख राजपुरोहित को बुलावा भेजा।

राजपुरोहित राजा के मुख्य परामर्शी थे। राजा उन्हें तभी याद करते थे जब मनी और हनी से जुड़ी हुई बड़ी व्यावसायिक संधियों में उन्हें विशेषज्ञ परामर्श की आवश्यकता हुआ करती थी। मगर इस बार बात राजगद्दी पर मंडराते संकट की थी। राजा का वजूद राजगद्दी से था और राजपुरोहित का राजा से। इसलिए राजा पर आई आपदा दरअसल राजपुरोहित पर आई आपदा भी थी। राजा ने राजपुरोहित को आश्रम चलाने के लिए राज्य की सैकड़ों बीघे क़ीमती ज़मीन मुफ़्त में दे रखी थी। राजपुरोहित के बेटे और कुछ रिश्तेदार राज्य के कई आलीशान होटलों और बुहुमंज़िला रिहाइशी और बाजारू भवनों के सह-मालिकान थे। सभी राज-उत्सवों में राजपुरोहित को विशेष सम्मान मिलता था। राजा की बदौलत राजपुरोहित पूरे राज्य में पूजे जाते थे। ऐसे में राजा को संकट से उबारना उनका राजधर्म बनता था।

राजपुरोहित ने राजा और उसके भरोसेमंद मंत्रियों के साथ आसन्न आपदा पर कई चक्रों में विचार-विमर्श किया फिर प्रजा के मन में एक बार फिर राजा की धर्माचारी, लोकहितकारी और न्यायप्रिय छवि गढ़ने का जतन शुरू हुआ। यह तय हुआ कि राजगद्दी के लिए जनादेश पर जाने से पहले जो भी वक़्त बचा है उसमें राज्य के कोने-कोने में विशाल यज्ञ-हवन आदि धार्मिक अनुष्ठानों का आयोजन किया जाय और उनके समापन पर प्रजा-भोज का इंतेज़ाम हो जिसमें प्रजा को भरपेट उत्तम भोजन प्रसाद के रूप में परोसा जाय। इतना ही नहीं भोजन के पश्चात् जाते समय प्रजा को राजा की तरफ़ से आभार स्वरुप मूल्यवान आकर्षक उपहार भी बांटे जाएं जिसमें नकदी के साथ फल-मेवे-मिष्ठान्न आदि हों। राजपुरोहित के अनुसार 'प्रजा के मन में उत्पन्न संशय की दशा में राजा को प्रजा के लिए अपना अपरिमित स्नेह दिखाने का यह श्रेष्ठ उपाय है। इससे प्रजा की दृष्टि में राजा द्वारा अनजाने में हुई ग़लतियों का प्रायश्चित भी हो जाता है।' फ़रहाद की हरक़तों से बेघर हो चुके आदिवासियों-वनवासियों के लिए मुफ़्त घर देने की योजना की घोषणा भी राजा को करनी होगी जिसका नाम हो सकता है 'राजा मनीचंद आवास योजना'। यह कहते हुए राजपुरोहित के मुख पर एक कुटिल मुस्कराहट आई। ऐसे ही कुछ और

उपाय उन्होंने सुझाए लेकिन जो सबसे कारगर उपाय था उस पर राजपुरोहित ने राजा से एकांत में चर्चा की।

फिर आने वाले महीनों में पूरे राज्य में चारों तरफ़ धार्मिक अनुष्ठानों की भरमार रही। मंत्रियों की देखरेख में होने वाले इन अनुष्ठानों में प्रजा का विशाल समूह उमड़ रहा था जो भरपेट स्वादिष्ट भोजन और बहुमूल्य उपहार पाकर राजा की सदाशयता का गुणगान करता हुआ वापस लौट रहा था। एक तरफ़ राज्य का मीडिया राजा के इस युगांतकारी धर्माचार पर बलिहारी हुआ जा रहा था तो दूसरी तरफ़ पिछले कई सालों से राज्य की विपुल खनिज-संपदा की निरंकुश लूट, पहाड़ों-जंगलों-नदियों के पावन अस्तित्व को नष्ट करने, राज्य के आदिवासियों-वनवासियों को बेघर-बर्बाद करने और इस तरह राजा की आँख में धूल झोककर अनैतिक और अवैध तरीक़े से अपार धन-संपदा बटोरने के जुर्म में फ़रहाद के विरुद्ध ढेरों मुक़दमें दर्ज़ हो रहे थे। हनी ने फ़रहाद के जीवन में फैला अपने रूप-सौन्दर्य का प्रभा-मंडल समेटना शुरू कर दिया था। उसे राजा की तरफ़ से वापस लौटने के गूढ़ संकेत मिल चुके थे। फ़रहाद की समझ में कुछ नहीं आ रहा था। राजा तो दूर मंत्री तक उससे मिलने या बात करने को राज़ी नहीं हो रहे थे। फ़रहाद ने हनी को समझाने की बहुत कोशिश की लेकिन उसने एक न सुनी। फ़रहाद को हैरत हो रही थी कि जिस हनी के लिए उसने अपनी ज़िंदगी दाँव पर लगा दी, जिसकी उसने हर बात मानी वही अब उसके लिए अजनबी हो चली। फ़रहाद हनी के लिए अपने प्यार की दुहाई देता हुआ इधर से उधर भटकता रहा लेकिन पूरे राज्य में उसकी सुनने वाला कोई नहीं था।

राज्य में यह जनादेश का मौसम था। चारों तरफ़ राजा की जयकार थी। प्रजा राजा के चरित्र और आचरण पर निसार थी। राजा को फिर से राजगद्दी मिलने के स्वप्न आने लगे थे। हनी राजा को ख़ुश देखकर ख़ुश थी। रहा फ़रहाद, तो उसे उसके गुनाहों के लिए राजाज्ञा के अनुसार कारागार में डाल दिया गया था।

परछाइयाँ

ज्योतिष और खगोलशास्त्र के लिहाज से बेमेल रेखाओं के बीच बसा हज़ारों साल पुराना एक गाँव था। गाँव की सरहद पर चार पीपल, दो इमली, और तीन पाकड़ के पेड़ थे, जिन पर गाँव की रखवाली करने वाले प्रेत और परलोक सिधार गए संतों की आत्माएँ ख़ुशहाली की दुआ मांगती थी। गाँव के अन्दर-बाहर मिलाकर कुल पन्द्रह ताल, सत्रह पोखर और पच्चीस कुएँ थे, जिनमें कभी-न-कभी कोई जाकर डूब मरा था, लेकिन इन्हीं के चलते गाँव के लोगों और मवेशियों की प्यास भी बुझती थी। इसके अलावा गाँव के बाहर दो मरघट और एक कब्रिस्तान था। एक मरघट बड़ी जात का, दूसरा छोटी जात के लिए। कब्रिस्तान में मुसलमान मुर्दे दफ़नाए जाते थे। गाँव में पूजा-पाठ के टीलों, आस्तानों और मंदिरों की गिनती कहानीकार के पास नहीं हैं। गाँव में मुसलमान बहुत थे, लेकिन उनके ख़ुदा का घर यानी मस्जिद एक भी न थी। उनकी हिफ़ाज़त भी शायद दूसरे देवी-देवता और प्रेत आत्माएँ ही करती थीं। इसी गाँव में कुछ बरस पहले तक मण्डली रहते थे। ज़िंदगी भर मण्डली का असली नाम गाँव में किसी ने नहीं पूछा और न ही मण्डली ने किसी को बताया। हालाँकि पूछताछ और छानबीन से यह पता चलता है कि मण्डली धरम-करम, पूजा-पाठ, ध्यान तपस्या वाले गृहस्थ थे। उनकी दिनचर्या कमंडल से ही शुरू होती थी और कमंडल ही सिरहाने रखकर वह रात को सोते थे। हो सकता है कि उनका शुरुआती नाम कमण्डली रहा हो, जो बाद में बिगड़कर मण्डली रह गया हो। ख़ैर, जो भी हो। अब मण्डली भी स्कूल पाठशाला गए नहीं कि असली नाम के चक्कर में वहाँ के काग़ज़-पत्तर खंगाले जाएँ। गाँव में तो हर कोई उन्हें मण्डली ही कहता था। मण्डली कोई बड़े रईस, ज़मींदार, सूबे या मण्डल के मालिक भी न थे कि उन्हें उस तर्क से ही मण्डली कहा जाता। अब नाम में क्या रखा है। वैसे भी कई बार नामों के पीछे कोई अर्थ नहीं मिलता, लेकिन हर नाम होता अपने में निराला ही है। मण्डली

जो गाँव में ही जन्मे और वहीं बूढ़े हुए। जब उनका असली नाम खोजे नहीं मिलता तो उनकी औरत के बारे में कोई क्या कहे। मण्डली की पत्नी का नाम मण्डलाइन था। बाक़ी गाँव वाले काकी, चच्ची, बुआ, मौसी, भौजी का रिश्ता जोड़ लेते थे। मण्डली और मण्डलाइन गाँव से बाहर कभी गए नहीं कि उन्हें अपने नामों के कारण कोई मुश्किल उठानी पड़ती।

तो मण्डली और मण्डलाइन दो जनों का कुनबा था। मण्डली के माँ-बाप नहीं बचे थे। मण्डलाइन तो मायके से आई ही अकेली थी। तो दो जनों का ही कुनबा था। वे दोनों गाँव के एक छोर पर रहते थे। दरवाज़े पर एक मंदिर था। इसमें देवी-देवताओं की कई पुरानी मूर्तियाँ थीं। मंदिर मण्डली ने नहीं बनवाया था पर वह दिया-बाती, पूजा-पाठ, शंख-घंटा ज़रूर करते थे। मंदिर के चारो तरफ़ काफ़ी ज़मीन थी जिसमें गुलाबी अमरूद, रसीले बेर और ख़ुशबूदार बेल का एक-एक पेड़ था। जिसे बचपन में मण्डली ने लगाया था और अब मण्डलाइन बच्चों की तरह उसकी देखभाल करती थीं। बाक़ी बची हुई ज़मीन पर गुलाब, गेंदे, गुड़हल, बेला और कनेर के तमाम पौधे थे जिसे ब्याह कर आने के बाद मण्डलाइन ने लगाया था और अब मण्डली जिसकी देखभाल किया करते थे। कँटीली जंगल-जलेबी, बरकटे और काली मकोय के भी कुछ पौधे-पेड़ थे जिसे मण्डली-मण्डलाइन में से किसी ने नहीं लगाया था, लेकिन दोनों की निगाह उन पर भी रहती थी। इतना सब होते हुए भी मण्डली के कोई संतान न थी। गाँव के लिहाज से मण्डली निरबंसिया थे। बाक़ी गिरगिट, गोह मूस, छिपकली, झींगुर, पतंग के साथ ही चिरई, सुग्गा, कौआ, कबूतर और गिलहरी से मण्डली का दरवाज़ा गुलज़ार रहता था। गाँव के तमाम बच्चे बेर, बेल, अमरूद, जंगल-जलेबी, बरकट या मकोय की लालच में मण्डली और मण्डलाइन के आगे-पीछे बने रहते या फिर चोरी-छिपे हाथ साफ़ करने की फ़िराक़ में घर के आस-पास बने रहते। मण्डली और मण्डलाइन यह जानकर भी अनजान बने रहते। मण्डलाइन कभी-कभार किसी बच्चे को बुलाकर उसके हाथ में एकाध बेर या बरकटा पकड़ा देती थीं और दुलार से डाँटते हुए कहती थीं, 'शैतान के नाती। हरदम नेपान रहत हौ। चोरी न किहौ नाही तौ करियई चुड़ैल चुरकी काट ले जाई।'

मण्डली के नाम से कुछ खेत-बाग़ भी था। खेत में क्या पैदा होता था, गाँव नहीं जानता था, लेकिन बाग़ में आम, जामुन, महुआ, और कैथ के पेड़ थे। मौसम में मण्डली और मण्डलाइन बारी बारी से उनकी रखवाली करते थे। यही वह मौसम था जिसमें मण्डली के दरवाज़े या बाग़ में से कोई एक थोड़ी देर के लिए सूना होता था और बच्चों को बेर, बेल, कैथ, आम, जामुन, या अमरूद का स्वाद पता चलता था। पूजा-पाठ, माला-गुरिया के लिए फूल तो मांगने से मिल जाता था, लेकिन बाक़ी

सब चीज़ों के लिए मण्डली दाम लेते थे। मण्डली और कोई रोज़गार धंधा नहीं करते थे।

बाग़ के किनारे एक कुआँ था। इस कुएँ को मण्डली या उसके पुरखों ने बनवाया हो, इसका कोई सबूत तो किसी के पास नहीं था, लेकिन पूरा गाँव उसे मण्डली का कुआँ कहता था। मण्डली उसी कुएँ से पानी निकाल कर नहाते थे और मण्डलाइन के लिए पानी भर ले जाते थे। इस कुएँ पर एक पैड़ी बनी थी जिसमें बैलों से खींचे जाने वाले पुर के ज़रिए पानी निकालकर आस-पास के खेतों की सिंचाई होती थी। इस सिंचाई के बदले भी मण्डली पैसा लेते थे। गाँव भर को मण्डली से बहुत कुछ लेना-देना होता था, लेकिन मण्डली और मण्डलाइन की ज़िंदगी अपने दरवाज़े से खेत, खेत से बाग़ और फिर बाग़ से दरवाज़े के बीच आते-जाते-सुस्ताते कट रही थी। इस प्रकार दोनों की ज़िंदगी का बहुत बड़ा हिस्सा कट गया। यह वह दौर था जिसमें दाम्पत्य जीवन की उमंगें, ताज़ा सपने और बाद की ज़िंदगी को लेकर की गई तैयारियाँ शामिल रहती हैं। जो लोग मण्डली और मण्डलाइन को जानते थे उन्हें पक्के तौर पर उनकी उमंगों, सपनों और तैयारियों के बारे में कुछ भी पता नहीं था। उन दोनों के चेहरे पर जीवन में किसी कमी या इच्छा की कोई छाया नहीं दिखती थी। मगर एक इच्छा उनके मन में ज़रूर रही होगी तभी तो एक रोज़ अचानक मण्डली ने अपने इकलौते छोटे भाई के तीन लड़कों में से सबसे छोटे बेटे 'हरपरकास' को अपने साथ रखने का फ़ैसला कर लिया। यह फ़ैसला मण्डली ने ज़रूर मण्डलाइन से राय-मशविरा करने के बाद लिया होगा, क्योंकि उसके बाद मण्डलाइन के चेहरे पर ख़ुशी की लकीरें चटख हो गई थी। अब मण्डली और मण्डलाइन की दिनचर्या का बड़ा हिस्सा खेत-बाग़, कुआँ, बैल, अमरूद से निकल कर हरपरकास के इर्द-गिर्द घूमने लगा। मण्डलाइन बात-बेबात हरपरकास! अरे ओ हरपरकास करने लगी और मण्डली अपनी जगह बैठे-बैठे मण्डलाइन को आवाज़ देते—

'अरे सुना हो! आज तनी हरपरकास का बगिया भेज दिहा, मन नाही करत बा उठय का।' जब यह सहारा नहीं था तो उसकी ज़रूरत के बारे में उन दोनों के अलावा किसी को नहीं मालूम था और अब जब हरपरकास आ गए तो पूरे गाँव को पता चल गया कि गाँव के एक किनारे पिछले पच्चीस बरस से आबाद जोड़े का भी कोई वारिस है।

हरपरकास की उम्र वही थी जिसमें आम-इमली-अमरूद-जामुन में मन ज़्यादा लगता है, लेकिन उसे इन चीज़ों में कोई ख़ास मज़ा नहीं आता था। इसका कारण भी था।

बात यह थी कि मण्डली जिस घर में रहते आए थे वह उनके पुरखों का था।

खेत-बाग़, मंदिर, कुआँ, सब खानदानी। यहीं पर मण्डली और उसके छोटे भाई का जन्म हुआ। पढ़ाई-लिखाई भी उतनी हुई जितनी गाँव में हो सकती थी। मण्डली गाँव की मिट्टी में रमे थे; मगर छोटे भाई रमाशंकर के सपनों को पंख लगे थे। वह जहालत की ज़िंदगी से नजात पाना चाहता था। पढ़-लिखकर कुछ बड़ा करना चाहता था। ये धूल-धक्कड़, खेत-सिवान, हराई-मड़ाई, आम-इमली सब गँवारों के लच्छन थे, और वह इनसे जितनी जल्दी हो सके, मुक्त होना चाहता था। मण्डली का यह गाँव भी दूसरे तमाम गाँवों की तरह ही था जहाँ से निकल पाना इतना आसान नहीं था। मगर रमाशंकर इरादों के मज़बूत थे। गाँव में रहकर ही उन्होंने सायकिल से रोज़ पाँच कोस तिराहे पर जाकर डॉ. सिद्दीकी के हकीमी दवाख़ाने पर कम्पाउंडरी सीखी और एक दिन घर आकर ऐलान कर दिया कि अब गाँव में नहीं रहेंगे। उन्हें शहर जाकर डॉक्टरी करनी है। माँ-बाप ने समझाने की बहुत कोशिश की, लेकिन वह नहीं माने। रमाशंकर यह भी चाहते थे कि उनके शहर जाकर दवाख़ाना खोलने और रहने का इंतज़ाम भी कर दिया जाय इसलिए लगे हाथ जायदाद का बँटवारा भी हो। माँ-बाप के जीते-जी जायदाद-बँटवारा का यह पहला मामला था गाँव में। लेकिन रमाशंकर की जिद के आगे किसी की एक न चली। रमाशंकर इतने समझदार थे कि पुश्तैनी घर-बाग़-खेत आदि की मालियत तय कर लेते। उन्होंने यह ज़ोर दिया कि उन्हें अपने हिस्से की ज़मीन, घर वग़ैरह नहीं चाहिए। आख़िर गाँव में वह इसे किसे बेचेंगे। बदले में वह सब नगद या सोने-चांदी के जेवर चाहते थे जिसे शहर जाकर आसानी से बेचा जा सके और दवाख़ाना खोला जा सके। तो छोटे बेटे की ज़िद के आगे हारकर उनके बाप को बँटवारा करना पड़ा। मण्डली गाँव छोड़ने को राजी न थे, सो पुश्तैनी घर, बाग़, खेत, कुआँ, मंदिर सब उनके हिस्से आया और बाक़ी नगदी बचत, जेवर, बर्तन, आदि रमाशंकर के हिस्से। यह बँटवारा मण्डलाइन के ब्याह कर आने के साल भर के भीतर ही हो गया था और जो घर हरा-भरा और खाता-पीता माना जाता था वह इस बँटवारे के बाद सिर्फ़ बाहर से हरा-भरा रह गया। मण्डली के माँ-बाप भी बदहाल बुढ़ापे की मार और छोटे बेटे के बिछोह से टूटकर एक साल के भीतर ही परलोक सिधार गए। रह गए सिर्फ़ मण्डली और मण्डलाइन।

रमाशंकर ने शहर जाकर बँटवारे के पैसे से एक हकीमी दवाख़ाना खोला और बन गए डॉ. रमाशंकर। मकान ख़रीदने भर की बिसात नहीं थी सो एक कपड़ा व्यापारी के यहाँ किराए का कमरा ले लिया। डॉ. रमाशंकर ने अपने रहन-सहन, बोली-बानी से किसी को यह अहसास न होने दिया कि उनकी जड़ें गाँव में हैं। वह पूरा शहराती होना चाहते थे। साल भर के भीतर ही वह शहराती हो भी गए। अपने मकान मालिक

की इकलौती बेटी से इश्क़ लड़ाया और मालिक ने भी डॉक्टर दामाद के नाम पर अपनी इज़्ज़त बढ़ती देख उसे घर जमाई बनने का प्रस्ताव दे डाला। डॉ. रमाशंकर ने इस प्रस्ताव को लपक लिया। इससे प्रेम मार्ग तो सधा ही, घर मकान की चिंता भी रफ़ूचक्कर हो गई।

रमाशंकर का हकीमी हुनर धीरे-धीरे परवान चढ़ता गया। हमारे मुल्क़ में आधे से ज़्यादा आबादी तो वैसे ही अन्नत-मन्नत, टोना-टोटका, झाड़-फूक, से अपनी बीमारी का इलाज करा लेती है। जो बचते हैं उनमें नब्बे फ़ीसदी यूनानी, ईरानी, आयुर्वेद, और होम्योपैथी के सस्ते इलाज के सहारे ही ज़िंदा रहते हैं। ऐसे में डॉ. रमाशंकर की डिग्री और क़ाबिलीयत कौन पूछता। दवाख़ाना सुबह से शाम कंगाल-भूच्चों से भरा रहता था। रंग-बिरंगी छोटी शीशियों में जाने कौन सी संजीवनी भरे रहते। छोटे-बड़े लकड़ी और लोहे के कई डिब्बे भी दवाख़ाना पर थे जो सफ़ेद, भूरे, काले, पीले, नारंगी और मटमैले बुरादे वाली पुड़ियों से भरे हुए थे। रमाशंकर इन बुरादों को 'सत्त' और 'अर्क' कहते थे जिसके सेवन से तुरंत फ़ायदा होता था और शरीर या दिमाग़ को कोई नुकसान भी नहीं होता था। डॉ. रमाशंकर जब कभी अँग्रेजी चिकित्सा-पद्धति से अपनी हकीमी लाइन की तुलना करते तो बड़े गर्व से कहते-

'हड्डी, चमड़ी, नाक, आँख, कान, दमा, दिल, दिमाग़ सबके लिए अलग-अलग डॉक्टर कौन खोजे। अब इन अंग्रेज़ डॉक्टरों से कौन कहे भाई, जब काया एक है तो अलग-अलग डॉक्टर कहाँ खोजते फिरें। हमारे पास आइए-भूत, प्रेत, देवी का कोप उतारने से लेकर दाद, खाज, खुजली, उल्टी, बवासीर, भगंदर, नामर्दी, धात, सपनदोष, सनक, धड़कन, और रतौंधी, सबका रामबाण इलाज कराएं। सब मर्ज़ का एक डॉक्टर रमाशंकर ए. टू. जेड...' तो ये थी डॉक्टर रमाशंकर की हकीमी तरक़्क़ी, लेकिन बाक़ी भी ज़िंदगी से कम नहीं मिला उन्हें। एक-एक करके तीन लड़के पैदा हुए। क़स्बाई ज़िंदगी और अंग्रेज़ी पढ़ाई वाले माहौल में उन्हें अहसास ही न हो सका कि उनकी जड़ें कहाँ हैं।

उधर मण्डली और मण्डलाइन आम, महुए, करौंदे, बेल, और बरकटे के बीच बूढ़े होते गए, इधर डॉ. रमाशंकर और उनका पूरा कुनबा गँवई ज़िंदगी से दूर अमीरी और अंग्रेज़ी माहौल में दिन पर दिन जवान होता रहा। हाँ, इतना ज़रूर था कि फसलों और आम-जामुन के मौसम में डॉ. रमाशंकर अपने बच्चों के साथ पिकनिक मनाने गाँव आते और मण्डली के साथ ही रुकते। रात में बिजली, पानी, साफ़-सफाई, मच्छर-मक्खी और मूर्खता की मार से बेहाल गाँव की ज़िंदगी पर अफ़सोस ज़ाहिर करते हुए मण्डली के प्रति सहानुभूति भी दिखाते। बात-बात में मण्डली से सब बेच-

बाचकर शहर आने को भी कहते; मण्डली का जवाब बहुत ठंडा होता—'अब बुढ़ौती मा सहर थोड़े जाऊँगा। ई पेड़-पालव, चिरइ-फतिंगा, खेत-इनार सब आपन औलाद जइसन लागत है। फिर दरवाज़े पे संकर भगवान बिराजे हैं। इनकी पूजा अर्चना मा जिनगी सुआरथ है।' यह कहकर मण्डली गहरी साँस लेते और रमाशंकर को देखकर कहते, 'भैय्या, अपनी ज़मीन से उखड़ि के बहुत बिरले पौधे ही हरे-भरे रहत हैं। फिर बच्चों को देख के मन परसन्न ह्वै जात हय।'

ख़ैर यह आना-जाना लगा रहा। मण्डली-मण्डलाइन रमाशंकर और उनके बच्चों की मेहमानों से भी बढ़कर सेवा करते। जाते हुए अनाज, आम, महुआ, सब्जी, अमरूद, जामुन जो होता सब बाँध देते। आख़िर दो जने की ज़िंदगी गुज़ारने के लिए गाँव में कुछ ज़्यादा ज़रूरत भी तो न थी।

तब यह जाने किसकी इच्छा थी, किसका सुझाव था, जो 'हरपरकास' शहर की चिप्स, चाट, आलू भुजिया, बर्गर, ठण्डा, गुटका भूल अचानक गाँव आ गए। यह अलग बात है कि मण्डली-मण्डलाइन हरपरकास के आने से बहुत ख़ुश हुए, लेकिन रमाशंकर की पत्नी को यह बात पसंद नहीं आई। ज़रूर यह फ़ैसला अकेले रमाशंकर का रहा होगा। रमाशंकर ने एक बार ज़्यादा झौं-झौं करने पर अपनी पत्नी को समझाया था कि—

'तुम कुछ समझती कहाँ हो। अरे भय्या-भौजी के कोई संतान है नहीं। अपना हिस्सा-पाती मैं पहले ही सब समेट चुका हूँ। अब उनकी उम्र लट रही है। कल पास-पड़ोस, जात-कुजात किसी को खेत-बाग़, घर, लिख दिया तो क्या कर लेंगे हम। वैसे भी हरपरकास का पढ़ने-लिखने में मन तो लगता नहीं। दिन-रात आवारागर्दी। घर में भी रहेंगे तो कम्प्यूटर-टी. वी. पर जवानी बर्बाद करते रहेंगे। थोड़े दिन भैय्या भौजी के पास रहेंगे तो गाँव की सब जायदाद हमारी ही समझो।

हरपरकास गाँव तो आ गए, लेकिन उनका मन यहाँ कहाँ लगने वाला था। कुछ दिन की पिकनिक अलग बात है, लेकिन शहरी सुख-सुविधा और मौज मस्ती की आदत गाँव में कैसे पूरी होती। ख़ैर, जैसे-तैसे मन मारकर हरपरकास रहने लगे और पिता की योजना पर खरे उतरने की कोशिश करते रहे। मण्डली-मण्डलाइन के चेहरे पर इधर रौनक बढ़ चली थी। यह रौनक कुछ उतनी और वैसी ही थी जैसी शहर से गाँव के हिस्से आती है। मगर थी, तो थी।

रमाशंकर जिस तरह गाँव से शहर गए थे हरपरकास उस तरह शहर से गाँव नहीं आए थे। रमाशंकर कुछ करने, कुछ बनने का सपना लेकर गए थे और अपने इरादों में वह कामयाब भी हुए थे। उनके जाने से शहर को एक डॉक्टर मिला और सेठ को एक क़ाबिल दामाद, लेकिन हरपरकास के गाँव आने का मकसद कुछ और

ही था। हरपरकास पहले यह मकसद ठीक से नहीं जानते थे, लेकिन धीरे-धीरे उन्हें यह समझ में आ गया। साथ ही मौज-मस्ती की जो आदतें शहर में सहज ही जीवन का हिस्सा बन जाती हैं, हरपरकास गाँव की ज़िंदगी में भी उनकी तलाश करने लगे। हरपरकास के आने से मण्डली के छोटे से घर और छोटे से दायरे वाली ज़िंदगी में शहरी बोली-बानी की ताज़गी तो आई ही, साथ ही खाने-पीने के नए शौक़ और मनोरंजन के नए तौर तरीक़ों के बारे में भी उन्होंने जाना, क्योंकि अब हरपरकास की हर इच्छा पूरी करने की ज़िम्मेदारी उन्हीं की थी। गाँव में बिजली पहले से ही थी, लेकिन मण्डली को उसकी ज़रूरत कभी पड़ी नहीं। दोनों पुरानी चिमनी और लालटेन की रोशनी में बरस-दर-बरस काटते जा रहे थे। लेकिन हरपरकास ने घर आते ही बिजली का कनेक्शन कराया; फिर कच्चे घर में ही सही पंखा, कूलर, रॉड-बल्ब सबकी व्यवस्था की। मण्डली और मण्डलाइन ने पहली बार जाना कि रोशनी में रोटी का स्वाद कितना चटख होता है और ये भी कि मशीनी पंखे की हवा में नींद मीठी लगती है। एक तरह से उन्होंने हरपरकास का शुक्रिया ही अदा किया होगा। ये अलग बात थी कि स्वाद और मिठास के लिए मण्डली को अपने कुछ खेत गिरवी रखने पड़े थे, लेकिन हरपरकास की ख़ुशी के लिए यह ग़म कुछ भी न था। धीरे-धीरे हरपरकास टी. वी, वी. सी. आर. और टेप रिकार्डर भी ख़रीद लाए। खाने-पीने की जो चीज़ें हरपरकास को पसन्द आती थीं वह खुली हवा में बड़ी जल्दी बेस्वाद हो जाती थीं इसीलिए उसे रखने के लिए एक बिजली से ठण्डी रहने वाली अलमारी भी मण्डली ने ख़रीदी जिसे हरपरकास 'फिरिज' कहते थे। इस तरक़्क़ी में मण्डली का आधा खेत बिक गया, लेकिन हरपरकास के चेहरे की चमक देखकर मण्डली और मण्डलाइन दोनों की आँखों में रोशनी बढ़ जाती थी।

इस तरह दिन-रात, महीने और कुछ बरस बीत गए। मण्डली के सब खेत बिक गए, लेकिन हरपरकास के ज़रिए गाँव में शहरी विकास की हवा तेज़ होती गई। पहले जब हरपरकास नहीं थे तो गाँव के छोटे-छोटे बच्चे मण्डली और मण्डलाइन के आगे-पीछे जामुन, बेर, अमरूद या जंगल-जलेबी के लिए ललचाई नज़रों से फुदकते रहते थे, लेकिन हरपरकास के आने के बाद पहले तो मण्डली-मण्डलाइन का मन उचटा फिर जब हरपरकास ने धीरे-धीर उन सबको अपनी रंगीन दुनिया में शामिल किया तो मण्डली और मण्डलाइन दोनों इन बच्चों की दुनिया से पूरी तरह बाहर हो गए। अब हरपरकास उनसे घिरे रहते। कभी ठण्डा, कभी भुजिया, कभी चिप्स, कभी अंडा। राह चलते भी हरपरकास अपनी गोल के लड़कों को सुपाड़ी, गुटका या पाउच वाला सुट्टा पिलाते थे। देखते ही देखते हरपरकास की एक अलग दुनिया बस गई जिसमें मण्डली और मण्डलाइन के लिए कोई जगह नहीं थी। खेत

बिक जाने से उनकी पहले की दुनिया वैसे ही आधी रह गई थी। अब दोनों जने बारी-बारी से बाग़ में ही जाकर बैठते। इस तरह कुछ वक़्त और बीता।

समय के साथ विकास की जो हवा हरपरकास गाँव लेकर आए थे वह आँधी में बदल गई थी। गाँव की गलियों में ईंट लगनी शुरू हो गईं। सभी मुहल्लों में इण्डिया मार्क चापाकल लगने लगे जो धरती की गहरी परत से मीठा पानी निकालता था। लोगों का मानना था कि कुएँ का पानी पीने से तमाम बीमारियाँ हो जाती हैं। हालाँकि गाँव के इतिहास में ऐसी कोई नज़ीर नहीं थी फिर भी विश्वास तो विश्वास होता है। हर नजीर पर भारी। कच्चे घर पक्के होने लगे। सरकार ने चिन्हित ग़रीबों को ईंटों वाला घर बनाने के लिए पैसा देना शुरू कर दिया। बूढ़-पुरनिया, बेवा, अपाहिज के लिए पेंशन भी बँधने लगी। सबके लिए बैठे-बिठाए तरक़्क़ी और ख़ुशहाली का इंतज़ाम शुरू हो गया। छोटी जात के लोगों का काम और बड़ी जात के लोगों का फ़ायदा। इस आँधी ने सबकी ज़िंदगी बदल दी। कच्ची सड़कों पर ईंट-गिट्टी और तारकोल की महक फैल गई। सड़कें बनी तो फिर गाँव में मोटर-गाड़ियाँ आने लगी। हरपरकास ने बाग़ के कुछ पुराने हरे पेड़ों को बेचकर अपने लिए फटफटिया ख़रीद ली थी। पहले उन्हें शहर जाने में काफ़ी दिक़्क़त होती थी। चार-पाँच मील या साइकिल से जाकर पक्की सड़क वाले तिराहे से मेटाडोर, कमांडर, मैक्सी कैब या कभी-कभार गणेश टेम्पू पकड़ना पड़ता था, लेकिन अब जब मन किया फटफटिया स्टार्ट की और अपने डॉक्टर पिता और व्यवसायी नाना को नमस्कार कर आए। कभी-कभार नए पिक्चर की सी. डी., बाबा सुरती, नए रंग वाली कोल्ड ड्रिंक्स लाने भी चले जाते थे। अब हरपरकास अपनी ज़रूरतों के लिए बाग़ के बचे हुए एक-एक पेड़ बेचते रहे और इधर मण्डली और मण्डलाइन के चेहरे की हरियाली सूखती चली गई।

देखते-देखते विकास की इस आँधी ने पूरे गाँव को अपने आग़ोश में ले लिया। रमाशंकर की ही तरह गाँव के तमाम पढ़े-लिखे लोग, जिनकी आँखों में तरक़्क़ी का सपना था, गाँव से शहरनुमा क़स्बों की ओर कूच कर गए। जाते-जाते अपने खेत बेच गए और अपने हरे बाग़ों को कटवा गए। जो कहीं नहीं जा सकते थे उन्होंने गाँव से बाहर नुक्कड़ पर चाय, टेलरिंग और किराने की दुकानें खोल लीं। बेपढ़े लिखे जवान लड़के जो पहले खेतों में काम किया करते थे या गाँव में निर्दुन्द घूमा करते थे तरक़्क़ी की आँधी में उड़कर बड़े शहरों के कल-कारख़ानों में जा गिरे। गाँव में विकास का मज़ा लूटने के लिए मण्डली और मण्डलाइन की तरह कुछ बुज़ुर्ग जोड़े बचे जिनकी रातों की लम्बाई छोटी होती जा रही थी या फिर वे जिन्होंने शहर जाने वालों से खेत-बाग़ ख़रीद लिए थे जिनकी रखवाली के लिए गाँव में रहना

उनकी मजबूरी थी। वह गाँव जो पहले बिना बिजली के भी चाँदनी से खिलखिलाता लगता था वही अब पीले बल्बों और सफ़ेद रॉडों की रोशनी में बेहद उदास दिखने लगा। जब कभी रात अँधेरी होती और बिजली नदारद तो लगता जैसे काले धुएँ से घिरा कोई मरघट हो जिसकी पहरेदारी के लिए कुछ बुज़ुर्ग चौकीदारों को किसी ने रख छोड़ा है।

अब हरपरकास कभी-कभार ही गाँव में रुकते। बाक़ी बस एक-दो घण्टे के लिए आते और फिर फटफटिया से शहर लौट जाते। मण्डली ने खाट पकड़ ली थी। मण्डलाइन सुबक-सुबक सूखी हवा की तरह इधर-उधर डोलती। किसी तरह दो रोटी बना लेती थी। फिर एक दिन मण्डली के प्राण-पखेरू उड़ गए। यह वह साल था जब गाँव में सूखा पड़ा। आषाढ़, सावन, भादौ आए और बीत गए। मघा और हथिया भी प्यासा छोड़ लौट गए। ताल-पोखरे पहले ही पट-पटा गए थे; अब कुएँ भी अंधे हो चले। नलका लगने से वैसे भी वे कूड़ा-करकट डालने के अलावा और किसी काम में नहीं आते थे। हाँ मण्डली के कुएँ से खेत अब भी सींचा जाता था। ज़्यादातर पेड़-पालव कट चुके थे, जो बचे थे उन्होंने फल देना छोड़ दिया था। विकास की आँधी ने गाँव के तमाम पढ़े-बेपढ़े बेरोज़गारों को पहले ही गाँव से बाहर चौराहे-चट्टी, फैक्ट्रियों-कारख़ानों, क़स्बाई शहरी दुकानों, ढाबों-पुलों, मकानों और खदानों में ला पटका था। अब झींगुर, तितली, सियार, लोमड़ी, चिरई, खरगोश, चूहों और गिलहरियों ने भी गाँव से नाता तोड़ना शुरू कर दिया। उनके पारम्परिक आशियाने पहले ही उजड़ चुके थे, अब दाना, पानी की किल्लत भी होने लगी थी। तरक़्क़ी और सूखे की मिली-जुली आबो-हवा का असर कुछ ऐसा था कि पाकड़, इमली और पीपल के पेड़ों पर सालों से बैठी आत्माएँ भी, जिन पर गाँव की ख़ुशहाली का दारोमदार था, जैसे लाचार हो गई थीं। क्या पता वे भी कहीं कूच कर गई हों। टीलों, आस्तानों और मंदिर में बैठे देवी-देवता हमेशा की तरह ख़ामोश थे। गाँव में ख़ुदा नहीं था, सो उसका क्या आसरा।

मण्डली की मौत के बाद हरपरकास डॉ. रमाशंकर के साथ एक बार गाँव आए थे। किरिया-करम और पगड़ी-भात के बाद जब जाने लगे तो घर की हर वह चीज़ अपने साथ ले गए जो उनके हिसाब से मण्डलाइन के किसी काम की न थी। मण्डलाइन बस बुझी आँखों से सब देखती रहीं। न रोका, न टोका। डॉ. रमाशंकर ने जाते समय रुक कर कहा था—

'भौजी! कभी ज़रूरत पड़े तो बुलवा लेना। हमें ग़ैर न समझना। भइया नहीं तो क्या हुआ। हम अभी ज़िंदा हैं।' हरपरकास ने जाते समय काकी के पाँव छुए थे। मण्डलाइन पत्थर हो गई थी। एक चुप्प, हज़ार चुप्प। फिर हरपरकास और

डॉ. रमाशंकर कभी पलटकर नहीं आए। इसके बाद मण्डलाइन ने मंदिर पर कभी दीया-बाती नहीं की। गाँव के इस हिस्से में जहाँ भगवान रहते थे, पहली बार अँधेरा हुआ। धीरे-धीरे पूरे गाँव पर अकाल की काली छाया मँडराने लगी थी। वह गाँव जो अब तक मण्डली और मण्डलाइन की कथा में ग़ैर हाज़िर था, अब अकाल और अँधेरे के असर पर खुलकर चर्चा करने लगा था। पंडितों के पत्तरे निकल आए थे। पूजा-पाठ, यज्ञ-हवन की तैयारियाँ भी हो चली थीं। बाबा भोलेनाथ के माथे पर कई भरे मटके पानी के टपकाए गए, लेकिन आसमान ही बादलों से नहीं भीगा; फिर ज़मीन कहाँ से भीगती। वह गाँव जो इस मौसम में धान की ताज़ा पौध से लहलहाता रहता था, इस बार अरहर, उड़द, बाजरे, लाही और ज्वार से भी खाली रह गया। जिनके घरों में अनाज था वे अपनी बखारें देखते रहे और छोटे किसान और खेतिहर मज़दूर दिन भर आकाश देखते और शाम को घर के खाली बरतन। गरम हवा के सूखे गीत भोर से लेकर देर रात गाँव के माहौल भयावह बनाते रहे।

मण्डलाइन इन सबसे बेपरवाह ज़िंदगी के दिन काटती रहीं। मण्डली के जाने के बाद उसके चेहरे पर जो सूरज डूबा था वह फिर कभी नहीं उगा। वह ज़्यादातर समय अपने कुएँ की कच्ची जगत पर बाल खोले बैठी रहतीं। कई बार तो रात को भी वहीं लुढ़क जातीं। कभी आधी रात को उठकर घर जातीं तो कभी घर से निकलकर देर रात कुएँ की जगत पर आकर बैठ जाती। सुबह होने तक वैसे ही बैठी रहतीं-उनींदी। उनकी आँखें हर आने-जाने वाले को पहचानने की कोशिश करतीं। हाथ में टूटी टहनी या सूखे पत्ते लेकर ज़मीन पर घण्टों जाने क्या लिखती रहतीं-कुछ बेतरतीब लकीरें और अबूझ चित्र।

ज़िंदगी में सुख-दुख का जो हिसाब उनके पास था उसकी हल्की भी झलक उनके चेहरे पर नहीं थी। बरबादी के इस दौर में जब पूरा गाँव अपनी ख़ैरियत के लिए परेशान था मण्डलाइन के चेहरे पर एक अद्भुत शान्ति दिखती थी। वह क्या पकाती और कब खाती थीं यह किसी को पता नहीं चलता था, लेकिन कुएँ की जगत पर बैठ बूढ़े हाथों से पानी निकाल अब खुले आम बदन पर सफ़ेद धोती लपेटे नहाती थीं। फिर अपने गीले बदरंग बाल हवा में सुखाती रहतीं। यह जाने क्या चमत्कार था कि गाँव के सभी कुएँ जहाँ सूख गए थे वहीं मण्डली का यह कुआँ पहले की तरह ठण्डे और मीठे पानी से भरा हुआ था। गाँव के तमाम घरों को भी अब इस कुएँ से पानी जाता था। पहले अकेले मण्डली ही पानी निकालते थे।

जब मटका, मिन्नत और हवन से बादलों को पसीना नहीं आया और न ही गरम हवा का रुख़ बदला तो नियति और सितारों की चाल गाँव के पाप-पुन्न का लेखा-जोखा बनाने लगे। गाँव के धनी-धर्मा की बैठकें हुई। सब के सब अकाल

का कारण तलाशने में लगे हुए थे। कोई बड़े बुजुर्गों की उपेक्षा कहता, कोई नौजवानों में नई तालीम से उपजे घोर कुसंस्कारों को अकाल की वजह बताता। कोई कहता यह सब तब शुरू हुआ जब सूद-चमारों ने 'बड़ों की पैलगी' करना बन्द किया तो कोई कहता कि गाय-बैल की सेवा छोड़ जब ट्रैक्टर और हैरो से धरती मय्या की छाती फाड़ी जाएगी तो अकाल तो आएगा ही। सरपंच ने कहा कि 'सौ बात की एक बात। पंचो, इधर गाँव के नब्बे फीसदी हरे बाग़ लोगों ने काटे हैं। हर पेड़ पर किसी न किसी देवी-देवता का साया रहता है। थोड़े रुपयों की लालच में गाँव वालों ने ही यह आफत मोल ली है। अब पछताने से क्या होगा? इतने देवी-देवता का कोप सम्भाले नहीं सम्भलेगा। जो भी कर लो।' बात चूँकि सरपंच की थी इसलिए उसमें दम भी था। ख़ैर, इतनी दिमागी उठा-पटक के बाद समस्या की हद तक पहुँचने का सवाल जस का जस बना रहा। विशनाथ पांडे, जो गाँव में धरम-करम के पुश्तैनी और निर्विवाद रूप से सबसे बड़े जानकार थे, इस बीच वेदों, उपनिषदों, पुराणों और ज्योतिष की अनगिनत किताबों को उलट-पलट दिया। आख़िर समाज पर आई ऐसी विपत्तियों के समय ही ज्ञान और बड़प्पन का असली इम्तेहान होता है। इधर गाँव में डांगर पशुओं, खौरे कुत्तों और डरावने चील-कौओं की तादात बढ़ती गई, उधर काली-चमकीली रातों के नीचे धीरे-धीरे धरती काँच की तरह चिटखती गई। इस बीच गाँव के बदहाल टोलों में अनजान बीमारियों से बच्चों की मौत हो गई और कुछ भले-चंगे बुजुर्गों ने खाट पकड़ ली। कुएँ तो पहले ही अंधे हो गए थे अब सरकारी नलकों ने भी पानी छोड़ना शुरू कर दिया था। आदमी और जानवर दोनों अपनी सूखी जबान लिए पानी के वास्ते गाँव का चप्पा-चप्पा छानते। मण्डली के कुएँ पर बड़ी भीड़ होने लगी। सुबह से शाम तक पानी निकालने का सिलसिला चलता रहता। अब गाँव में साफ़-सुथरे जल का एक ही खुला स्रोत बचा हुआ था। मण्डलाइन वैसे ही बाल बिखराए कुएँ के पास बैठी रहतीं। पहले जहाँ कुएँ से निकले पानी का पूरा पैसा मण्डली काश्तकारों से बसूलते थे, वहीं अब मण्डलाइन टुक-टुक गाँव वालों को कुएँ से पानी खींचता देखती रहतीं। शुरू-शुरू में कुछ लोगों ने उनसे पूछा भी था, लेकिन धीरे-धीरे मण्डलाइन की हामी ग़ैर ज़रूरी हो गई।

धीरे-धीरे गाँव को अकाल से निपटने की आदत पड़ गई, लेकिन विशनाथ पांडे को चैन कहाँ था। आख़िरकार उन्होंने तमाम छानबीन और गुणाभाग के बाद सूखे की काट खोज ही ली। उनका ज्योतिष ज्ञान उन्हें बार-बार गाँव में किसी चांडाल-चुड़ैल की मौजूदगी का अहसास कराता था। और वह पूरे मनोयोग से उसे ढूँढ़ने में लगे हुए थे। उन्होंने गाँव के हर घर का वास्तु परखा और हर परिवार की कुंडली बाचीं। घूम फिर के हर बार एक ही जगह टिकते थे। जब हर लिहाज से

मन पक्का हो गया तो उन्होंने सरपंच को बताया, 'हो न हो यह मण्डली का प्रेत है जो गाँव को बरबाद किए डाल रहा है। इससे बड़ा सबूत इस बात का क्या हो सकता है कि ऐसे विकट अकाल में भी मण्डली का कुआँ पहले की तरह पानी से लबालब है।' सरपंच को तिलिस्म कुछ-कुछ समझ आ रहा था कि विशनाथ ने फिर से कहा 'सरपंच जी! आपने देखा होगा कि मण्डली की मौत के बाद मण्डलाइन कुएँ के पास बैठी रहती हैं। वही रच्छा करती है उस कुएँ की और मण्डली का प्रेत उसके भीतर उतर गया है। आप सब मण्डलाइन के चेहरे को ग़ौर से देखिए वहाँ औरत जैसा कुछ भी नहीं है। अब वह इस गाँव से बदला लेने के लिए ही ज़िंदा है।'

सरपंच ख़ुद इस बात पर यक़ीन कर भी लेते, लेकिन वह चाहते थे कि पंचों के सामने इस रहस्य पर चर्चा की जाय। विशनाथ अपने निष्कर्ष पर अडिग थे। पंचों की बैठक फिर हुई। यह तिलिस्म खोलकर सबको समझाया गया। कुछ शंकाएँ भी सामने आईं। एक-दो पंचों का मानना था कि मण्डलाइन और मण्डली के कुएँ के कारण गाँव बरबाद होने से बच गया। अगर मण्डलाइन इस कुएँ की हिफ़ाज़त न करती तो न जाने कितने लोग और पशु-पक्षी प्यास से मर जाते। मगर विशनाथ का नज़रिया दूसरा था। उनका सवाल भी अपनी जगह ठीक था, 'आख़िर आप सब बतावें कि मण्डलाइन इतने रोज़ से कैसे ज़िंदा हैं? उनके घर में कोई नहीं है। ख़ुद खाना बनाते-खाते हममें से किसी ने उसे देखा नहीं और ऊपर से वह कुएँ की जगत पर बैठी-बैठी ज़मीन पर जो लकीरें और तस्वीरें खींचती है, मैंने उसका भी बारीक अध्ययन किया है। अगर कोई उसे पढ़ सकता है तो उसे पढ़ ले। वह गाँव के विनाश की जन्तरी है। यह तो कुशल मानिए कि रहस्य भेद शीघ्र खुल गया अन्यथा परम विनाश मुँह बाए खड़ा हुआ समझो। गाँव का कोई घर ख़ुशहाल नहीं बचा। मण्डलाइन वास्तव में एक चुड़ैल है। जब तक उसका साया गाँव पर मण्डरा रहा है कोई ख़ुश नहीं रह सकता।' विशनाथ पांडे के पांडित्य को पहले कभी भी गाँव में चुनौती नहीं मिली थी। इस बार भी उनके निष्कर्षों पर कोई उँगली नहीं उठा सका। पंचों की सहमति तो मिल गई, लेकिन इस विघ्न का तोड़ ढूढ़ना अभी बाक़ी था। विशनाथ इस ओर जल्दबाज़ी नहीं करना चाहते थे। पंचायत ने आख़िरकार इस प्रेत छाया से गाँव की मुक्ति का उपाय खोजने का ज़िम्मा सरपंच और विशनाथ पांडे पर छोड़ दिया। फिर विशनाथ और सरपंच की कई दौर बैठकी हुई। गाँव की ज़िंदगी पर मँडराती काली छाया के रहस्य की तहें एक-एक कर खुलती चली गईं।

फिर एक रात पीपल के पेड़ से कुछ परछाइयाँ उतरीं। मण्डलाइन कुएँ की जगत पर बाल खोले धोती से अपना मुँह ढाँपे लुढ़की हुई थी। परछाइयाँ धीरे-धीरे कुएँ

के करीब आई और नीरव रात के सपाट होंठों पे कुएँ के गहरे पानी से उठी 'छपाक' तैर गई। कुएँ का पानी देर तक हलकोरे लेता रहा। परछाइयाँ पीपल के पीछे जाकर गुम हो गईं। इस बीच कुछ अबाबीलें चीख़ीं, कुछ सियार रोए और पीपल के पेड़ से तमाम सूखे पत्ते खर-खराते हुए ज़मीन पर आ गिरे।

सुबह मण्डली के कुएँ का ग़ज़ब नजारा था। लगभग पूरा गाँव ही इकट्ठा था। सरपंच ने कुएँ को रस्सियों से चारों ओर से घेर रखा था। विशनाथ पांडे कुएँ की जगत पर सेंदुर, घी, अच्छत, पीले धागे आदि सजा रहे थे। रात भर कुएँ के स्वच्छ और शीतल जल से भीगने के बाद मण्डलाइन का सफ़ेद शरीर पास में ही निकाल कर रखा गया था। भीड़ में चर्चा थी कि गाँव को सूखे और अकाल की बरबादी से बचाने के लिए मण्डलाइन ने अपनी जान दे दी। मण्डलाइन का निरभ्र चेहरा उनके बलिदान की गवाही दे रहा था। थोड़ी देर में विशनाथ पांडे ने पूजा शुरू कर दी। कुछ लोगों ने ढोल-नगाड़े भी बजाने शुरू कर दिए थे। उस रोज़ पूरे दिन कुएँ पर पूजा-पाठ, भजन-कीर्तन चलता रहा। गाँव के लोग बारी-बारी से चुड़ैल मैया के दर्शन करने आते रहे। चढ़ावा भी चढ़ता रहा-फल-फूल, पैसा, अनाज, मिठाई, बताशे। शाम होने तक मण्डलाइन का शव पारम्परिक रीति से जला दिया गया। अगले रोज़ इलाक़े के अख़बारों और चैनलों ने चुड़ैल मैया के बलिदान की दास्तान बड़े रोचक अंदाज़ में पेश की थी।

फिर कहानी वाले इस गाँव में कभी अकाल पड़ा या नहीं, कहानीकार को नहीं मालूम। हाँ, यह ज़रूर मालूम है कि चुड़ैल मैया के कुएँ का पानी कभी नहीं सूखा। चन्द रोज़ में यह कुआँ दूर-दूर तक मशहूर हो गया। लोग शादी-बीमारी, सुख-दुख हर मौक़े पर चुड़ैल मैया का आशीर्वाद लेने आने लगे। कुएँ से पानी निकाल होंठों से छुआते, सर पर उबारते और घर-बाग़, खेत-खलिहान, मकान दुकान की बरकत के लिए लोटे, कलश, डिब्बे या दूसरे बरतनों में परसाद की तरह ख़रीद कर साथ ले जाते। गाँव की पंचायत का हर छोटा-बड़ा सदस्य इस पवित्र धार्मिक स्थल के इंतज़ाम, श्रद्धालुओं की आवभगत और चढ़ावे के हिसाब-किताब में लग गया। फिर गाँव में रौनक़ कभी कम नहीं हुई।

सेवा

उस रोज़ छुट्टी थी। गुलाबी ठंड होने लगी थी। दुनिया-जहान में कामकाज़ी लोगों के लिए इतवार के रोज़ छुट्टी रहती है लेकिन उसकी छुट्टी आज के दिन होती थी। मौज-मस्ती का दिन। बिना किसी टेंशन के घुमने-फिरने, हाट-सिनेमा या फिर पूरी फंटूशगीरी करने की छूट थी आज। जहाँ मर्ज़ी जाओ, जिससे मर्ज़ी मिलो। जितनी देर, जहाँ चाहो बैठो। आज के रोज़ भाई जी का फ़ोन भी नहीं आता था सो मिनट-मिनट पर फ़ोन की ताक-झांक, लोकेशन रिपोर्ट करने के झंझट से भी मुक्ति। हफ़्ते के बाक़ी दिन इतने झमेले होते थे कि अक्सर वह छुट्टी वाला यह पूरा दिन ही लल्लन बनारसी की गुटखा-पान गुमटी या यूनिवर्सिटी रोड वाले दीक्षित टी-कार्नर के नाम कर देता था। घंटों गप्प-सड़ाका, हंसी-ठट्ठे या सड़क की तरफ़ मुँह करके माल (लड़कियाँ) तड़ने में गुज़र जाते थे। महीने-दो महीने पर 'प्रेमकुंज' का प्रोग्राम भी बन जाता था। यह प्रोग्राम यादगार होता था क्यूंकि यहाँ बाक़ी यार भी जुटते थे और फिर देर रात तक सोम-रस के आहिस्ता गहराते ख़ुमार के बीच बॉलीवुड के लेटेस्ट नग्मों और यारों की बिंदास ज़िंदगी में छलके हुस्न-ओ-शबाब के क़िस्सों का चखना चलता रहता था। हर कोई, हर दफ़ा बार-बार सुने-सुनाए क़िस्से को नए अंदाज़ में सुनना-सुनाना चाहता था। कभी-कभार ज़िंदगी का दर्द भी छलक कर किसी के होंठों पर आ जाता था और रात के सन्नाटे में दोस्तों के बीच दिल हल्का हो जाता था। ऐसे में पता नहीं चलता था कि कब दिन ढला, कब रात डूबी।

आज वही कभी-कभार वाला छुट्टी का दिन था। डॉक्टर ने आने के लिए हामी भर दी थी। गोल के बाक़ी दो यार-इंजीनियर और अफ़सर, शहर से बाहर थे लेकिन महफ़िल तमाम होने से पहले उन्होंने भी शामिल होने का वादा कर लिया था। इस शर्त पर कि उनके हिस्से का माल-मत्ता (दारू और चखना) बचाए रखा जाय। सो तय हुआ कि फ़िलहाल दो ही यार बैठकी जमाएंगे और छककर मौज

करेंगे। बाक़ी के यार वक़्त रहते आ धमके तो क्या ही कहने। चंडाल-चौकड़ी पूरी हो जाएगी। जैसा कि भाई जी ख़ुश होने पर दुलार में उन्हें बुलाते थे। उसकी तरह तमाम नौजवान लड़के भाई जी के इशारे पर शहर में सेवा के लिए हमेशा तैयार रहते थे लेकिन उसकी गोल बस यही चार की थी। भाई जी के चार अनमोल रतन। बाकियों से ज़्यादा क़ाबिल, तेज़ और वफ़ादार। चारों में सेवा-अनुभव के लिहाज से वही सीनियर था इसलिए उसकी चलती थी। बाक़ी उसे थोड़ी इज़्ज़त देते थे।

प्रेमकुंज कोई पचास साल पहले बना एक सरकारी बस-अड्डा था। जब शहर फैला, आबादी बढ़ी, सरकारी बसों के साथ प्राइवेट बसों और टेम्पो-ऑटो रिक्शों की भी भरमार हो गई। सबके सब प्रेमकुंज पर ही पिले पड़े रहते। मजाल है जो कोई एकाध घंटे से पहले वो सौ मीटर का फ़ासला चौपहिये से पार कर ले। आज़िज़ आकर सरकार ने बस अड्डे को कुछ साल पहले शहर से बाहर खुली जगह में नई बिल्डिंग में चालू कर दिया। अब जब अड्डा ही नहीं बचा तो बसें क्यों बचें और जब बसें नहीं तो सवारी काहे दिखे। अब जो सवारी ही नहीं तो टेम्पो-ऑटो क्या घंटा धंधा करेंगे वहाँ। सो जी, पूरा अड्डा वीरान हो गया। देखते-देखते अड्डे की बिजली-बत्ती, पंखा-बोर्ड, पाइप-टोटी, कुर्सी-बेंच सब ग़ायब। जनता की संपत्ति, जनता ले गई। जल्दी ही आसपास झाड़-झंखाड़ भी उग आया। गर्मी-सर्दी-बरसात की मार ने साल भर में ही उसे ज़रूरतमंद नशेड़ियों, जुआरियों और बेआसरा प्रेमियों का अड्डा बना दिया। आते-जाते लोग इसे मौक़ा-बेमौक़ा नम्बर एक और दो शंका निवारण के लिए भी इस्तेमाल कर लेते थे। और फिर जाने कब इस उन्नत समाज ने उसे एक नाम भी दे दिया-प्रेमकुंज। शहर में निर्विघ्न आनंद के पल बिताने लायक़ जगहें बहुत कम थीं। उनमें से सबसे ज़्यादा रौनकिया जगह यह प्रेमकुंज थी। यहाँ तक़रीबन रोज़ ही महफ़िलें जमती थी लेकिन जब कभी उसकी चौकड़ी जमती तो बाक़ी महफ़िलें उजड़ जाती थीं। अपनी 'सेवा' से उन्होंने शहर में एक रुतबा हासिल किया था। यह उसी रुतबे का असर था।

उसने तय समय से पहले ही प्रेम-कुंज पहुँच अपना स्कूटर एक किनारे टिकाया। कुछ इंतेज़ाम उसने कर लिया था। कुछ डॉक्टर को करना था। उसने अड्डे के किसी कोने में छुपाकर रखी एक बरसाती निकाल कर एक जगह बिछाई और साथ लाया सामान-पान मसाले की पुड़िया, सिगरेट और माचिस की डिब्बियां, महंगी लाल की मशहूर दुकान से ख़रीदी दालमोठ और मठरी के लिफ़ाफ़े-सब सलीक़े से बरसाती पर सजा दिया, फिर पैंट की ज़ेब से दो-तीन साबुत प्याज़ और कुछ हरी मिर्चिया भी निकाल लीं। एक छोटी काग़ज़ की पुड़िया भी थी जिसमें नमक था। प्लास्टिक के कुछ गिलास भी जाने किस कोने से निकल आये। सब तैयार, बस डॉक्टर का

इंतज़ार था। उसने काफ़ी देर बाद अपना मोबाइल टटोला और उसकी स्क्रीन देखी। तभी पीछे से आवाज़ आई–'कैसे हो प्रोफेसर साहेब! आज बड़े दिन बाद प्रेमकुंज आबाद होगा यार।' यह डॉक्टर ही था। उसने भी अपने कुरते की ज़ेब से मैकडोवेल की अद्धी निकाल कर सामने रख दी। आज की महफ़िल के लिए उसके ज़िम्मे यही एक काम था। यह सेवादारी का ही जलवा था कि वे देसी के बदले अंग्रेज़ी तक पहुँचे थे नहीं तो शहर आने के बाद सालों तक लैला, चमेली और हुस्ना ब्रांड पाउचों ने ही साथ निभाया था। 'तू जमा, मैं बम्बे से गंगाजल लाता हूँ।' कहकर डॉक्टर पास पड़ी प्लास्टिक की एक ख़ाली बोतल उठा पास के नलके की तरफ़ लपक चला।

दिन ढल चुका था और शाम धीरे-धीरे उतर रही थी। डॉक्टर वापस आया तो प्रोफेसर दीवार से पीठ टिका बरसाती पर टाँगे पसार चुका था। आते ही बोला, 'यार प्रोफ़ेसर! तुमने यह गाना सुना है, 'पिया मेरे भोले-भोले... सनी लेओनी भौजी क्या बिम लग रही है इसमें।' उसने आँखें नचाई और ज़ोर की सीटी निकाली जिसमें शरीर के जाने किस-किस अंग का रस था। प्रोफ़ेसर उसे मस्त होते देख रहा था। उसने मोबाइल एक किनारे रख दिया और सनी को याद करते हुए गिलास उठा लिया। फिर 'पिया मोरे भोले-भोले गुनगुनाते हुए बोला, 'साला कितना अच्छा होता अगर हम इमरान हाश्मी होते। क्या ऐश है साले की। मन भरके मुँह मारता है। कभी इधर, कभी उधर।' फिर एक ज़ोरदार घूँट भरके जोड़ा, 'और लेओनी भौजी का कहना ही क्या... इस गाने में तो शराब के मटके से ही नहा के निकल रही थीं...कसम से मन होता है कि पूरा मटका ही गटक जाऊँ' कहते हुए उसने एक बेबस कामुक आह भरी। मगर इतने भर से उसका मन नहीं भरा। उसने सनी लेओनी की तारीफ़ जारी रखी-'उसका तो नाम ही इनविटेशन देता हुआ लगता है यार। जैसे हमीं को बुला रही है।' अपना गिलास ख़ाली करके डॉक्टर ने कहा, 'अरे यार जो ही उसे देखता है उसे यही लगता है कि बुला रही है।...सुना है वह हर चीज़ के लाखों लेती है और हम हैं ससुरे कड़के...' फिर कुछ सोच के बोला, 'लेकिन हम और आप भी बड़ा काम कर रहे हैं। हमें सेवा का सौभाग्य मिला है।'

इस बीच प्रोफ़ेसर ने दूसरा गिलास भी आधा ख़ाली कर दिया था। उसने एक पुड़िया मुँह में उड़ेली और लपेट के बोला-'हाँ वह तो है।' फिर जाने क्यूँ फट पड़ा, 'घंटा सेवा कर रहे हैं।...प्रोफ़ेसर्र... तू तो जानता ही है कि मैं काहे का प्रोफ़ेसर हूँ। ये भाई जी भी कमाल ही है। हमारी कहानी सुनकर हमें ही पकड़ा दी प्रोफ़ेसरी।' डॉक्टर इस बीच सिगरेट सुलगा चुका था। उसने एक बार मोबाइल में टाइम देखा और फिर जाने क्या सूझा उसे साइलेंट करके पलटकर एक तरफ़ रख दिया। 'पता

नहीं आज हमारे इंजीनियर और अफ़सर जनाब टाइम से आएंगे या फड़ पे झाड़ू लगाने का काम ही उन्हें मिलेगा।' इस बात पर दोनों ज़ोर से हँस पड़े। उन्होंने अपने-अपने जाम फिर से भर लिए और सनी को याद करते हुए इमरान हाश्मी बन गये।

बात दरअसल यह थी कि प्रोफ़ेसर अपने छात्र-जीवन में काफ़ी मनबढ़ और मुरहा थे। मुरहा उनके इलाक़े में परले दरज़े के हरामी लौंडे को कहा जाता है। तो क़िस्सा बारहवीं क्लास का था। कॉलेज में छमाही इम्तेहान चल रहा था। प्रोफ़ेसर न सिर्फ़ ख़ुद नक़ल कर रहे थे बल्कि क्लास की सुन्दर सुशील लड़कियों की भी यथायोग्य किताब-कापी देकर सहायता कर रहे थे कि अचानक विज्ञान के मास्टर ने रंगे हाथ धर लिया। उन्होंने बड़ी चिरौरी की लेकिन मास्टर ने प्रिंसिपल को शिकायत कर ही डाली। मामला कुछ ख़ास नहीं था लेकिन अपनी ही कक्षा की लड़कियों के सामने ऐसी बेइज़्ज़ती उनसे बर्दाश्त नहीं हुई। प्रिंसिपल ने सबके सामने कान पकड़वाकर उठक-बैठक करवाया और भविष्य का वास्ता देकर छोड़ दिया। लेकिन उन्हें तो भविष्य में कुछ और बनना था सो उन्होंने छुट्टी के बाद बाहर निकलते ही विज्ञान मास्टर की कालर पकड़कर उसे लप्पड़-लात-जूतों से कूट दिया और फ़रार हो गये। फिर थाना-पुलिस कचहरी क्या कुछ हुआ, उन्होंने उड़ी-पुड़ी ही सुना। ख़ुद गाँव छोड़कर शहर भाग आये अपने हवलदार चाचा के घर। सौभाग्य ने उन्हें भाई जी से मिलवाया। क़िस्सा सुनकर भाई जी हँसे थे और बोले, 'सही किया तुमने। तुम मास्टर पर भारी पड़े इसलिए आज से तुम्हारा नाम प्रोफ़ेसर।' अब तो उसे अपना सही नाम याद करने में भी मुश्किल होती है। प्रोफ़ेसर हुए भी उसे लगभग पांच साल होने जा रहे हैं।

'मगर भाई जी ने तेरा, हम सबका ख़याल भी रखा है यार। मुझे याद है जब मैं शहर आया था तो महीनों मैंने कभी रेलवे स्टेशन, तो कभी बस अड्डे पर रातें काटी थीं। खाने को तो कुछ मिल जाता था लेकिन बाक़ी ठनठन गोपाल था।' डॉक्टर भावुक हो रहा था। 'फिर तूने मुझे भाई जी से मिलवाया था। ज़िंदगी को जैसे एक लक्ष्य मिला। एक मिशन मिला। हम जैसे लोगों के पास भी अब एक पता है। पार्टी दफ़्तर का पता। वहीं पड़े रहो। सुबहो-शाम। कोई भगाने वाला नहीं है। और आने-जाने वाले कुछ न कुछ दे ही जाते हैं जिससे पान-सिगरेट, चाय-नाश्ता चलता रहता है... यार मुझे तो अब अपने भाग्य से कोई शिकायत नहीं है।' डॉक्टर ने यह कहते हुए गहरी साँस खींची।

इस बीच प्रोफ़ेसर सिगरेट के कश पे कश खींचे जा रहे थे। मैकडॉवेल का ख़ुमार होंठों के रस्ते आँखों में उतर आया था। थोड़ी देर उसने डॉक्टर के चेहरे पर आँखें गड़ाए रखी, 'सही फ़रमाया डॉक्टर साहेब तुमने। तुम्हारा भाग्य चमक गया

है। अब कहाँ है तुम्हारी वह माशूक़ा जिसके लिए तुम डॉक्टर बने थे।' यह बोलते ही प्रोफ़ेसर के मुँह से हँसी की फुहार छूट पड़ी। वह देर तक पेट पकड़कर हँसता रहा। जब थमा तो बोला, 'अब उसे ढूंढो और बोलो कि मेरे पास काम है। मुझे महीने के पाँच हज़ार मिलते हैं सेवा के बदले भाई जी से। ऊपर की भी कुछ कमाई है। रहने के लिए दो-चार ठेलुआ अड्डे हैं... शहर में रंग-रुतबा भी है... बोल उसे... वह दौड़ी चली आएगी... या फिर उसके बाप को बोल... अरे उस डॉक्टर को, जिसकी तू कंपाउंडरी करता था...' वह घूँट भरते हुए रुक-रुककर बोल रहा था। डॉक्टर की आँखों में जैसे उसकी पुरानी ज़िंदगी कौंध गई थी। वह बीच-बीच में बस इतना ही कह पा रहा था, 'अब छोड़ न यार पुरानी बातें।'

डॉक्टर की कहानी भी प्रोफ़ेसर जैसी ही थी। कहीं दूर-दराज़ के किसी क़स्बे में रहते थे। पढाई से दसवीं के बाद ही मन उचट गया था। कुछ और काम नहीं था सो कुछेक साल इधर-उधर भटकने के बाद चालू फ़िल्मी गाने गुनगुनाते हुए एक लड़की से इश्क़ करने लगे। लड़की के बाप क़स्बे के नामी क़ाबिल डॉक्टर थे। कुछ रोज़ इन्होने उनकी सेवा की और उनके क्लिनिक पर 'कंपाउंडरी' हथिया ली। धीरे-धीरे मरीज़ों की मरहम-पट्टी, धड़कन-जांच आदि करने लगे। कुछ दवाइयों के नाम भी रट लिए। इंजेक्शन भी लगाने लगे थे। डॉक्टर के लिए वह 'हेल्पर' ही थे लेकिन मरीज़ों के बीच कंपाउंडर जाने जाते थे। काम के साथ प्रेमिका का दीदार भी बना हुआ था। ज़िंदगी खूबसूरत हो गई थी। लेकिन होनी को कुछ और ही बदा था। एक रोज़ क्लिनिक के पीछे चेक-अप रूम में अपनी प्रेयसी को प्रेम अर्पण कर रहे थे कि डॉक्टर ने पकड़ लिया। पहले जी भर के थुरा फिर दुबारा शक़ल न दिखाने की धौंस दे भगा दिया। पलक झपकते ही एक आशिक़ का नाजुक दिल टूट गया। ज़िंदगी वीरान हो गई। बात छोटे से क़स्बे में घर-घर पहुँच गई और फिर वह जब तक वहाँ रहे सबसे मुँह छुपाते रहे। न इनकी, लड़की को दुबारा देखने की हिम्मत पड़ी न वह दुबारा कहीं दिखी। फिर इन्होंने एक रोज़ बिना घर बताये ट्रेन पकड़ी और शहर भाग आये-बेआसरा, बेसहारा। भाई जी की एक बात अच्छी है कि वह जीवन में टूटे-हारे इन्सान को भी स्वाभिमान के साथ जीना सिखा देते हैं। उन्होंने ही इस प्रेम-वंचित, आत्मविगलित नौजवान को सेवादार बनाया, साथ ही गर्व करने वाला एक नाम दिया-डॉक्टर। जब डॉक्टर शहर में सेट हो गए तो घर वालों को कह दिया था कि, 'फ़िक्र न करें। मज़े में हूँ।'

बड़ी देर तक दोनों चुप रहे थे। मैकडोवेल की अद्धी ख़त्म होने की तरफ़ थी। पुड़िया, दालमोठ, मठरी, प्याज़ भी ख़त्म होना चाह रहे थे। सिगरेट का धुआं प्रेमकुंज की पुरानी बदशक्ल दीवारों से टकराता हुआ जर्जर सीली छत की ओर उड़ा

जा रहा था। बाहर रात काली हो गई थी। सामने सड़क पर लगे हुए लैंप पोस्ट से रोशनी प्रेमकुंज के उस हिस्से को अँधेरे से बचा रही थी जहाँ वे दोनों महफ़िल जमाए हुए थे। बात डॉक्टर ने ही शुरू की, 'कुछ भी हो प्रोफ़ेसर साहब, हम जैसों को सेवा में लगाकर भाई जी बहुत बड़ा काम कर रहे हैं। हमारे-तुम्हारे जैसे बहुतेरे लौंडे शहर में मारे-मारे फ़िर रहे हैं। न काम है, न धंधा। खाने के लाले हैं। सौ-हज़ार देकर जो चाहे करा लो। गांजा-चरस, हीरोइन-स्मैक, बम-कट्टा, दवा-दारू, लौंडियाबाज़ी हर लाइन में घुसे हैं फिर भी दो जून की रोटी का जुगाड़ मुश्किल है। इधर-उधर मुँह मारते घूमते हैं। शहर का कौन सा ऐसा दफ़्तर है जहाँ ऐसे लौंडे अफ़सरों-बाबुओं की दलाली नहीं कर रहे हैं... है कि नहीं...' डॉक्टर बोले जा रहा था और प्रोफ़ेसर उसे ऐसे देख रहा था जैसे भाई जी की आत्मा उसमें उतर आई थी। भाई जी भी ठीक इसी तरह बोलते थे जब सेवादारों की मीटिंग होती थी। जमा-जमाकर एक-एक बात मन में उतार देते थे। डॉक्टर पहले कभी इतना नहीं बोलता था। उसे हैरत भी हो रही थी।

'तुम मानो न मानो यार लेकिन भाई जी ने हम चारों की ज़िंदगी सेट कर दी।' डॉक्टर ने बात ख़त्म करने के साथ ही अपना गिलास भी ख़त्म कर दिया। प्रोफ़ेसर का मन हुआ कि बोले 'हाँ भई सेट तो कर दी' लेकिन नहीं कहा। उलटे राज़ खोलने के अंदाज़ में कहा, 'हम दोनों का इतिहास भूगोल तो सबको पता है लेकिन इंजीनियर साहब और अफ़सर के बारे में तुम क्या जानते हो?... कुछ तो जानते ही होगे?' डॉक्टर को चुप देखकर आगे कहा, 'नहीं जानते तो सुनो... इंजीनियर को उसका किसान बाप पढ़ा-लिखाकर इंजीनियर बनाना चाहता था। ज़मीन बेचकर अच्छे कॉलेज में साइंस में दाखिला कराया। ट्यूशन अलग से लगाया लेकिन बाबू गणित और विज्ञान दोनों में फ़ेल हो गए। दिमाग़ तो उनका तेज़ था ही, हाथ उससे भी ज़्यादा था। मन में ठान लिया था कि इंजीनियर बनेंगे, पैसा बनाएंगे, तो उसी में लग गए। आसपास घरों-दुकानों-दफ़्तरों में जितनी चोरियां होती थीं सबमें साहब का नाम आने लगा। ताला दरवाज़े पर लगा हो, अलमारी में या फिर तिजोरी में इंजीनियर साहब के हाथों में ऐसा जादू था कि फटाक से खुल जाता था... थाने में चोरी के दो-चार मुक़दमों और कुछ महीनों जेल की करारी रोटी तोड़ने के बाद साहब हमारे शहर आ पधारे।

यही हाल अफ़सर का भी था। किसी तहसील-कचेहरी के आस-पास रहते थे। बनना था इनको अफ़सर लेकिन बन गए अफ़सरों-बाबुओं के दलाल। डील अफ़सर करते, लिफ़ाफ़ा यह जनाब पकड़ते। बदले में कुछ 'परसाद' इन्हें भी मिल जाता था। कुछ दिनों में शोहरत ऐसी हो गई कि जनाब इलाक़े में ख़ुद को अफ़सर

ही कहना-कहलाना पसंद करते थे। लेकिन जब पुलिस ने लठियाया तो एक ही दिन में अफ़सरी का भूत उतर गया।' कहते हुए प्रोफ़ेसर हँसे जा रहा था। 'मगर एक बात है...पूछो क्या? बाक़ी कुछ हो हमारी तरह ये दोनों अपने नाम के लिए भाई जी के एहसानमंद नहीं हैं। यह जब आये थे तब इनका नाम इंजीनियर और अफ़सर ही था। ये दोनों हम दोनों से तो बेहतर ही थे। कम से कम नाम से मिलने वाली इज़्ज़त इन्होंने ख़ुद कमाई थी।' कहकर वह ही-ही-हो-हो कर देर तक हँसता रहा। डॉक्टर भी अपनी हँसी नहीं रोक सका।

अचानक डॉक्टर को याद आया कि बहुत देर हो गई है और 'ये साले इंजीनियर और अफ़सर अभी तक नहीं दिखे।' सामने का माल-मत्ता सब ख़त्म हो चला था। प्रोफ़ेसर ने टाइम देखने के लिए पहली बार मोबाइल छुआ। स्क्रीन ऑन करते ही जैसे करंट लग गया। सारा नशा हिरन। तुरंत समझ नहीं आया क्या करे। डॉक्टर ताड़ गया—'क्यों, क्या हुआ? नहीं आ रहे न साले?' प्रोफ़ेसर ने कान पकड़ते हुए कहा-'अबे उन सालों की किसे फ़िक्र है। भाई जी की इत्ती मिस्ड कॉल... आज मारे गए। अब क्या बोलेंगे कि कहाँ थे... जाने क्या आफ़त है... आज के दिन तो...' वह जैसे ख़ुद से बात करते हुए हकला रहा था। उन दोनों ने जल्दी-जल्दी सब समेटा और घबराते हुए बुझे मन से प्रोफ़ेसर ने भाई जी को फ़ोन लगाया। देर तक किनारे दीवार से लगकर वह 'हाँ-हूँ...नहीं भाई जी... जी भाई जी...' करता रहा। फ़ोन कटते ही डॉक्टर की तरफ़ पलटा जो पहले ही सावधान मुद्रा में था। 'बड़े गुस्से में थे...कह रहे थे...नक्शेबाज़ हो गये हो...मेरा फ़ोन नहीं उठाओगे... उन्हें लगा था कहीं ठंडा-गरम होने में लगा हूँ... जब तुम्हारा नाम लिया और कहा कि बात कराऊँ तो नरम पड़े... चल स्कूटर निकाल।' डॉक्टर ने इशारों में ही आगे जानना चाहा। 'सेवा का आदेश मिला है।...कोई बुज़ुर्ग है। यहाँ-वहाँ लेख-वेख, कविता-वविता कुछ करता रहता है...भाई जी कह रहे थे इधर लगातार उसने बहुत उल्टा-सीधा लिखा है हमारे ख़िलाफ़... हमारी संस्कृति और सभ्यता के ख़िलाफ़... उसे समझाना है।' भाई जी की बातों से उसे जो समझ में आया था उसने बक दिया। डॉक्टर ने पूछा-'मगर कैसे समझाना है? हम दो ही तो हैं और रात के दस बज चुके हैं। अपने पास समझाने का सामान भी नहीं है। तुमने बताया क्यूँ नहीं।' 'अरे बताया, लेकिन कह रहे हैं अभी समझाना ज़रूरी है। काफ़ी दिनों से तंग कर रहा है। भाई जी ने फ़ोन करके समझाने का प्रयास किया था लेकिन उलटे बुड्ढा उन्हीं को समझाने लगा... चलो कुछ ख़ास नहीं करना है बस अच्छे से प्रणाम कर लेंगे। बुड्ढा है, समझ जाएगा।' प्रोफ़ेसर डॉक्टर से ज़्यादा ख़ुद को आश्वस्त करता लगा।

थोड़ी देर में ही वे दोनों स्कूटर पर सवार गंतव्य पथ पर थे। एक हाफ़ स्वेटर

भर सर्दी थी लेकिन उन्होंने पिछले कुछ घंटों में इतनी गर्मी शरीर में उड़ेली थी कि ठंडी हवा उनके शरीर में रोमांच भर पैदा कर पा रही थी। उनके बाल फरफरा रहे थे। सड़क कमोवेश ख़ाली थी। ऐसे में ड्राइविंग का मज़ा ही कुछ और है। प्रोफ़ेसर को ऐसे में कोई न कोई फ़िल्मी गाना ज़रूर याद आ जाता है लेकिन फ़िलहाल उसे याद आया कि उसका पैंट टाइट है और उसे देर से नम्बर एक लगी है मगर भाई जी के फ़ोन ने उसे सब भुला रखा था। एक बार मन हुआ कि स्कूटर रोक कर फ़ारिग हो ले लेकिन फिर लगा कि पहले सेवा निपटाना ज़्यादा ज़रूरी है क्यूंकि रात काफ़ी होती जा रही थी। डॉक्टर उससे जूनियर था इसलिए क्या-कैसे करना है इसकी ज़िम्मेदारी प्रोफ़ेसर पर ही थी। कोई तीस-पैंतीस मिनट लगा होगा और वे भाई जी के बताए हुए पते पर थे।

रात के ग्यारह बजने वाले थे। इलाक़े में सन्नाटा था। सामने लगे लैंप पोस्ट की पीली रोशनी में नहाया हुआ वह एक छोटा-सा घर था। उसने स्कूटर टिकाया और थोड़ी देर इधर-उधर देखने के बाद घर की घंटी बजा दी। जब कोई आहट नहीं हुई तो दुबारा बजाई। फिर तिबारा-चौबारा एक साथ... ...'कौन है भई इतनी रात को?' यह एक महिला की धीमी आवाज़ थी। प्रोफ़ेसर ने दरवाज़ा खोलने को कहा। महिला आवाज़ ने नाम-मकसद पूछा। प्रोफ़ेसर ने अपना दिमाग़ लगा कुछ बताया लेकिन महिला आवाज़ ने सिर्फ़ इतना ही कहा-'बेटा कल सवेरे आना। शर्मा जी अभी बी. पी. की दवा-खाकर सो गए हैं।' प्रोफ़ेसर देर से सब्र किये था, अचानक फट पड़ा-'ये शर्मा बहुत बेशर्म है।...उससे कह देना होश में आ जाए... नहीं तो वो हाल करूँगा कि दुनिया से शर्माता फ़िरेगा... ऊटपटांग लिखना बंद करे। ज़्यादा ज्ञान दिखाने का शौक़ हो तो...हमारा शहर छोड़ दे। नहीं तो हम छोड़वा देंगे... हमारी सभ्यता-संस्कृती क्या है हम ख़ूब समझते हैं।' प्रोफ़ेसर बंद दरवाज़े के बाहर ज़ोर-जोर से बोले जा रहा था और दरवाज़े पर लात मारे जा रहा था। महिला आवाज़ बिलकुल बंद हो गई थी। कहीं थोड़ी दूर से किसी कुत्ते के भौंकने की आवाज़ भले आने लगी थी। डॉक्टर ने उसे चलने का इशारा किया। प्रोफ़ेसर गुस्से में इधर-उधर घूम रहा था कि जाने उसे क्या सूझा उसने पैंट की ज़िप खोल दी और गहरी साँस खींचते हुए दरवाज़े को कलात्मक अंदाज़ में भिगोने लगा। डॉक्टर को भी सेवा का यह तरीक़ा नया लगा। उसने भी सहर्ष उसका अनुसरण किया। इससे उन दोनों को शारीरिक सुख और आत्मिक शांति दोनों की प्राप्ति हुई। इस पर भी अन्दर कोई आहट नहीं हुई। प्रोफ़ेसर ने दरवाज़े पर एक आख़िरी लात मारी और यह कहते हुए सेवा समाप्त की-'सुन लो अम्मा! आज तो हमने शराफ़त से नंबर एक करके छोड़ दिया है। अगर आगे सेवा का मौक़ा दिया तो नंबर दो-तीन--चार सब करेंगे। उम्मीद

है आप समझ गई होंगी और विद्वान दादा जी को भी समझा देंगी। अब आगे इससे ज़्यादा इज़्ज़त-सम्मान की उम्मीद हमसे न करना।'

लौटते समय दोनों की गर्मी उतर चुकी थी। रात की सर्द हवा उनके शरीर में सिहरन पैदा कर रही थी। वे कुत्ते के भौंकने की आवाज़ें काफ़ी पीछे छोड़ आए थे। डॉक्टर को एक बार फिर सनी लेओनी याद आ गई थी और वह गला फाड़ 'पिया मोरे भोले-भोले' गाने लगा था। प्रोफ़ेसर ने सड़क पर पच्च से थूकते हुए कहा, 'भाई जी का दिया हुआ यह स्कूटर साला अब खटारा हो चुका है।'

दास्तान-ए-शहादत

उधर इक हक़ीक़त इधर इक फ़साना
बयां किसको कीजे ये लफड़ा पुराना
अगर सच कहूँ तो यकीं किसको होगा
फ़साने का आशिक है सारा ज़माना

ये कहानी सब इंस्पेक्टर रनबहादुर की है जिसमें थोड़ी हक़ीक़त है और थोड़ा फ़साना। हक़ीक़त सबके लिए और फ़साना कहानी में चुहल, चकल्लस और क़िस्सागोई की तलाश करने वाले शौकीनों के लिए है। हक़ीक़त की पूछ आज किसे है! हर तरफ़ फ़साने का बोलबाला है। साहित्य हो या समाज, सियासत हो या ख़बरनबीसी हर जगह फ़साने का जलवा बुलंद है। विचार और बहसों की दुनिया में भी हक़ीक़त बेज़ार और फ़साना लम्बरदार। और फिर क़िस्से-कहानी को तो हमेशा से ही ख़याली प्रपंच माना गया है। उसका नाम ही फिक्शन है, अफ़साना है। इस लिहाज से अदब और साहित्य की दुनिया में हक़ीक़त के बरक्स गप्प और फ़साने का पलड़ा भारी है। सो, यहाँ भी फ़साने का ज़िक्र पहले और ख़ूब फैलकर किया जा रहा है। हक़ीक़त हमेशा की तरह यहाँ भी बाद में ही सामने आएगी।

रनबहादुर सीधी भर्ती के नौजवान सब-इंस्पेक्टर थे। उनमें वे सभी गुण थे जो हमारे दौर के नौजवानों में पाए जाते हैं। वह जात-पात, ऊँच-नीच, धरम-करम-पाखंड से दूर थे। औरत-मरद का फ़र्क नहीं करते थे। देश के लिए तो उनके मन में बहुत जज़्बा था ही। छात्र जीवन से ही देश के लिए कुछ भी कर गुज़रने की इच्छा उनके मन में पली-बढ़ी थी। राजनीति और सोशल वर्क की मास्टरी तालीम हासिल करने के बाद उन्होंने पुलिस की नौकरी करने का इरादा किया था और अपने पक्के इरादे की बदौलत सब-इंस्पेक्टरी का कड़ा इम्तहान पास भी कर लिया था। इस करियर

को चुनने के पीछे कहीं न कहीं ग़रीब–गुरबा के ख़िलाफ़ अन्याय–अत्याचार और औरत जात से ज़ोर–जबरदस्ती को लेकर उनकी बेचैनी भी एक वजह थी। ख़ैर रनबहादुर ने पुलिस महकमे में दारोगा बन अपनी ज़िंदगी को एक तरह से भय, आतंक और अपराध के ख़िलाफ़ संघर्ष को समर्पित कर दिया था। ये परिवार से मिले संस्कारों का असर था, तालीम की तासीर थी या चुनौतियों का सामना करने का उनका तेवर– जो भी था, रनबहादुर को ज़िंदगी और नौकरी दोनों में आराम पसंद नहीं था। सीतापुर पुलिस ट्रेनिंग सेंटर में नौ महीने का दिमागी और जिस्मानी करतब सीखने के बाद उन्हें फील्ड ट्रेनिंग के लिए 'नक्सल ज़िला' मिर्ज़ापुर में तैनाती मिली। यक़ीनन यह तैनाती उन्होंने अपने स्वभाव के मुताबिक़ ख़ुद चुनी होगी। चाहते तो आगरा, मेरठ, कानपुर, लखनऊ कहीं भी सेट हो जाते। पूर्वांचल में ही जाना होता तो बनारस, गोरखपुर कहीं भी जम के वर्दी की हनक दिखाते लेकिन देश और समाज की फ़िक्र करने वाले अपने ऐशो–आराम की कब सोचते हैं। पहली तैनाती में रनबहादुर न सिर्फ़ नक्सल–आदिवासी ज़िला मिर्ज़ापुर आये बल्कि वहाँ भी पहुँच के लिहाज़ से दुर्गम, सुविधाओं के लिहाज़ से विपन्न और पुलिसिया काम के लिहाज़ से बेहद मुश्किल अहरौरा थाने में नायब दारोगा के बतौर तैनात हुए। काली, लाल और कहीं–कहीं पीली मिट्टी वाला ये इलाक़ा साल, ख़ैर, धावरा जैसे पेड़ों के जंगलात और क़ीमती पत्थरों–खनिजों से भरा पड़ा था। दूर बहती गंगा से निकली कुछ जल–धाराएं भले ही इन जंगलों को संजीवनी देती रहीं हों वर्ना इनमें इतनी ताक़त थी कि ये चट्टानों की छाती तोड़ ज़मीन के नीचे अतल गहराइयों से अपना जीवन खींच सकते थे। ठीक वैसे जैसे यहाँ के भुइया, कोल, बैगा और बियार लोग–आदिवासी, जिन्हें इन पत्थरों और जंगलों ने जाने कितनी पीढ़ियों से सहेज रखा था। रनबहादुर जिस अहरौरा थाने में तैनात हुए थे वह ज़रूर सड़क से जुड़ा एक क़स्बाई गाँव था मगर सड़क के दोनों ओर फैला थाने का पूरा हलका पगडंडियों के जाल में उलझा लाल चट्टानों और घने वीरान जंगलों में समाया हुआ था। बीच–बीच में कुछ गाँव आबाद थे जिनमें ज़्यादातर ग़रीब परिवार थे लेकिन उनमें कमंडल और मण्डल से निकली कुछ बड़ी जातियों के भी घर थे। अहरौरा वाली सड़क पर ही कुछ दूर आगे जाकर मुसलमानों की एक बस्ती थी लतीफ़पुर जहाँ के बाशिंदों की ज़िंदगी अमूमन मवेशियों की ख़रीद–फ़रोख़्त पर चलती थी। यही सड़क जहाँ आगे जाकर सोनभद्र होते हुए मध्यप्रदेश में उतर जाती थी वहीं उसके समानांतर दक्षिण–पूर्व की तरफ़ कई जंगली रास्ते चंदौली होते हुए बिहार की सीमा में समा जाते थे। रनबहादुर को इस इलाक़े के भूगोल, समाजशास्त्र और अर्थशास्त्र से ज़्यादा लेना–देना न था। पुलिसिया काम के कारण उनका कुछ साबका राजनीतिशास्त्र से ज़रूर पड़ता था लेकिन वे अपने काम

में समर्पण के भाव से उलझे रहते। यूँ तो नेता, हाकिम और पत्रकार-इन तीन तबकों के बीच ही उनका ज़्यादा वक़्त गुज़रता, बाक़ी उत्साही नौजवान होने के नाते वे अपने इलाक़े की बाक़ी चीज़ों के बारे में भी ज़्यादा से ज़्यादा जान लेना चाहते थे।

रनबहादुर ने अपनी छह-सात महीने की फ़ील्ड ट्रेनिंग मन लगाकर की। आई. पी. सी., सी. आर. पी. सी., गुंडा, गैंगस्टर जैसी क़ानून की ज़रूरी किताबों के पन्ने तो उन्होंने ट्रेनिंग सेंटर में पहले ही देख लिए थे, यहाँ आने पर उन्हें अवैध खनन, जंगली पेड़ों की चोरी-छुपे कटान, कच्ची शराब के कारोबार, गोवंशीय पशुओं की तस्करी, कमज़ोर जात की ज़मीनों पर दबंगों के कब्ज़े, आदिवासी लड़कियों और औरतों पर की जाने वाली बड़ी जात वालों की ज़ोर-ज़बरदस्ती रोकने और ऐसे अपराधियों को सज़ा दिलाने वाले क़ानूनों की जानकारी ज़्यादा काम की लगी। सो, उन्होंने इन सबका भी भरपूर ज्ञान अर्जित किया। रही थाने की जी. डी., सी. डी., समन-वारंट, गश्ती, शिकायत, संदर्भ, हलका, अपराध, हिस्ट्री-शीट, मालखाना और अस्लाह रजिस्टर वग़ैरह की, तो यह उनका रोज़ का काम था। लेकिन यहाँ इस सबसे अलग और ऊपर एक और काम था जो रनबहादुर के मत्थे आन पड़ा था—लाल झंडाधारी जंगल पार्टी की हरक़तों पर नज़र रखने का काम। पार्टी के सभी-गाँव से थाना स्तर के छोटे-बड़े ओहदेदारों के नाम-पते, उनकी हर बैठक, धरने, आंदोलन की ख़बर रखने का काम और इस सबसे हलके की क़ानून-व्यवस्था पर पड़ने वाले असर का लेखा रखने की ज़िम्मेदारी रनबहादुर पर थी। रनबहादुर की सामाजिक पृष्ठभूमि, तालीम और संवेदनशीलता के मद्देनज़र यह काम ख़ुद जिला कप्तान ने उसे दिया था। इस मामले में सरकारी फ़रमान बिलकुल साफ़ था—ग़रीब-कमज़ोर-आदिवासी, सबको सुरक्षा देने, ख़ुशहाल ज़िंदगी देने का काम सरकार का है। उसके लिए क़ानून थे, विकास योजनायें थीं और अनुदान थे। ग़रीबी, भुखमरी, बेरोज़गारी और बलात्कार को मुद्दा बनाकर भोली-भाली मज़दूर-किसान जनता को बरगलाना, उन्हें सरकार के ख़िलाफ़ मूवमेंट और हिंसा के लिए भड़काना न सिर्फ़ ग़ैरकानूनी था बल्कि एक तरह से देश-द्रोह भी था। हालांकि रनबहादुर इससे इत्तेफ़ाक नहीं रखते थे। उनके मन में ग़रीब-मज़दूर-किसान-आदिवासी जनता के लिए सच्चा दर्द था। वे जंगल पार्टी को ग़रीब जनता की हितैषी मानते थे। ये और बात है कि आंदोलन के नाम पर देश के कुछ हिस्सों में जंगल पार्टी द्वारा की जा रही मार-काट के वे सख़्त ख़िलाफ़ थे। वे अपनी बात सरकार तक पहुँचाने के लिए गाँधी जी के सविनय अवज्ञा आंदोलन और अहिंसा को सबसे कारगर तरीक़ा मानते थे।

बहरहाल रनबहादुर ने थोड़े ही दिन में अहरौरा थाने के चप्पे-चप्पे की जानकारी कर ली। हाकिम उन्हें बताते थे कि एक नायब दारोगा के बतौर उन्हें क्या-क्या करना

है। नेता उन्हें बताते थे कि वो सब कब-कहाँ-कैसे करना है। और पत्रकार इस सबके लिए ज़रूरी जानकारी मुहैया कराने के साथ ही रनबहादुर की ईमानदार कारगुज़ारियों को लोकल अख़बार के लोकल पन्ने पर छापकर समाज और देश की सेवा में अपना क़ीमती योगदान दे रहे थे। यह रनबहादुर की समर्पित सेवा का ही फल था कि इलाक़े के सभी असरदार नेता और पत्रकार उनसे ख़ुश थे। और जब ये सब ख़ुश थे तो जनता भी ख़ुश थी। और जब सारे ख़ुश तो फील्ड ट्रेनिंग के बाद कहीं, किसी और थाने में रनबहादुर को तैनात करना पुलिस कप्तान को ग़ैर मुनासिब लगा। सो, रनबहादुर बाक़ायदा वर्दी की पूरी हनक के साथ सब-इंस्पेक्टर थाना अहरौरा के पद पर जनहित में तैनात कर दिए गए। थानेदार बुज़ुर्ग थे। शुगर, ब्लड-प्रेशर और साँस फूलने जैसी कुछ सामान्य बीमारियों और ढेर सारी घरेलू जिम्मेदारियों के बोझ से दबे भी हुए थे जबकि रनबहादुर छड़े (ग़ैर-शादीशुदा), गबरू, तंदुरुस्त नौजवान थे। इसलिए नायब होने के बावजूद इलाक़े में थानेदार जैसी हनक और पहचान थी उनकी। इसमें थानेदार को भी कोई दिक़्क़त नहीं थी। उन्हें ज़रूरी आराम और वक़्त-बेवक़्त छुट्टियाँ मिल जाती थीं जबकि रनबहादुर अकेले होने के कारण थाने के पीछे वाले अपने क्वाटर में ही जमे रहते थे। साल बीतते न बीतते रनबहादुर न सिर्फ़ थाने के भूगोल से भली भांति परिचित हो गए, कौन-कहाँ-किस गोरखधंधे में शामिल है, किसका-कहाँ-किस पार्टी से तार जुड़ा हुआ है, किस-किस सरकारी-जाती ज़मीन पर किस-किस का कब्ज़ा है, कहाँ-कैसे चोरी से पेड़ काटे जाते हैं, पत्थर-गिट्टी खोदी जाती है या किसकी औरत लड़की को कब किस नेता, लम्बरदार, ठेकेदार, लम्पट ने उठाया-उठवाया वग़ैरह-वग़ैरह, देर-सवेर सब रनबहादुर को पता चल जाता था। फिर रनबहादुर क़ानून के मुताबिक़ अपना फ़र्ज़ निभाते थे। ज़रूरी लिखा-पढ़ी करने से पहले हाकिम को बताते थे, इलाक़े के विधायक से ज़रूरी हिदायत लेते थे फिर कहीं जाकर पूरे मसले को जनहित में पत्रकारों से साझा करते थे।

रनबहादुर तनहा ज़रूर थे पर तनहा रहना-दिखना उन्हें पसंद न था। वह दिन रात पुलिसिया काम-काज में उलझे रहते। थाने पर तैनाती के एक माह के भीतर ही उन्होंने हीरो स्प्लेंडर ले ली थी जिससे उनकी चाल और बढ़ गई थी। थाने की जीप कभी-कभार ही उन्हें मिलती और ऊपर से थाने का तीन चौथाई इलाक़ा ऐसा था जिस पर मोटर सायकिल से ही जाया जा सकता था। कहीं, किसी की बकरी चोरी हो गई, कहीं मुर्गी। कहीं, किसी की औरत अपने आशिक़ के साथ भाग गई तो कहीं, किसी की बेटी को पड़ोस का छोकरा भगा ले गया। किसी ने किसी की ज़मीन दाब ली तो किसी ने किसी का रूपया। बिना रवन्ना-पर्ची गिट्टी-पत्थर की खुदाई-ढुलाई हो, पेड़ों की कटान हो या मवेशियों की तस्करी-सब जगह रनबहादुर।

जंगल पार्टी की हरक़तें अलग। रात-बिरात, देर-सवेर की दौड़-भाग। रनबहादुर कभी हमराह के साथ, अक्सर अकेले।

ट्रेनिंग पूरी होने के बाद से रनबहादुर वर्दी कम ही पहनते थे, ज़्यादातर सादे में ही रहते। लोकल नेता, पत्रकार और हाकिम सब यही मानते थे कि जंगल पार्टी मध्य प्रदेश, उत्तर प्रदेश, बिहार और बंगाल के बीच अफ़ीम, गांजा, चरस और असलहे की तस्करी करती है लेकिन इस मामले में रनबहादुर के पास एक 'पोलिटिकल विज़न' था। वे समझते थे कि छत्तीसगढ़ से चल मध्य प्रदेश होते हुए एक लाल गलियारा सोनभद्र के रस्ते उनके हलके में घुसता है जंगल-जंगल चंदौली को चीर बिहार-झारखण्ड होते हुए पश्चिम बंगाल में उतर जाता है। ये गलियारा देश की मज़लूम और सताई हुई जनता का घर है। उनके हिसाब से यह लाल गलियारा भ्रष्ट, अत्याचारी, निरंकुश और हिंसक राज्य सत्ता और सामंती-पूंजीवादी समाज के ख़िलाफ़ जनसंघर्ष की रणभूमि भी है। रनबहादुर अक्सर सोचते कि आख़िर जंगल पार्टी के नुमाइंदों और मेम्बरान में इलाक़े के सारे आदिवासी-किसान-मज़दूर ही क्यों हैं, कोई बड़ा रईस, पैसों वाला क्यों नहीं इस पार्टी का झंडा बुलंद करता! ऐसा सोचते हुए वे गहरी साँसे लेते कभी-कभी दार्शनिक भी हो उठते।

थाने में पक्की तैनाती मिलने के बाद एक साल तक रनबहादुर ने अपनी जांबाजी के किस्सों से हलके में इतना नाम कमाया कि नेता-हाकिम-पत्रकार सब उनकी ईमानदारी और मुस्तैदी के क़ायल हो गए। पुलिस कप्तान की मासिक क्राइम मीटिंग में भी रनबहादुर को तारीफ़ मिलती। कुछ दिनों तक तो सबकुछ ठीक-ठाक चलता रहा पर कहानी में मोड़ तब आया जब रनबहादुर को एक आदिवासी लड़की से प्रेम हो गया। रनबहादुर ऊँच-नीच मानते नहीं थे, सो कोल-कन्या भा गई। अब रोज़ नायब दारोगा साहेब उसके गाँव के इर्द-गिर्द पाए जाते। इलाक़े में जंगल-नदी-चट्टान-सब जगह उनकी मुलाक़ातों की अनकही दास्तानें दर्ज़ होने लगीं थीं। एकाध बार उसे चोरी-छिपे थाने के पीछे अपने क्वाटर में लाये रनबहादुर। लड़की इंटर-बी. ए. कुछ पढ़ी थी लेकिन जो सबसे ख़ास था उसमें वो था उसकी आज़ाद-खयाली और उस जंगल में अकेले घूमने की उसकी हिम्मत। रनबहादुर अपने जैसा ही बहादुर जीवनसाथी चाहते थे ख़ुद के लिए। सोच से तरक़्क़ी पसंद थे ही। कहते हैं रनबहादुर ने उसके बारे में अपने ख़ास लोगों को भी बता दिया था। नेता-ख़बरनबीस और हाकिमों के बीच भी कुछ खुसर-फुसर इस बाबत शुरू हो चुकी थी। पर 'प्यार किया तो डरना क्या' टाइप रनबहादुर इसे अपना जाती मामला मानते थे। इस वाक़ये ने जंगल और वहाँ के लोगों के लिए रनबहादुर के मन में लगाव और बढ़ा दिया था। मगर होनी को कुछ और ही मंज़ूर था शायद। दो-तीन महीने के जानी इश्क़ के बाद

अचानक पता चला कि लड़की और उसका परिवार जंगल पार्टी के लिए काम करते थे। हुआ यूँ कि लड़की के ही गाँव के एक नौजवान को पुलिस ने कट्टा-कारतूस के साथ एक दफ़ा गिरफ़्तार किया। पुलिसिया पूछ-ताछ में ये सामने आया कि वो जंगल पार्टी को असलहे पहुँचाता है। ये भी पता चला कि उस लड़की से भी उसका पुराना लफड़ा है। अब इस बेवफ़ाई को रनबहादुर कैसे बर्दाश्त करते। उनका दिल टूट गया। फ़र्ज़ के हाथों मजबूर रनबहादुर ने अपने हाथों रपट लिखी और बाकियों के साथ अपनी माशूका को भी जेल भिजवाया। ख़बर का यह एंगल खुल के अख़बारों में नहीं आया लेकिन लोकल पत्रकारों में रनबहादुर के इस बलिदान की चर्चा काफ़ी दिनों तक गरम रही।

ख़ैर रनबहादुर जल्दी ही इस सदमे से बाहर निकल आए और पुलिसिया फ़र्ज़ की उछाल भरी तेज़ पिच पर ताबड़-तोड़ रन बनाने में जुट गये। यह बात दीगर है कि इस तरह के खेल में खिलाड़ी कैसा भी हो, देर-सवेर उसे आउट होना ही पड़ता है। रनबहादुर भी आउट हुए। हाँ, बात उनके आउट होने में भी थी। वह ऐसे आउट हुए जैसा किसी ने कभी सोचा न रहा होगा।

यह दशहरा-दिवाली के बीच का कोई दिन था। मौसम में ठंडक और दिशाओं में अन्धेरा उतरने लगा था। रनबहादुर शाम को ही अपनी स्प्लेंडर पर एक हमराह के साथ सादे में जंगल की ओर निकल पड़े थे। उन्हें थाने के चंदौली बार्डर से लगी सीमा पर किसी गिरोह के मूवमेंट की ख़ुफ़िया जानकारी मिली थी। यह मूवमेंट तस्करों का था, वनकटों का या जंगल पार्टी का, यह साफ़ न था लेकिन यह तय था कि जंगल से घिरे एक गाँव में कोई बड़ा जमावड़ा होना था। रनबहादुर को ख़ुद पर बड़ा भरोसा था इसलिए कभी ज़्यादा लाव-लश्कर के साथ नहीं चले वह। हमराह भी वक़्त-ज़रूरत चाय-सिगरेट का इन्तेज़ाम करने, अँधेरे में टार्च दिखाने या पड़ताल के दौरान लोगों को पकड़ने-बुलाने के लिए ही होता था। बाक़ी इलाक़े में उनकी हनक थी और ज़्यादातर अपराधी उनसे डर-बच के रहते थे। इस ख़बर पे एक बारगी तो उन्हें ताज्जुब भी हुआ था। किसकी ऐसी हिम्मत उनके इलाक़े में, बिना उनकी जानकारी के। लतीफ़पुर के जितने भी गैंग इस काम में लगे थे, सब उनसे खौफ़ खाते थे। तो उस शाम रनबहादुर जंगल में समा गए। बाद में पता चला कि देर रात हमराह वापस लौट आया था लेकिन उसने किसी से कुछ नहीं कहा। पूरा मुन्न मार गया। रनबहादुर पूरी रात नहीं उबरे थे। अगले दिन भी जब दोपहर तक रनबहादुर नहीं लौटे तो थानेदार ने कप्तान को ख़बर की और फिर पूरा अमला नायब दारोगा की खोजबीन में जुट गया। डिप्टी कप्तान, खोजी कुत्ते और ढेर सी पुलिस-पीएसी। हमराह सिर्फ़ इतना बता पाया था कि जंगल घनाते ही रनबहादुर ने उसे लौटा दिया

था। रनबहादुर अक्सर ऐसा करते थे इसलिए उसने भी ज़्यादा हुज्जत नहीं की। शाम से लेकर रात भर रनबहादुर की खोजाई हुई तब कहीं जाकर तड़के कोलों की बस्ती के पास रास्ते से पचासेक मीटर भीतर एक पेड़ से बंधा हुआ उनका बेजान शरीर मिला था। बदन पर एक भी कपड़ा नहीं था। ऊपर से उनका लिंग कटा हुआ था। लगता था वे अपने फ़र्ज़ के लिए शहीद हो गए थे। यह बात जंगल में आग जैसी फैली थी कि जंगल पार्टी ने एक बार फिर अपना बेरहम खूनी चेहरा दिखाया था। इस बार उसने एक मासूम पुलिस अफ़सर को अपना शिकार बनाया था। पास की पूरी कोल बस्ती लगभग खाली थी। पुलिस ने आसपास की बस्तियों में बाक़ायदा तफ़्तीश की थी। इलाक़े में दिन भर घटना पर चर्चा होती रही। नेता–हाकिम–पत्रकार सबकी एक ही राय थी। अहरौरा से लखनऊ–दिल्ली वाया मिर्ज़ापुर फोन घनघनाए। पहले टीवी चैनलों ने एक बहादुर पुलिस सब–इंस्पेक्टर की शहादत और उसके साथ जंगल पार्टी के नए–पुराने कारनामे ब्रेकिंग न्यूज़ में लगातार चलाए फिर अगले दिन अख़बारों ने घटना से जुड़ी अपनी कहानियाँ छापीं।

ज़रूरी जाँच–पड़ताल, लिखा–पढ़ी के बाद रनबहादुर का बेजान शरीर तिरंगे में लपेट पुलिस लाइन लाया गया। बैंड–बाजे की शहीदाना धुनों के बीच हाकिमों ने उन्हें श्रद्धा के फूल चढ़ाए और सलामी गारद ने उन्हें बंदूक़ों के धमाकों से आख़िरी सलामी दी। रनबहादुर बाक़ायदा शहीद हुए थे। हाकिमों ने अपनी रपट तैयार की, ख़बरनाबीसों ने उसको ओके किया और नेताओं ने उसे लखनऊ–दिल्ली पहुँचाया। ख़बरों के कानाफूसी गलियारे में यह चर्चा भी गरम थी कि रनबहादुर को उनके पुराने प्यार ने ही धोखे से जंगल बुलाया था और फिर जंगल पार्टी ने घात लगाकर उनका काम तमाम किया।

अब अगर मैं यह कहूँ कि रनबहादुर की जो कहानी अब तक आपने सुनी वह निरा गप्प थी जिसके रचयिता लोकल नेता–पत्रकार और हाकिम थे, तो आपको कैसा लगेगा? आपको शायद यक़ीन नहीं होगा क्यूंकि यह गप्प, सच जैसी ही है। मैं कहूँगा कि इसमें झूठ जैसा आपको कुछ दिखेगा भी नहीं। ख़ैर, अपनी आप जानें पर इस कहानीकार के पास इस कथा का एक और संस्करण है जो इससे एकदम जुदा है। आइये उसे भी सुनते हैं। यह कहीं, किसी से सुना–सुनाया क़िस्सा नहीं है बल्कि कहानीकार ख़ुद फ़साने की तलाश में इस हक़ीक़त तक पहुँचा है। हाँ, इलाक़े के कानाफूसी गलियारे के एक कोने में इसकी खुसफुसाहट ज़रूर लगातार बनी हुई थी। यह क़िस्सा कुछ यूँ था।

रनबहादुर मण्डल कमीशन के बाद हिंदी प्रदेशों में उभरी एक दबंग जात से ताल्लुक़ रखते थे जिनका सपना भी (बाकियों की तरह जिन्हें मण्डल का फ़ायदा मिलना था) टॉप क्लास सरकारी नौकरी पाकर ख़ूब पैसा और शोहरत कमाने का था। इसके लिए उन्होंने कोशिश भी बहुत की। इलाहाबाद से दिल्ली तक का सफ़र तय किया। लाखों कोचिंग-कुंजी पर ख़र्च किया पर तकदीर को कुछ और ही मंज़ूर था। आख़िरकार थोड़ी तैयारी और स्वजातीय नेताओं की ज़ोरदार सिफ़ारिश के बाद उन्हें नायब दारोगा की सीधी भरती मिली थी। ट्रेनिंग के दौरान ही बनारस के एक सियासी खानदान में मुँह मांगे दहेज़ पर उनकी शादी भी हो गयी थी। इससे उनकी वर्दी का जलवा डबल हो गया था। नौकरी पाते ही उन्होंने अपनी बिरादरी के अफ़सरों और नेताओं से नेटवर्किंग शुरू कर दी थी जिससे बाद में उन्हें मनचाही पोस्टिंग पाने में बड़ी आसानी हुई। उन्होंने बाक़ायदा हिसाब-किताब के बाद बनारस से लगे हुए मिर्ज़ापुर ज़िले में अपनी तैनाती कराई। इसमें ससुराल पक्ष और ज़िले के एक स्वजातीय विधायक की बड़ी भूमिका रही। मिर्ज़ापुर में जंगली लकड़ी के अलावा गोवंशीय पशुओं की तस्करी, खनन और कच्ची शराब का भी अच्छा कारोबार था। फिर जंगल पार्टी के असर के कारण जनकल्याण की तमाम स्कीमों में भी पुलिसिया दख़ल ज़्यादा था। पुलिस महकमे की जाँच करने वाली बाहरी टीमें और आला हाकिम इस जिले में कम ही आते थे। जो आते भी थे वे माँ विंध्यवासिनी के दरबार में मत्था टेक 'सद्वचनों और सत्कर्मों का संकल्प' ले वापस हो लेते थे। ऊपर से सेवा के लिए कोल-बेयार-भुईया लोग, जीभ के लिए जंगली मुर्गे और जाँघों के लिए चिक्कन मुर्गियां। यह सोचते-सोचते कई बार रनबहादुर के मुँह में पानी आ जाता था। इतना सब पाकर वह टॉप क्लास सरकारी नौकरी न पाने का ग़म सचमुच भूलने लगते थे और उनके मन में 'अपने समाज और देश' के लिए कुछ कर गुज़रने का जज़्बा हिलकोर लेने लगता था। अपनी ससुराल के क़रीब तैनाती का भी अपना अलग ही मज़ा था। छिन में यहाँ, छिन में वहाँ। भविष्य में घर-परिवार भी उन्हें बनारस में ही बसाना था, सो इस लिहाज़ से भी ये तैनाती मस्त थी। विधायक जी ने ज़िले के बाद थाने की तैनाती चुनने-पाने में भी रनबहादुर की मदद की। उनकी विधानसभा क्षेत्र का एक बड़ा हिस्सा अहरौरा थाने में पड़ता था।

थाने में अपनी तैनाती के महीने भर के भीतर ही रनबहादुर ने इलाक़े का इतिहास-भूगोल-राजनीतिशास्त्र और अर्थशास्त्र पढ़ डाला था। थाने के रिवायती रजिस्टरों के अलावा कुछ नए रजिस्टर भी उन्होंने तैयार किए। एक में इलाक़े के नेता-अफ़सर-सेठ-ठेकेदार-पत्रकार व गिने-चुने वकीलों के साथ कुछ संत-महात्माओं और पंडों का ब्योरा था तो दूसरे में ज़रायम पेशे से जुड़ी हुई बारीक़ जानकारियाँ

थीं। बड़े दारोगा से मशवरे के बाद उन्होंने हलका-वार बीट सिपाहियों के लिए एक हफ़्ता रजिस्टर भी बनाया था। उसमें थाने की सीमा में गोरखधंधा करने वालों की पेशेवार फ़ेहरिस्त थी जिसके आगे आपसी सहमति से तय वो रकम लिखी थी जो महीने की पहली तारीख़ को उनसे मिलनी थी या कहिये कि उनसे वसूली जानी थी। एक छोटी डायरी अलग से थी जिसमें आमद के बाद हर महीने कहाँ क्या-कितना पहुँचाना-भिजवाना था, उसका भी डिटेल था। यह शुरुआती नौकरी की वह दस्तावेज़ी तैयारी थी जो आगे पूरे कैरियर में काम आनी थी और जिसके बारे में ट्रेनिंग सेंटर में कुछ भी पढ़ाया-बताया नहीं गया था। रनबहादुर को इस बात पे ताज्जुब होता था कि जो बात नौकरी में सबसे ज़्यादा काम की थी उसका ट्रेनिंग के दौरान कोई ज़िक्र नहीं किया गया। बड़े दारोगा ने एक बार उसे नसीहत देते हुए अपना मटके जैसा पेट हिलाकर कहा था, 'दारोगा का मतलब होता है—दा...अ...अ, चाहे रो के, चाहे गा के।' ('दा' मतलब है 'देना'। यह अवधी का प्रयोग है)।

रनबहादुर किस्मत के भी धनी थे। एक बार जंगली लकड़ी की एक बड़ी कटान पकड़ में आई थी। फारेस्ट रेंजर की सिफ़ारिश पर रनबहादुर ने उसे छोड़ा था और हफ्ते भर के अन्दर नई 'स्प्लेंडर' मय काग़ज़ात थाने के पीछे रनबहादुर निवास के सामने आ खड़ी हुई थी। उसी स्प्लेंडर पर बैठ उन्होंने जंगल के भीतर होने वाले अवैध खनन की गहरी शिनाख्त की थी। बाद में कारोबारियों ने वादा किया था कि बंधी माहवारी के अलावा साहेब जब भी बनारस में अपना बंगला बनवाएंगे गिट्टी पत्थर की सेवा मुफ्त में की जाएगी। आख़िर रनबहादुर अकेले यह सब रोक भी नहीं सकते थे। और फिर पुलिस का 'मेन काम' आईपीसी, सीआरपीसी, गुंडा, गैंगस्टर देखना है, यह सब रोकना नहीं। और फिर आये दिन जंगल पार्टी का धरना-प्रदर्शन-जलूस-मीटिंग-कान्फरेंस। जंगल कटान रोको, अवैध खनन बंद करो। इन्हें रोज़गार दो, उन्हें मजूरी दो। जंगल बचाओ, नदी बचाओ, आदिवासी बचाओ वग़ैरह। रनबहादुर ठठाकर हँसते, 'सब बचाने के लिए तो ई ससुरी पार्टी है ही, फिर हम भला काहे को लोड लें।' उन्हें जो करना था वह उन्होंने किया था। उन्हें माल बनाना था, शोहरत पानी थी और वर्दी पहन 'अपने देश-समाज की सेवा' करनी थी। वे यही सब करने में रमे रहे।

रनबहादुर को अपने रूटीन काम में सबसे ज़्यादा साबका जंगल पार्टी से होता। जंगल पार्टी के बारे में ज़िले के नेता-हाकिम और पत्रकारों की जो राय थी, वही रनबहादुर की भी थी। उनका मानना था कि ये पार्टी अफ़ीम-गांजा-चरस और असलहों की अन्तर्राज्यीय तस्करी में लगी है और वह, जिसे सब 'लाल गलियारा' कहते हैं, कुछ और नहीं बस देश में क़ानून के राज को चुनौती देने वाले अपराधियों की खुलेआम

आवा–जाही का जंगली रास्ता है। उनका दिल से मानना था कि ये लाल झंडाधारी अपने 'इंटेलेक्चुअल जार्गन्स' से भोली–भाली ग़रीब जनता को न सिर्फ़ सामजिक–नैतिक–धार्मिक मूल्यों से भटकाते हैं बल्कि उनके मन में जनता की चुनी हुई सरकारों के ख़िलाफ़ भी आक्रोश और हिंसा भड़काते हैं। पुलिसिया नज़रिए से देखा जाय तो यह लड़ाई उन्हें दरअसल कानून के राज और अराजकता के बीच लगती थी और कानून का एक जांबाज़ सिपाही होने के नाते उन्हें ऐसी सभी ताकतों को अपने इलाक़े में पछाड़ना था। सो, रनबहादुर ने अभियान चलाकर तमाम नई उम्र के आदिवासी–मुसलमान और दूसरी छोटी जात के लड़कों को अफ़ीम–गांजा–चरस–अस्लाह रखने के जुर्म में पकड़ा। कुछ का चालान गोवध कानून में किया तो कुछ पर जुआ–शराब बंदी की धारा ठोकी। जिन पर कुछ न बन पड़ा उन्हें दंगा–बलवा, गुंडई दिखा एक सौ सात सोलह सीआरपीसी में उलझाया। कुछ लड़कियां–औरतें भी उनके फंदे में आईं। जो इस लायक थीं और बुलावे या डांट–डपट पर जंगल–नार–खोर मिलने को राज़ी थीं, उन्हें छोड़ बाकियों पर जंगल पार्टी की मदद का जुर्म ठोका गया। जाने कितने जेल गए और कितने ज़िलाबदर हुए। रनबहादुर कभी भावुक होते तो ईश्वर से जैसे पूछते, 'भगवन! अपने भक्त से आप क्या–क्या करवा रहे हो?'

वक़्त बीतने के साथ रनबहादुर क़ानून के मंजे हुए खिलाड़ी हो चले थे–फ़र्ज़ को खेल और खेल को फ़र्ज़ बनाने में माहिर। आए दिन रनबहादुर निवास पर, जिसे उनके कुछ पत्रकार दोस्त संक्षेप में 'रनिवास' कहते थे, किसी न किसी कामयाबी का जश्न होता। शराब और जंगली मुर्गे के साथ कभी–कभार जंगली मुर्गी भी आ जाती। इस जश्न में एकाध बार देर रात विधायक जी भी शामिल हो जाते थे। महीने भर की आमद और खर्चे का हिसाब भी यहीं होता। बड़े मसले–सौदे यहीं सुलझते। क़ानूनी तौर पर अपराधियों के ख़िलाफ़ पुख़्ता फाइलें तैयार करने के लिए ज़रूरी अफ़ीम–गांजा–चरस–कट्टा–कारतूस का स्टॉक भी इसी आवास में एक अलमारी में लगातार बना रहता। रनबहादुर 'रनिवास' में अकेले रहते थे इसीलिए दिन–रात वर्दी के लिए समर्पित थे। अहरौरा सुदूर जंगल का थाना था इसलिए वहाँ किसी महिला सिपाही या होमगार्ड की तैनाती नहीं थी। हफ़्ते में एक बार वे बनारस जाते थे लेकिन उस उम्र में देह की ज़रूरत उससे कहाँ पूरी होनी थी। ऐसे में रनबहादुर को अपनी नज़र से लेकर कमर तक की सुरसुरी जंगली मुर्गियों की तलाश में ही दूर करनी पड़ती थी। उनका कोल–कन्या से इश्क़ भी इसी तलाश का सुफल था।

जिस जंगली मुर्गी के इश्क़ में रनबहादुर पड़े थे वह जंगल, ज़मीन और आदिवासियों की छोटी–मोटी दिक़्क़तें लेकर थाना–तहसील आती–जाती थी। लड़की अल्हड़ थी। बेबात जंगल–नार–खोर मिलने को राज़ी होती नहीं लगती थी। रनबहादुर

की पारखी नज़रों ने पहले ही उसे ताड़ लिया था और अपनी 'भला मानुस दारोगा' की छवि का पाशा उन्होंने उसकी तरफ़ फेंक दिया था। रनबहादुर ने उसके कई काम कराये और एक दिन बातों-बातों में ही ख़ुद को कुंवारा बताकर उससे अपने बेचैन दिल का हाल कह डाला। पहले तो उसे यक़ीन नहीं हुआ पर जब उन्होंने रनिवास के एकांत में उसकी आँखों में आँखें डाल सोने की एक अंगूठी आगे बढ़ाई तो उसे यक़ीन आ ही गया। उसके बाद रनबहादुर ने उसके साथ रनिवास और जंगली ठिकानों पर इश्क़िया खेल की लम्बी पारी खेली। लड़की भी रनबहादुर में अपना 'सिंहम' तलाशने लगी थी लेकिन असल ज़िंदगी में सपने टूटते देर कहाँ लगती है। यहाँ भी वैसा ही हुआ।

एक शाम जब रनिवास के भावुक एकांत में गले में बाहें डाले रनबहादुर ने नाटकीय अंदाज़ में उसे बताया कि अभी थोड़ी देर में ही उसे आशीर्वाद देने विधायक जी आ रहे हैं तो लड़की को पहले अच्छा नहीं लगा फिर उसने सोचा कि हो सकता है कि अब रनबहादुर इस दबे-छिपे रिश्ते को दुनिया के सामने लाना चाहते हों। उसे एकबारगी फिर रनबहादुर पर बहुत प्यार उमड़ा और उसकी आँखों से एक चमक गुज़र गई। फिर वे दोनों ही खाने-पीने के इंतेज़ाम में लग गये। विधायक जी आये। अपने साथ मिठाई का एक डिब्बा और फूलों की माला भी लाए। उसे भरी नज़र से देखा। रनबहादुर को देख मुस्काराए फिर उनके कंधे पर हलका धौल जमा बोले–

'कमाल है! हमारे जंगल में ऐसी मुर्गी है और हमें ही नहीं पता। जियो, जियो।'

लड़की अपनी तारीफ़ सुन मुस्कराई और जवाब में रनिवास ठहाकों से गूँज उठा।

रनबहादुर ने इलाक़े की सबसे अच्छी 'देसी' का इंतेज़ाम किया था। दौर शुरू हुआ। बड़ी मनुहार के बाद लड़की ने भी दो-चार चुस्की मारी। दो-तीन गिलास के बाद विधायक जी आशीर्वाद देने के मूड में आ गये थे। लड़की को तब बिलकुल बुरा नहीं लगा जब विधायक जी ने उसे माला पहनाई और एक टुकड़ा मिठाई अपने हाथ से खिलाई। रनबहादुर ने इस मौक़े की तस्वीर अपने मोबाइल में उतारी। इधर लड़की आशीर्वाद लेने झुकी और उधर विधायक जी ने उसे अपनी गोद में खींचा। अचानक नज़ारा बदल चुका था। लड़की जब तक कुछ समझती-करती वह विधायक जी की बाहों में थी। लड़की ने रनबहादुर को मदद की गुहार, हिकारत और हैरत भरी नज़रों से देखा जो मुस्करा रहे थे और अब भी अपना मोबाइल उनकी तरफ़ किए खड़े थे। रनिवास के खिड़की-दरवाज़े वे जाने कब पहले ही बंद कर चुके थे। अब जो करना था विधायक जी को ही करना था। लड़की बचने की थोड़ी कोशिश के बाद विधायक जी की गिरफ़्त में निढाल हो गई। फिर बिधायक जी ने बाक़ायदा जंगली मुर्गी का शिकार किया और रनबहादुर ने इसका वीडियो बनाया। भोग से

फ़ारिग होने के बाद शिकार को कमरे में बेहाल छोड़ विधायक जी रनबहादुर के साथ बाहर आते हुए बोले—

'आगे सम्हाल लेना।' रनबहादुर मुस्कराए।

बाहर आकर जब रनबहादुर ने विधायक जी को उनकी अपनी ही फ़िल्म दिखाई तो पहले उनकी आँखों में शैतानी चमक आई फिर तुरंत ही उनके भीतर का नेता जाग गया। उन्होंने रनबहादुर को फ़िल्म डिलीट करने को कहा लेकिन रनबहादुर का तर्क उन्हें लाजवाब कर गया–

'सर! मुर्गी लाजवाब है। जब तक मन करे खाइए। जब जी भर जाए टंगड़ी पकड़ फेंक दीजिएगा। सर! मुर्गी तलाशने-पकड़ने में वक़्त लगता है, मेहनत लगती है। यह फ़िल्म इसे वक़्त-ज़रूरत बुलाने में काम आएगी, बाक़ी जो आपका आदेश।' रनबहादुर का पुलिसिया दिमाग़ शाम से ही तेज़ चल रहा था।

उनकी इस बात ने विधायक के भीतर का शैतान एक पल के लिए फिर जगा दिया था। वे रनबहादुर को आशीर्वाद दे निकल गए और इधर रनबहादुर ने बची हुई रात में तमाम कोशिशों के बाद लड़की को इस घटना को भूल जाने के लिए राज़ी कर लिया। इस राज़ी करने में वह फ़िल्म बड़ी काम आई। लड़की चुपचाप तड़के रनबहादुर की स्प्लेंडर पर पीछे बैठ अपने घर वापस आ गई थी।

इस घटना के बाद एक ओर जहाँ विधायक जी की जवानी लौट आई थी वहीं रनबहादुर का रंग और बढ़ गया था। उधर रनिवास और दूसरे अड्डों पर विधायक जी बेबस मुर्गी का शिकार करने में मस्त रहे इधर रनबहादुर ने सभी गोरखधंधों में अपना हिस्सा डबल कर लिया। कुछ दिनों सब ऐसे ही चला। फिर एक दिन आजिज़ आकर लड़की ने सबको बेनक़ाब करने की धमकी देते हुए बुलावे पर आने से इंकार कर दिया। विधायक जी ने भी रनबहादुर को फ़िल्म डिलीट करने को कई बार कहा लेकिन उन्होंने अब-तब कर उन्हें टरकाए रखा। हां, इतना ज़रूर किया कि विधायक जी का ख़तरा कम करने के लिए उस लड़की और उसके कुछ साथियों को जंगल पार्टी का सक्रिय सदस्य बता कट्टा-कारतूस, गांजा बरामद कर जेल भिजवा दिया। यह कोई नई या मुश्किल बात नहीं थी रनबहादुर के लिए। पत्रकारों के लिए भी इसमें नया-सनसनीखेज़ कुछ न था। लड़की के मुँह खोलने का ख़तरा टल चुका था लेकिन विधायक जी की पिक्चर का पेंच बाक़ी था। रनबहादुर को अपनी बढ़ी हुए हनक का चस्का लग गया था और वह इसे बरक़रार रखने के लिए इस पेंच को बाक़ी रखना चाहते थे। अब वे कानून के कच्चे खिलाड़ी नहीं रह गये थे। नए ज़माने के पक्के दारोगा हो गए थे।

ख़ैर चलिए इस क़िस्से का आख़िरी हिस्सा भी आपको सुना देते हैं-रनबहादुर

की शहादत का असली क़िस्सा। यह वही दशहरा और दीवाली के बीच की कोई रात थी। जंगल के रास्ते बिहार के लिए मवेशी तस्करों के एक बड़े मूवमेंट की ख़बर रनबहादुर को फोन पर मिली थी। थाने में होने वाले ऐसे सभी मूवमेंट उन्हें पता होते थे क्यूंकि सबमें उनका हिस्सा होता था। मगर बिना उनकी जानकारी होने वाला ये मूवमेंट वाक़ई उनके लिए एक ख़बर जैसा था। और कोई मुखबिरी होती तो एक बार वे जंगल जाने से बच भी लेते लेकिन ख़बर गोवंशीय मवेशियों की तस्करी की थी। ऐसे में मामला सुलटने पर थाने का हिस्सा ज़्यादा होना था और न सुलटने पर मवेशियों की बरामदगी और तस्करों की धरपकड़ पर कप्तान से लेकर डीजीपी तक की शाबाशी मिलनी थी। कई बार राजधानी की गणतंत्र दिवस परेड पर मैडल भी मिल जाते थे। रनबहादुर ने तुरंत स्प्लेंडर निकाली, एक हमराह मय टार्च साथ लिया, सर्विस पिस्तौल हमराह के गले में लटकाई और थाने की जीडी में रूटीन गश्ती दर्ज़ कर मर्दाना अकड़ के साथ जंगल की तरफ़ रवाना हो गए। उनके मन में यह जानने की इच्छा ज़्यादा थी कि तस्करों का यह नया गिरोह कौन-सा है। वे आश्वस्त थे कि पुराने गिरोह यह हिम्मत नहीं कर सकते। ख़बर जैसी थी, उसमें मामला सुलटने पर एक लाख से ज़्यादा की आमद हो सकती थी। दीवाली के ठीक पहले इस ख़बर में रनबहादुर को लक्ष्मी के सधे क़दमों की आहट सुनाई दे रही थी। इसी तरह ख़यालों में डूबे हुए रनबहादुर को पता ही न चला कि कब उनकी गाड़ी सड़क से दूर घने जंगलों में उतर आई थी।

गाड़ी की हेडलाईट में कुछ दूर पर कुछ जमावड़ा दिखा। हालांकि कोई मवेशी नहीं था वहाँ। रनबहादुर ने बाइक पर बैठे-बैठे ललकारा-

'कौन हो सालों?'

जमावड़ा बिलकुल सामने आ गया। यह कसाईनुमा कुछ लोग थे जिनके हाथों में लाठी-डंडे और धारदार हथियार थे। उनके चेहरे गमछों से ढके हुए थे। यह देखते ही हमराह टार्च फेंक जंगल में नौ दो ग्यारह हो गया। पिस्तौल भी उसके गले में ही पड़ी थी। रनबहादुर अब अकेले और निहत्थे थे। उनके साथ कुछ था तो उनका पुलिसिया रौब। उन्होंने गरजते हुए कहा-

'सालों हराम के! हिजड़े की औलादों! कितनी बार कहा है इस थाने में बिना मेरी मर्ज़ी पत्ता नहीं खड़कता फिर यहाँ इतनी रात क्यों अपनी माँ-बहन ठुकाने आ गये। और ये नामर्दों की तरह चेहरा क्यों ढक रखा है। मैं कौन-सा आँख मारने जा रहा हूँ।'

रनबहादुर गरजे जा रहे थे और जमावड़ा उनके चारो ओर जम-सा गया था। उनके चुप होने पर एक आवाज़ आई—

'हरामखोर! आज तो हम तुझे हिजड़ा बनाने आये हैं। गऊ माता की कसम। बहुत आग मूती है तूने अब तक जंगल में। अब माता तुझसे नाराज़ हो गई हैं।'

इतना सुनते ही एक आदमी ने लपककर रनबहादुर को पीछे से चाप लिया और दूसरे ने बढ़कर एक ज़ोरदार घूसा उनके चेहरे पर जड़ दिया। रनबहादुर ने अपनी इस छोटी नौकरी में ही जाने कितने लोगों को, कहाँ-कहाँ, कितने घूसे मारे थे। उन्हें एक बारगी सब याद आ गया लेकिन यह याद नहीं आया कि इससे पहले उन्हें घूसा कब पड़ा था। मारने वाले ने टार्च की रोशनी सीधे रनबहादुर के चेहरे पर डालकर कहा था—

'क्यों दारोगा बाबू! पिच्चर देखने का बड़ा शौक है न तुझे। आज हम एक ताज़ी पिच्चर दिखाते है तुझे।' यह आवाज़ रनबहादुर को कुछ जानी-पहचानी सी लगी। लगा जैसे थाने या रनिवास में कहीं उन्होंने इस आवाज़ को बार-बार सुना है। अचानक उन्हें याद आया कि यह इलाक़ा तो विधायक जी का है लेकिन इस बीच विधायक जी कहाँ उसकी मदद को आने वाले थे। रनबहादुर सोचे जा रहे थे और उनके पूरे शरीर पर लात-घूसे पड़ते जा रहे थे। इस बीच तलवार जैसे तेज़ किसी हथियार ने उनके बदन को ऊपर से लेकर नीचे तक चीर दिया था। काली रात में जंगल की मिट्टी और काली होती जा रही थी। फिर जो हुआ वह पहले बताया जा चुका है।

सवेरे थानेदार और कप्तान को फ़ोन करके इस घटना के बारे में बताने वाले पहले इंसान विधायक जी थे क्यूंकि उनके इलाक़े में जो भी कुछ उल्टा-सीधा घटता था उसे, कानून का सच्चा हितुआ होने के नाते, वे हाकिमों और पत्रकारों की जानकारी में तुरंत लाते थे। फिर पुलिस और पत्रकारों की टीम के साथ विधायक जी घटना स्थल पर पहुँचे थे और रनबहादुर की जवांमर्दी की तारीफ़ करते हुए उन्होंने उनकी शहादत को ज़िला पुलिस के इतिहास में बेजोड़ बताया था। ऐसा करते हुए थोड़ी देर के लिए उनका गला भी भर आया था। पुलिस की टीमों ने पास की कोल बस्ती में जमकर पुलिसिया तफ़्तीश की। जवान पहले ही भाग चुके थे सो बूढ़ों, बच्चों और औरतों से पूछताछ हुई। जांच-पड़ताल में पुलिस ने जितने भी सुराग़ बटोरे सब इस दुस्साहसिक घटना के लिए जंगल पार्टी की ओर ही इशारा कर रहे थे। पुलिस को कहीं न कहीं इसमें रनबहादुर की आदिवासी प्रेमिका वाला एंगल भी दिख रहा था। हालांकि वह जेल में थी फिर भी उस बात के लिए रनबहादुर जंगल पार्टी के निशाने पर ज़रूर रहे होंगे ऐसा पुलिस के आला हाकिम मान रहे थे। वजह जो भी रही हो लेकिन जिस तरह से एक बहादुर पुलिस अफ़सर मारा गया था वह जंगल पार्टी के अलावा और किसी का काम नहीं हो सकता था। इस बात पर नेता-पत्रकार

और हाकिम एक राय थे। और जब पंचों की यही राय थी तो पंचनामा भी उसी तरह भरा गया-'मौक़ा-ए-वारदात को देखते हुए पंचों की राय में पुलिस सब-इंस्पेक्टर रनबहादुर क़ानून की रक्षा के लिए जंगल पार्टी के ख़िलाफ़ बहादुरी से लड़ते हुए शहीद हो गए।'

तो प्रिय पाठकों! फ़साने और हक़ीक़त में कितना ही फ़र्क क्यों न हो, कथा के लिहाज़ से उसके अंत में कोई ख़ास फ़र्क नहीं आता क्यूंकि हमारे वक़्त में देश-दुनिया, समाज और घर-परिवार के बड़े मसलों के साथ ही क़िस्से कहानियों के अंत का फ़ैसला भी पंचों की राय से ही होता आया है। सो, इस क़िस्से में भी वही हुआ। रनबहादुर बाक़ायदा शहीद हुए थे। उनका नंगा शव तिरंगे में लपेट बैंड-बाजे के साथ जंगल से पुलिस लाइन लाया गया। बंदूक़ों की सलामी दी गई। फिर आला हाकिमों ने रनबहादुर के निडर, सेवा के प्रति समर्पित व्यक्तित्व का बखान किया और उनके शव को फूलों से लाद दिया। कांस्टेबल से लेकर कप्तान तक सबने उन्हें सैल्यूट ठोका और दिवंगत आत्मा की शांति के लिए ईश्वर से प्रार्थना की। बाद में जंगल पार्टी के ख़िलाफ़ अहरौरा थाने में एक पुलिस अफ़सर की निर्मम हत्या और देश के क़ानून को खुलेआम चुनौती देने के जुर्म में एक और फ़ाइल खुल गई।

जश्न

वे नए साल के शुरुआती दिन थे। सर्दियाँ पलट-पलटकर गाढ़ी हो रही थीं। हिन्दुस्तान का दिल कहे जाने वाले प्रदेश का यह सीमान्त-शहर सूरज की लुका-छिपी और कुहरे की धुंध के बीच ऊनी कपड़ों की मुलायमियत से गर्म और होटलों-दुकानों की सज-धज से जवान लगता था। हवा में खिचड़ी-गुड़, लैया-बताशे और गजक की मीठी ख़ुशबू थी। यह सिनेमा में सनी लियोन, संगीत में यो-यो हनी, सियासत में लोकपाल और मीडिया में तेजपाल का दौर था। योग-धर्म-अध्यात्म बाबाओं और बापुओं के हवाले था। रहा साहित्य और संस्कृति का पता; तो वह अख़बारों, टी.वी. धारावाहिकों और मुम्बइया फ़िल्मों में अब भी मिलता था।

वह आज़ाद हिंदुस्तान के इसी तारीख़ी दौर में अपनी अलग पहचान रखने वाले इस शहर में आबाद था। नए साल के नाम एक जाम उठाकर उसने अपने लिए भी तमाम मन्नतें मांगी थीं। हालाँकि दाऊ के होते उसे नए साल की रहमत का इंतज़ार व्यर्थ लग रहा था।

साहेब का यह सन्देश उसे दाऊ से आज ही मिला था। बल्देव साहेब की परछाई थे। साहेब उन्हें दाऊ कहते थे इसलिए वे दाऊ हो गए। दाऊ की बात, मतलब साहेब की बात। दाऊ साहेब का मन पढ़ सकते थे और उनका एक इशारा दाऊ के लिए एक मुकम्मल मिशन होता था। फिर उस मिशन पर कैसे आगे बढ़ना है, किस-किसको कहाँ लगाना है, क्या आगा-पीछा सोचना है, सब दाऊ के सिर। साहेब संत थे-बाल-ब्रह्मचारी। एक प्राचीन पीठ के यशस्वी उत्तराधिकारी थे, सो अलग। दाऊ उस पीठ के सबसे पुराने सेवादार, परामर्शी और राज़दार-सबकुछ थे। साहेब ने आधुनिक समय की मांग को देखते हुए पीठ की जात-पांत, ऊँच-नीच और शोषण-विरोधी विरासत को देश-प्रेम और राष्ट्रीय-अस्मिता की रक्षा से जोड़ दिया था। देखते ही देखते साहेब उस पूरे इलाक़े में राष्ट्रवादी सियासत की धुरी बन गए थे। फिर उस

धुरी के चारों ओर जाने कितने धर्मशाले, मंदिर, गौशालाएं, शिक्षा-केन्द्र, लॉज, आश्रम, ट्रस्ट, अस्पताल जैसे प्रतिष्ठान और जातीय, सामाजिक, साहित्यिक-सांस्कृतिक, धार्मिक व व्यावसायिक संघ फैल गए थे। सबके-सब साहेब के मुरीद और उनके निर्विवाद नेतृत्व की डोर से बंधे हुए।

साहेब की आँखों में एक सशक्त उत्सवधर्मी राष्ट्र का स्वप्न था। वे मातम, नैराश्य और विलाप को स्त्री-सुलभ दुर्बलताएँ मानते थे। समाज और राष्ट्र की जो संकल्पना उनके मन में थी उसमें इनके लिए कोई जगह नहीं थी। दुःख और निराशा के घोर क्षणों का साहस के साथ सामना करने के लिए वे स्वयं चित्तवृतियों के निरोध की साधना करते थे और अपने अनुयायियों को भी यही सीख देते थे।

ख़ैर, दाऊ ने यह सन्देश उसे तब दिया जब वह 'बुलेट राजा' फिल्म का मशहूर गीत 'तमंचे पे डिस्को' सुनते हुए उसके सामाजिक, आर्थिक और कामशास्त्रीय निहितार्थ समझने की कोशिश में था। वह साहेब की 'दलित सम्मान संघर्ष सेना' का स्थानीय सेनापति था। वह साहेब के सम्मान, दलित-हितों की रक्षा और राष्ट्र के लिए कुछ भी कर सकता था और इस बात का उसे गर्व था। वह अक्सर सोचता-पढ़-लिखकर, बी. ए.-एल. एल. बी. करके उसे क्या मिला-बाबा जी का ठुल्लू! नौकरी के लिये जूते चटकाते, कचहरी में मुक़दमेबाज़ी के पैतरें सीखते, मुवक्किलों और हाकिमों के बीच टूटपूंजिया दलाली करते जवानी हाथ से निकल भागी ससुरी। रही-सही गर्मी बेरोज़गारी भत्ते के जुगाड़ ने निकाल दी। फिर कहीं जाकर दाऊ की नज़र पड़ी थी उस पर। पहले उसे धरम-करम, देवी-देवता, गेरू-जनेऊ से चिढ़ थी लेकिन दाऊ की कृपा ने उसमें आस्था का संचार किया। उसे दाऊ की शागिर्दी में दलित सेना की कमान मिली, दाऊ की ही शह पर बकरमंडी में एक विधवा के पुराने मकान पर अवैध कब्ज़ा मिला। और इन सबसे ऊपर साहेब का आशीर्वाद मिला। एक साथ सबकुछ-पैसा, इज़्ज़त और राष्ट्र के लिए जीने का मकसद। ज़िंदगी में इससे ज़्यादा और किसी को चाहिए भी क्या!

उसे याद है जब दाऊ के कहने पर वह पहली बार साहेब की नज़र के सामने पड़ा था। उसके जैसे जाने कितने थे वहां! पर दाऊ ने साहेब के कान में फुसफुसाकर उसे भीड़ से अलग होने का एहसास कराया था। साहेब ने उसकी ओर नज़र डालते हुए अपना हाथ हवा में उठाया था और आगे बढ़ गए थे। दूर होते हुए भी उसे लगा जैसे वह साहेब के ठीक बगल खड़ा है। साहेब का चेहरा निर्भाव था मगर लगा जैसे उन तनी मांसपेशियों से कोई कृपा उसके लिए बरस रही हो! और फिर यह कृपा सचमुच उसकी ज़िंदगी को सराबोर कर गई थी। एक-एक कर उसने लक्ष्मी के सभी रूपों के दर्शन किये थे। वह सचमुच साहेब के लिए कुछ भी कर सकता था।

सन्देश कुछ ख़ास नहीं था। उसे सबकुछ ठीक-ठाक समझ में भी नहीं आया था। वह कई सवाल पूछना चाहता था मगर दाऊ ने अपने दायें हाथ की तर्जनी मोड़ उसके मुँह के आगे ऐसे तान दी जैसे उन्होंने तमंचा पकड़ रखा हो। वह चुप हो गया था। दाऊ ने जाते हुए कहा था—

'तुम्हारे कब, कहाँ, कैसे का जवाब बाद में मिल जाएगा। 'क्यों' तुम्हारे पास होगा नहीं। और अगर हुआ तो उसे बत्ती बनाकर सही जगह डाल लो, आराम मिल जाएगा।' जाते-जाते दाऊ की मूछें मुस्कराई थीं।

उसे अगले एक हफ़्ते तक शहर के हज़ार बार घूमे गए इलाकों में फिर से घूमना था। नई नज़र से ख़ास मुहल्लों को परखना-छानना था। ख़ास लोगों के घर-मकान-दुकान, उनके काम-धंधों की रिपोर्ट बनानी थी। ख़ास जगहों, गली-कूचों का एक ख़ाका तैयार करना था उसे। वह ऐसे काम पहले भी कर चुका था। सही जगह, सही समय पर उठा-पटक, छीन-झपट, तोड़-फोड़, हो-हल्ला का उसे काफ़ी तजुरबा हो चला था। इनका मकसद भी कमोवेश वह ताड़ लेता था। दाऊ किसी बड़े मकसद से की गई इस क़वायद को 'रैकी' कहते थे। दाऊ खीस निपोरते हुए कहते-'रैकी वैसे तो शरीर की बीमारियों का अध्यात्मिक इलाज है लेकिन हम इसे सामाजिक और सियासी बीमारी दूर करने के लिए भी प्रयोग में लाते हैं।' इस बार उसे रैकी तो समझ में आ गई थी लेकिन मकसद पल्ले नहीं पड़ा।' ख़ैर ! उसे क्या, जो भी हो, इसकी माँ की आँख।' कहते हुए वह किसी खिलंदड़े की तरह गुनगुनाने लगा था, 'खाली-पीली, खाली-पीली सोचने का नहीं...'

अगली मुलाकात में उसे दाऊ के सामने कुछ विकल्प रखने थे। दिन भर वह सेना के ज़रूरी काम निपटाने के बाद अकेले ही शाम से देर रात तक कबाड़ी बाज़ार, बकरमंडी, लक्कड़पुरा, बड़े इमामबाड़े वाली गली होते हुए राजघाट तिराहे के पीछे नखास पुलिस चौकी के सामने से करीम कसाई की दुकान तक ऐसे घूमता था जैसे इन जगहों से वह अपने पिछले जनम का टांका जोड़ रहा हो। हफ़्ता बीतते-बीतते उसने ख़ुद को दाऊ से अगली मुलाक़ात के लिए तैयार कर लिया था।

उधर नए साल के जश्न का ख़ुमार अपने उतार पर था और इधर शहर में मुहर्रम के दिन शुरू हो गए थे। इन दिनों शहर का एक बड़ा हिस्सा रस्मी तौर पर शोक में डूब जाता था। शहर की चुनिन्दा जगहों पर अज़ादारों की मजलिसें शुरू हो गई थीं। गोहल्लेवार मातमी अन्जुमनों में शबेदारी के ज़रिए कर्बला के शहीदों को अक़ीदत पेश की जा रही थी। बड़े इमामबाड़े में शहर भर के सभी ताज़ियादारों की बैठकें हो रही थीं। इस्लामी तारीख़ के पन्नों में दर्ज़ ज़ुल्मों-ज़्यास्ती की हुकूमत के ख़िलाफ़ इंसानी हकूक की सबसे बड़ी जंग में शहादत देने वाले सैयद इमाम हुसैन और उनके

परिवार वालों की याद में महफ़िलों में मौलवियों और उलेमाओं के ख़िताब हो रहे थे और इस्लामी मज़हब-ओ-ईमान की पाकीज़गी पर तक़रीरों का सिलसिला चल रहा था। शाम होते ही बड़ी मस्जिदों से माइक पर नौहाख्वानी शुरू हो जाती थी जो देर रात तक चलती थी। जहाँ एक ओर समाज के बड़े-बुजुर्ग ताजिया-जुलूसों के रास्तों का जायज़ा लेने मौक़ा-हाकिमों के साथ निकल रहे थे वहीं दूसरी ओर कुछ हिम्मती नौजवान लाठी-बल्लम, भाले-बरछी के हुनर पेश करने, आग पर नंगे पाँव चलने और सीनाज़नी के ज़रिये कर्बला के शहीदों को याद करने और ख़ुद मज़हबी उसूलों के लिए कुर्बान होने का सन्देश देने के लिए ज़हनी तौर पर तैयार हो रहे थे। समाज के दूसरे तमाम लोग ग़मी और मातम के इस मौसम में भारी मन से रोज़मर्रा के ज़रूरी काम निपटा रहे थे।

हफ़्ता बीतते ही वह दाऊ के 'साधना केंद्र' पर था। पीठ के विशाल परिसर में ही एक किनारे स्थित यह ठिकाना दाऊ का ऑफिस था। वह अपने ख़ास लोगों से ख़ास मकसद के लिए, तय समय पर यहीं मिला करते थे। वह दाऊ के सामने पुख्ता तैयारी के साथ खड़ा था। दाऊ ने उसके हाथों में फंसे कागज़ों को देखते हुए तखत की तरफ़ आँखें घुमाईं-

'तुम बैठ सकते हो। उम्मीद है कुछ काम की बात होगी तुम्हारे पास।'

'जी दाऊ।' वह बेचैन था।

'तो बको।' दाऊ की मूंछें फड़कीं।

'मैंने ये जगहें छाटीं हैं। ये जलूस के रास्ते... ये भीड़-भाड़ वाले ठिकाने... नुक्कड़...गलियां। यह मस्जिद। यहाँ एक पुरानी मज़ार भी है। यहाँ शाम से नौहाख्वानी शुरू हो जाती है।' वह रुक-रुक कर अपनी मेहनत पर दाद के लिए दाऊ की तरफ़ देखता जाता।

दाऊ का चेहरा कठोर था। मूंछों पर कोई कंपन नहीं। दाऊ सामने फैले कागजों को ग़ौर से देख रहे थे और वह उनका दिमाग़ पढ़ने की कोशिश में था।

'ये सब तो ठीक है पर टारगेट कहाँ है सेनापती जी?' दाऊ ने जांघ खुजाते हुए कहा।

दाऊ उठ खड़े हुए, 'ख़ैर तुम बैठो। मैं आता हूँ।' कहकर झर्र से बाहर निकल गए। वह सोचता रहा 'टारगेट मतलब? धरना-प्रदर्शन, तोड़-फोड़, आगजनी कुछ भी हो सकता है। उसे क्या? वह तो हुकुम का ग़ुलाम है। साहेब इशारा तो करें।' सोचते-सोचते उसकी निगाहें रैकी वाले काग़ज़ों में उलझ गईं।

दाऊ ने आते ही कहा, 'तुम बेकार के आदमी हो।'

वह अपनी जगह पर खड़ा हो गया था।

'तुम यह काम नहीं कर सकोगे।'

'दाऊ आप ऐसा... ?' वह थूक निगल गया। उसे दाऊ की मूंछों की धार पर एक तरेर दिखी।

दाऊ इस बार उसकी रैकी को देख रहे थे, 'यह जगह ठीक रहेगी।'

'ठीक दाऊ! मगर...'

'वो अभी भूल जाओ। इस जगह के आस-पास ठेला, खोमचा, गुमटी, ढाबा, रेहड़ी वाले-सबका बही-खता लेकर मुहर्रम की नौवीं को मिलना यहीं गोधूली में। तब तक अपने पिछ्वाड़े पर झंडू बाम मलो।'

उसे अपना दिमाग़ एक पल को सुन्न लगा फिर अचानक उसमें तेज़ हलचल उठ खड़ी हुई। इतना तजुरबा होने के बाद भी इस बार उसके पल्ले अब तक कुछ नहीं पड़ा था। मेहनत करते-करते उसका पजामा ज़रूर ढीला हो गया था। ख़ैर वो तो दाऊ के आगे वैसे भी ढीला हो जाता है।

दिन बीते। तय समय पर वह दाऊ के सामने था। नामों की एक लिस्ट, ज़रूरी तफ़सील के साथ उसके हाथ में थी। दाऊ ने उस पर एक नज़र घुमाई और फिर ज़ोर की जम्हाई ली-

'ये जो सातवें नंबर पर है न...'

'??'

दाऊ ने उसकी खोपड़ी की तरफ़ हाथ उठाकर अपनी तर्जनी ख़ास अंदाज़ में मोड़ी थी और फिर साधना केंद्र में उनका ठहाका गूँज उठा था। वह निचाट चुप था।

दाऊ ने उसका कंधा हिलाते हुए कहा था, 'सेनापती जी! फ़िल्मी गानों पर कमर मटकाने और चिकनी पतुरियों के जोबन पर लार टपकाने से क्रांति नहीं होगी। उसमें न असली मौज है, न राष्ट्र का भला। कुछ सॉलिड करिए। बाक़ी हम सम्हाल लेंगे।'

उसका चेहरा बुझ रहा था पर वह बरबस मुस्कराया था।

'अब जाइए। तैयारी करिए और यह मुहर्रमी नफ़ासत दूसरों के लिए रहने दीजिये।' कहते हुए दाऊ ने उसे बाहर का रास्ता दिखाया।

वापस लौटते हुए उसका दिमाग़ सड़कों पर मन्ने शोर से पट गया था। कमरे पर लौटकर उसने अपना लोहे का संदूक खोला। सेना के एक बैनर में रखे 'सामान' को पहले सहलाया फिर उलट-पुलट देर तक देखता रहा। उसकी स्मृति में दाऊ का चेहरा बार-बार कौंध रहा था। फिर उसे साहेब का हवा में उठा हाथ दिखा। उसकी

आँखों में एक गर्वीली चमक आकर गुज़र गई और वह आने वाली सुबह का बेसब्री से इंतज़ार करने लगा।

वह मुहर्रम की दसवीं सुबह थी। सूरज शहर के ऊपर छाई धुंध से देर तक उलझ हार गया था। शहर के तमाम इलाकों से छोटे-बड़े ताजिया जुलूस बड़े इमामबाड़े की ओर निकल पड़े थे। ढोल-ताशे बज रहे थे। लाठी-बल्लम, भाले-बरछी, तेग-तेशे की कलाबाजियां चल रही थीं। मातम करने वालों के झुण्ड 'या हुसैन, या हुसैन' के नालों में डूबे हुए थे। सैयद इमाम हुसैन की जांबाज़ सेना का इल्म कराने वाले 'पाइकों' की टोली थकान से चूर होने के बावजूद बीच-बीच में नाच उठती थी। उनके कमर में बंधे हुए घुँघरू माइक पर गूँज रहे नौहों को मातमी रंगत दे रहे थे। कहीं नई उम्र के लड़कों का रेला सीनाज़नी में डूबा था। कुछ के हाथों में जंजीरों से बंधी धारदार छुरियां थीं जिसे वे रह-रहकर अपनी पीठ पर मार रहे थे और उनके नंगे बदन बारीक ज़ख़्मों से ख़ूँरेज़ थे। कहीं पर्दानशीं औरतों का हुजूम साँस रोके इन करतबों पर आँखों में उदास था तो कहीं बच्चों की चकमक आँखें सड़क किनारे सजी खिलौनों और मिठाइयों की दुकानों से अटकी पड़ी थीं। आज मौक़ा हाकिमों के साथ क़ौमी एकता कमेटी के ओहदेदार शहरी अमनो-अमान के लिए सड़क पर मुस्तैद थे। घर की ऊँची छतों से देखने पर यह पूरा मजमा एक तेज़ रफ़्तार सैलाब-सा जान पड़ता था जो बड़े इमामबाड़े की तरफ़ उमड़ रहा था। तभी अचानक 'पिट्ट' की आवाज़ हुई। फिर एक हल्का धमाका हुआ। और फिर देखते ही देखते पूरे इलाक़े में आतिशबाज़ी शुरू हो गई। आवाज़ों के बेमेल रंग शोर बनकर शहर की फ़िज़ा में छा गए। भीड़ का सैलाब सड़कों और गलियों से मुड़ घरों-दुकानों, गोदाम-कारख़ानों, मज़ार-आस्तानों में घुस रहा था। सायरन बजाती गाड़ियाँ माइक पर 'अमन-चैन बनाये रखें' की अपील करती झर्र-झर्र इधर से उधर आ-जा रही थीं।

साहेब शांत मुद्रा में अपने कक्ष में विराजमान थे। दाऊ उनके ठीक सामने थे। शहर के आतिशी शोर की हल्की गूँज वहाँ भी थी।

'वह कौन था?'

'सायकिल मरम्मत की दुकान थी उसकी... नखास चौकी के पीछे। यही...कोई बीसेक बरस का।'

'और इधर से।'

'सेनापती जी।'

'अब शहर का हाल?'

'हर तरफ़ जश्न साहेब! सुन्दर आतिशबाज़ी।'

साहेब की आँखों में जैसे अनार फूट पड़े हों, 'उनकी परंपरा शहादत और मातम की रही है। हमारी शौर्य और उल्लास की। हमें अपनी-अपनी परम्पराओं का पालन करना चाहिए।'

इतिहास के इस नए बोध से दाऊ का पूरा शरीर रोमांचित हो उठा था।

साहेब ने दाऊ को ऐसे देखा जैसे कह रहे हों—'जाइये। आज जश्न की रात है। मौज कीजिए।' दाऊ जाने को मुड़े थे।

'कल से एक काम और बढ़ा आपका।' यह साहेब की आवाज़ थी।

'??'

'सेना के लिए नया सेनापति ढूँढने का काम।' साहेब इस बार मुस्कराए और उनका हाथ हवा में उठ गया था।

बर्फ़

पिछले सात दिन। वह ज़िंदगी को वक़्त और वक़्त को दिनों में बाँधना चाह रही थी। जो वक़्त इतने दिनों से पूरी तरह ठहरा हुआ था आज उसमें थोड़ा प्रवाह था और वह बाहर निकल चुकी थी। बर्फ़ अभी पूरी तरह थमी नहीं थी लेकिन उसके रेशे काफ़ी बारीक, मुलायम और विरल हो चले थे। इन सात दिनों में उसने घर के भीतर और बाहर होने में जितना फ़र्क महसूस किया था उतना फ़र्क उसने ज़िंदगी में कब महसूस किया था, याद नहीं। ये दिन उसके लिए कुछ इतने ठोस और असीम थे जितने पिछले दस साल शायद-जब मार्टिन ने उसका साथ छोड़ा था।

मार्टिन के साथ उसने अपने जीवन का एक बेहद लम्बा मगर ख़ूबसूरत दौर बिताया था। ऐसा नहीं था कि तब उसने वक़्त की इस अदा को, कभी महसूस नहीं किया था। कई बार किया था लेकिन तब उसमें ठहराव के साथ एक स्पंदन भी था, एक तरलता थी। उसमें आकार की असीमता के साथ सोच और संवेदना के रास्तों पर एक सुन्दर और सार्थक दूरी तय करने का एहसास भी शामिल हुआ करता था। मार्टिन के साथ रहते हुए उसे ज़िंदगी का यह प्रवाह लगातार ख़ुद को कभी बाहर से और कभी भीतर से थामता, समेटता, भिगोता और डुबोता-सा लगता था... और वह उसकी उम्र के बीस बरसों का फ़ासला था जहाँ से मार्टिन अपने अतीत और स्मृतियों का साझा सामान उस घर में छोड़, ऐसी ही एक बर्फ़ीली सुबह, दरवाज़े से बाहर निकल गया था। बर्फ़ की ताज़ा फुहारों के बीच वह मार्टिन के पीछे-पीछे अपने घर से कुछ ही क़दम दूर अज़ालियाप्लेन वाले ट्राम हाल्ट तक गई थी। बातें अपना असर काफ़ी पहले खो चुकी थीं इसलिए उसके पास सिर्फ़ निगाहें थीं जिनमें जाने क्या-क्या तो था! शायद उन बीस सालों का एक-एक लम्हा जो उन दोनों ने साथ गुज़ारा था। बाहरी दुनिया के वो सब रंग जो एक साथ उन आँखों में घुल चटख हुए थे। बेलौस खिलखिलाहटें जो सारी नमीं सोख सकती थीं। नन्हीं मुस्कराहटें

जिनमें बला का जादू था और वे आँसू जो अंधेरों को जगमगा सकते थे। उन आँखों में उनके अपने घर का एक-एक ज़र्रा, हर कोना, दीवारें, छतें, हर साज़ो-सामान-पेंटिंग्स, फूलदान, लैम्प्स, गलीचे और फर्नीचर एक साथ गड्ड-मड्ड थे। उन निगाहों में मार्टिन के उस बीस बरस पुराने स्पर्श की गंध भी थी जो उस रोज़ अचानक बर्फ़ीली बौछारों पर तैर चारों तरफ़ फैल गई थी। और फिर उन निगाहों में वही पुराना बारहा दुहराया हुआ सवाल था—'मार्टिन! ऐसा क्या बचा है पाने को ज़िंदगी में जिसके लिए अलग होना ज़रूरी है?' और उस सवाल के जवाब में उसे हमेशा की तरह मार्टिन से कुछ सुनना नहीं था। बस एक उखड़ी-सी उम्मीद थी शायद कहीं कि मार्टिन अब भी अपना इरादा बदल सकता है। अपने नए काम, नए शहर की ज़िंदगी और उन नए रिश्तों पर दुबारा सोच सकता है जिनके लिए पुराने काम, पुराने शहर और पुराने रिश्तों को छोड़ना और तोड़ना इतना ज़रूरी था। उसे फिर भी उम्मीद थी कि घर और ट्राम-हाल्ट के बीच की वह भीगी ज़मीन, वह बर्फ़ की अविरल बारिश, वह ठहरी हुई तीखी शीतलता, वह बेआवाज़ सुबह अचानक सबकुछ बदल देगी या बदलने से रोक लेगी। और वह उम्मीद उतनी बेवजह भी तो नहीं थी। मार्टिन और उसने ख़ुद एक-दूसरे के लिए अपने जाने कितने इरादे, कितनी दफ़ा बदले थे। और इन बदलावों में बातों-बहसों और सवालों की ज़्यादा गुंजाइश कभी नहीं रही थी। उनके पास ऐसा कोई रिश्ता भी नहीं था जिसकी दुहाई वे एक-दूसरे को दे सकते। कुछ काग़ज़ात, कुछ दस्तावेज़ जो हो सकते थे, उनकी ज़रूरत उन्हें कभी महसूस ही नहीं हुई थी। उनके बीच बस एक मुस्कान, एक आँसू, एक स्पर्श, एक ख़ामोशी या एक निगाह काफ़ी हुआ करती थी। मगर इस बार वैसा कुछ नहीं हो सका था। एक दूसरे को चुपचाप समझने वाली ज़िंदगी का एक सिरा जो बेशुमार बतखों, सीगलों और हंसों से भरे हिलियोत्रोप्लान वाले उस तिकोने (फैली-चिपटी भुजाओं वाला त्रिफल जिसका आधार थोड़ा मोटा था) या शायद अनिर्वच आकार वाले ताल पर अटका पड़ा था, उसका दूसरा सिरा बेजान मुस्कानों, ख़ुश्क आंसुओं और ठंडे पड़ते स्पर्शों में उलझ चुका था। उसकी निगाहें ज़िंदगी के उन दोनों सिरों को एक साथ देख पा रही थीं। वे ख़ुद ज़िंदगी के दोनों सिरों पर मौजूद थे लेकिन कितने अलग, कैसे बदले हुए! वक़्त की यह पहेली तब पहली बार उसे कितनी अबूझ लगी थी। तब उसे यह पहेली बूझने की कैसी बेचैनी, कैसी तड़प थी। जीवन क्या है? सुख कैसा होता है? उसे तौला-मापा कैसे जा सकता है? सुख के सृजन में इच्छाओं, विकल्पों और प्राथमिकताओं की क्या भूमिका होती है ? साथ और वियोग के क्या मायने होते हैं? अकेला होना कितना ज़रूरी है? आज़ादी किसे कहते हैं और वो जीने के

लिए क्यों और कितनी चाहिए? और यह भी कि ये बर्फ़ इतनी सुन्दर, सफ़ेद, मुलायम और तरल होने के बावजूद इतनी सर्द क्यों होती है? आज इतने बरस बाद यूँ तो वह पहेली जस की तस है, वे सवाल भी वैसे के वैसे बने हुए हैं लेकिन सबकुछ जान-समझ लेने की वह तड़प, वह बेचैनी अनजाने ही कहीं गुम हो गई है। वक़्त की यही अदा उसे लुभाती है। बिना जवाब दिए लाजवाब करने की अदा। यूँ जीने के लिए इतने सवालों की ज़रूरत भी क्या है।

इन दस बरसों में वह तस्वीर जाने कितनी बार उसकी यादों में उभरी है-कभी कोशिश से तो कभी अनचाहे, अपने-आप। जब दो-ढाई सौ क़दमों की वह दूरी ख़त्म हो गई थी और मार्टिन उसके ठीक पास होने को नज़रन्दाज़ करते हुए बार-बार एक पोस्ट पे टंगी उस इलेक्ट्रॉनिक घड़ी की तरफ़ देख रहा था जो ट्राम आने में बचे हुए वक़्त का संकेत कर रही थी। उसे लग रहा था जैसे वक़्त कहीं से फिसल रहा था और कोई उसे पकड़ने को बेताब था। वह शायद कुछ ढूंढ रही थी जो उसे मिल नहीं रहा था। वह कुछ देखना नहीं चाह रही थी लेकिन उसकी नज़रें उसके काबू में नहीं थीं। मार्टिन का काला कोट बर्फ़ के झक्क फाहों से जगह-जगह सफ़ेद हो गया था। उसकी सिलेटी कैप, जिसे वह ख़ुद मैड्रिड से पिछली सर्दियों में लाई थी, बर्फ़ के ज़रीदार किनारों से घिर गई थी। उसका काले बेस पर लाल छींट वाला स्कार्फ़, जिसे वह बाहर निकलते हुए कभी-कभार ख़ुद गले में डाल लिया करती थी, कैसे उसके गले से उलझा पड़ा था। और उसके भूरे दस्तानों वाले हाथ... जिनसे वह अपनी आँखों और गर्दन के पास इकट्ठा होने वाली बर्फ़ को रह-रहकर झाड़ रहा था। उसे लम्हा भर को याद आया कि जल्दबाज़ी और अनमनेपन में उसने सिर्फ़ कोट डाला था। उसे ठण्ड से बचने के लिए कैप, दस्तानों और स्कार्फ़ की ज़रूरत थी। वह अपने बालों पर बर्फ़ की झीनी छाजन महसूस कर सकती थी। उसका मन हुआ कि ऊँगलियाँ फेर उस हल्की नमी को पोछ दे। फिर लगा इतना वक़्त कहाँ है उसके पास! उसने मार्टिन को देखा था जो अभी भी ट्राम-ट्रैक की तरफ़ देख रहा था। मार्टिन का पूरा लिबास वह पहचान सकती थी लेकिन उसका चेहरा और वे निगाहें बिलकुल अलग थीं जिनमें एक गाढ़ी अजनबीयत उग आई थी। वह समझ नहीं पा रही थी कि इतनी सुबह, इस बर्फ़ में वह वहाँ क्या कर रही थी। उसे जानने का मन हुआ कि वहाँ जितने लोग थे, उन्हें कहाँ जाना था और क्यों। जबकि बर्फ़ इतनी कम भी नहीं थी।

ट्राम बस आने वाली थी। वह दूर से आती हुई दिख रही थी। उसकी

घन-घन घंटियाँ उन दोनों के बीच लगातार चल रहे मौन संवाद को आहिस्ता-आहिस्ता तोड़ रही थीं। मार्टिन अब उसकी ओर देख रहा था। उसकी निगाहों में एक कठोर ठंडक थी। उसने एक सिहरन अपने गले से सीने या शायद पीठ की तरफ़ उतरती महसूस की थी लेकिन उसे अब सर्दी नहीं लग रही थी। उसके शरीर का ताप थोड़ी देर के लिए शायद उस ठिठुरन से तालमेल बिठा चुका था। मार्टिन ने उसकी ओर अपना हाथ बढ़ाया था जिसे उसने न चाहते हुए भी थामा था। उस वक़्त उसे कुछ पता नहीं चला था। सब कुछ इतना तेज़ या फिर इतने धीमे गुज़रा था। लेकिन आज वह मार्टिन के उस आख़िरी स्पर्श को बयान कर सकती है जो पहले के सब स्पर्शों से बिलकुल अलग था। जैसे बासी बर्फ़ की चिपचिपी और मज़बूत तली पर कोई अपनी नंगी हथेली रख दे...

मार्टिन ट्राम में खो गया था या शायद वह ही अब उसे खोजना नहीं चाहती थी। बर्फ़ के हल्के थक्के उसके होंठों पे ऐसे आ रहे थे जैसे वक़्त का एक-एक लम्हा जो बस अभी था, और नहीं भी। उससे गाफ़िल रहना मुश्किल और उसे महसूस कर सकना उतना आसान नहीं। ट्राम उन लम्हों से बेपरवाह ज़मीन पर बिछी नर्म बर्फ़ को चीर लोहे की सर्द पटरियों पर रेंग गई थी और थोड़ी देर में वहां, उस दिशा में नज़र के सामने, सिर्फ़ एक धुंधला परदा तना-सा था। उसने एक टूटती निगाह चारों ओर घुमाई। जो वहाँ थे सब के सब कहीं जाने के लिए थे, जा चुके थे। कोई भी उसके जैसा नहीं था जिसे वहीं रह जाना था, पीछे लौटना था। किसी को विदा करना था, किसी से विदा होना था। उसे ताज्जुब हुआ। उसके जैसा वहाँ वाकई कोई नहीं था।

पिछले दस सालों में वह अक्सर उस मंज़र की तरफ़ लौटती रही थी। उसके लिए उम्र के इस मोड़ पर भी यह समझना मुश्किल था कि ज़िंदगी में कुछ लम्हें, कुछ चित्र, कुछ रंग, कुछ बातें, कुछ मकाम और कुछ लोग ऐसे कैसे ठहर जाते हैं जबकि ज़िंदगी ख़ुद न थमती है, न रूकती। मगर आज वह इन सवालों पर सोचते हुए हँस सकती है-ख़ासकर तब जब उसके हाथ में माह्लबेक का एक ग्लास हो और होंठो पे न्यूपोर्ट का एक गहरा कश। वह अपनी ज़िंदगी को इससे अलग नहीं पहचान सकती थी। पहचानना चाहती भी नहीं थी। वह जानना चाहती थी कि ज़िंदगी के वे कौन से लम्हें थे जिनमें माह्लबेक जैसी खुश्की, वैसा तीखा स्याह रंग, वही स्वाद और वैसा ही नशा था। नीले धुएँ में लिपटी मेंथोल की महक और उस महक से फूटती मिंट की सर्द ऊष्मा वह देर शाम अपनी सांसों में गहरे उतरते-रिसते महसूस करती थी। उन वक़्तों में वह सुख के बारे में-उसकी तमाम छवियों और तासीरों के बारे में सोचती और चुपचाप मुस्कराती थी। तब वह एक बतख बन जाती थी

जिसने अपनी चोंच अपने पंखों के नीचे सहेज रखी है या एक हंसिनी जो अपने पंखों से पानी के छींटें हवा में उछाल बस लहरों में खो जाना चाहती है। उसने ज़िंदगी को हर रूप में गले लगाया था। वक़्त कैसा भी रहा हो, ज़िंदगी ने उसे मुस्कराने की कोई न कोई वजह ज़रूर दी थी। उसने कभी अपने सपनों का बोझ अपने सच पर नहीं डाला था और शायद यही वजह थी कि मार्टिन के पहले और बाद उसके पास तमाम ऐसी वजहें बची हुई थीं जो ख़ूबसूरत थीं। जो जीने को मजबूर कर सकती थीं। जब भी वह बर्फ़ देखती उसे लगता कि इस भुरभुरे सैलाब में ज़रूर कोई बात है। ये बर्फ़ जो हर साल गिरती है—उमड़-घुमड़ धरती-आसमान एक करती। पेड़, पत्ती, फूल, टहनी, ताल, नदी, सागर, घर, रहगुज़र—सबको भिगोती, गुदगुदाती, सवांरती और सफ़ेद करती। हर बार वही-वही फिर भी नई, आकर्षक, रोमांचक और फिर उदास करने वाली। उसे मालूम था कि उदासी ठीक वैसे जीने की एक वजह होती है, जैसे मुस्कराहट। वक़्त ने उसे सिखाया था। ये ज़िंदगी भी अजीब चीज़ है। फैलने पे आ जाय तो पूरी दुनिया-इतिहास, स्मृतियाँ, सपने, संबंध, सरोकार, जाने क्या-क्या ? और सिमटे तो एक कोना, एक लम्हा, एक नज़र, एक बूँद या फिर एक सांस। इन दिनों बड़ी शिद्दत से उसने यह महसूस किया था। उसकी ज़िंदगी का पूरा विस्तार कैसे उसके ख्यालों के दायरे में सिमट आया था। वह एक नन्हीं-सी बच्ची में तब्दील होती जा रही रही थी और फिर पलक झपकते ही एक जवान लड़की जिसके होंठों पे जलतरंग और चेहरे पर अज़ालिया के रंग थे। और वह होएफ्ब्लाद्लान वाले उस ताल के किनारे गुमसुम बैठी थी।

वह पहली बार जब काम से लौटते हुए इस ताल के सामने पड़ी बेंच पर बैठी थी तो उसे क्या पता था कि यह जगह, ये ताल, उसमें तैरने वाले पक्षी, उसके चारों तरफ़ फैली झाड़ियाँ, छितरे हुए पेड़, वहाँ आने वाले लोग, सामने सड़क से गुज़रती हुई बाइक्स (सायकिलें) और गाड़ियाँ, और बिलकुल पास अनायास ही सजे हुए घर या धीमी हलचल वाली दुकानों का उसकी ज़िंदगी में ऐसा और इतना साझा हो जाएगा! क्या उसने ऐसा चाहा था ? अगर चाहा था तो किसलिए ? सुख के लिए ? दिल और दिमाग़ के सकून लिए ? और अगर ऐसा ही था तो क्या सुख और सकून न मिलने की दशा में उन्हें ज़िंदगी से अलग किया जा सकता था ? वह अक्सर सोचती कि क्या हम ज़िंदगी में अपने रिश्ते और सरोकार, सुख और दुःख चुन सकते हैं ? अगर चुन सकते हैं तो इस पर हमारा कितना हक़ और कैसा नियंत्रण होता है ? और अगर नहीं चुन सकते तो जीवन में निजता और आज़ादी की यह तलाश कैसी है ? उसे कई बार ताज्जुब होता कि उसके पास इतने सवाल कैसे और कहाँ से आते हैं! वह

जगह वहीं थी लेकिन वह उस जगह नहीं थी। उसका मन तेज़ी के साथ सवालों और स्मृतियों के संसार में भटक रहा था।

हवा में हल्की ठंडक थी जो डूबते सूरज के ताप से मिल ताज़गी का तिलिस्म रच रही थी। उसका अभी उठने का मन नहीं था। कोई जल्दी नहीं थी। उसने अपना पसंदीदा नीला न्यूपोर्ट सुलगा लिया था। मेंथोल और मिन्ट की मिली-जुली ख़ुशबू उसके दिमाग़ में तैर गई थी। वह सोच रही थी कि वह इस शहर में क्यों आई? काम के लिए या ज़्यादा पैसों के लिए। क्या वाकई यह जवाब काफ़ी था? क्या मैड्रिड में उसके पास काम नहीं था? क्या उसे किसी को कुछ साबित करना था? अगर था तो किसे और क्या? उसने आख़िर अपने सवाल का ख़ुद ही जवाब दिया था। वह अपने लिए एक आज़ाद और ख़ुशहाल ज़िंदगी चाहती थी। ठीक अपनी माँ की तरह जो पेरू से मैड्रिड आई थी या अपने पिता की तरह जो एक अमेरिकन थे और स्पेन में रहते थे। वह ख़ुद क्या थी? कहाँ से थी? वह बड़े ग़ौर से ताल की बतखों और हंसों को देख रही थी। उसका मन हुआ कि उनके पास जाकर पूछे-वे कहाँ के हैं और इस शहर में क्यों आये हैं। शायद वे जवाब दे सकें। उसके काम और तालीम के लिहाज़ से ये सवाल गैरज़रूरी या भावुक सवाल नहीं थे लेकिन उसका कोई एक सीधा, सटीक जवाब उसे नहीं मिल रहा था जिसे हर बार, हर जगह, हर कोई सही माने। फिर सही और ग़लत का सवाल भी तो सीधा नहीं था। उसका मन तब जाने उसे कहाँ-कहाँ ले गया था—सुख-दुःख, रिश्ते-नाते, आज़ादी, एकांत, मौलिकता और नश्वरता। और वह दुनिया जो कभी-कभी कितनी सुन्दर हो उठती थी! हालाँकि लौटकर तो उसे वहीं आना था। उस ताल में बेफ़िक्र तैरते-खेलते पक्षियों के पास। उस ठंडी हवा के बीच। गहराती शाम के भीतर। उस थोड़े परिचित और थोड़े अजनबी शहर की सरहद में। आज उसे माँ बहुत याद आ रही थी।

धीरे-धीरे वह जगह उसका पसंदीदा ठिकाना बन गई थी। काम से लौटते वक़्त अक्सर वह वहाँ बैठती। पक्षियों से बातें करती। आसपास की वनस्पतियों-फूल-पत्तियों से एक जान-पहचान क़ायम करने की कोशिश करती। यही वह जगह थी जहाँ मार्टिन से उसकी मुलाक़ात हुई थी। इतने दिन में उसे यह तो पता चल गया था कि उस शहर में ऐसे बहुत कम लोग थे जिनके पास वहाँ आने-बैठने का समय था। हाँ कुछ बच्चे वहाँ ज़रूर आकर खेलते थे। कुछ बुज़ुर्ग, कुछ जोड़े भी होते जो ताल से लगे मैपल के झुरमुटों में टहलते थे। या फिर धानी चमकीली जर्सी वाले कुछ धावक जो उसके सामने से तेज़-सांस, पसीना बहाते निकल जाते। ऐसे में हाथ में कैमरा लिए मार्टिन का वहाँ आना। इस-उस, जिस-तिस की एक नहीं

कई-कई तस्वीरें खींचना, हंसों को रिझाना और बतखों से बातें करना उसे बिलकुल अलग लगा था। एक कौतुक जो पसंद बना और एक पसंद जो अपनी ओर खींचती थी। वह रोज़ वहाँ नहीं बैठती थी और मार्टिन भी हर बार उसे वहाँ नहीं दिखता था। उसे वह दिन याद है जब मार्टिन ने उसके पास आकर उसकी कुछ तस्वीरें खींचने का आग्रह किया था, 'मे आई ?' और वह मना नहीं कर सकी थी। मना करने की भला क्या वजह हो सकती थी! मार्टिन ने अगली कुछ मुलाकातों में उसकी तमाम तस्वीरें खींची थीं-ताल किनारे, पक्षियों के साथ, पेड़ों के बीच, फूलों के करीब, डूबते सूरज पे निसार होती और अकेली गुमसुम बेंच पर बैठी-धुएं से घिरी हुई। उसने ख़ुद को इस तरह इतने रूपों में अपने सामने रखकर पहले कभी नहीं देखा था। तस्वीरों में वह कैसी दिखती थी—एक सच जो वह थी और उस सच की एक छाया जो वह तस्वीर थी। उसकी तस्वीरों में जो आसमान था, जो धरती थी, जो पेड़-फूल-पत्तियां, जो पक्षी थे, वो सच होते हुए भी सच नहीं थे, आभासी थे—सच की छाया भर। छाया जिससे सच का पता लगता है। उसकी अनुभूति या साक्षात नहीं होता। उसमें जीवन नहीं था। वह सोचती-न आवाज़, न गंध, न गति और न ही परिप्रेक्ष्य। इस पर भी वह छाया सच के बतौर सामने रखी जा सकती थी। और यह रखना भी अपने आप कहाँ मुमकिन था। उसमें मार्टिन और उसके कैमरे की भूमिका थी। उसे याद है मार्टिन वहाँ अक्सर टहलते हुए या कभी-कभार बाइक से आता था। उसके गले में कैमरा लटकता रहता था। उनके बीच उस शहर, उस जगह और उस परिवेश में घट रही ज़िंदगी का साझा था वरना एक-दूसरे को जानने-समझने, करीब आने, मन की बात रखने, आपसी संवाद के अनंत तरीक़ों और अपार संभावनाओं के बीच अजनबीयत, अटपटेपन और औपचारिकताओं की ऐसी कठोर बर्फ़ जमी थी कि उसका टूटना इतना आसान नहीं था। बस वक़्त के साथ उसके पिघलने की उम्मीद और इंतज़ार किया जा सकता था। वे दोनों शायद इस उम्मीद और इंतज़ार की अनजानी गिरफ़्त में आ चुके थे। वह अपने बारे में कह सकती थी कि अब मार्टिन का आना, उससे कुछ बातें करना, इधर-उधर कुछ तस्वीरें खींचना सिर्फ़ उसकी पसंद और आकर्षण का सबब नहीं रह गया था। उसे इसका इंतज़ार रहने लगा था। यह सबकुछ अब उस परिवेश का अलगाया न जा सकने वाला हिस्सा बन गया था। और वह हिस्सा उसकी ज़िंदगी में ऐसे घुलता जा रहा था जैसे माह्लबेक का एक घूँट घुलता है स्वाद-रंध्रों में। उसका मन होता था कि कभी मार्टिन से कहे कि वह अपने कैमरे से उसकी ज़िंदगी के उस हिस्से की तस्वीर खींचकर उसे दिखाए जिसमें उस परिवेश और जीवन की इतनी छवियाँ बसी हुई थीं। अपनी ऐसी इच्छाओं पर उसे ख़ुद हंसी भी आती थी।

बाहर से बर्फ़ उसे घेरे हुए थी और भीतर से यादें। वह कहाँ-कहाँ घूम रही थी। वक़्त की चौहद्दियां लांघते। विस्मृति के तहखानों में उतरते। सामने फैली हुई शीत का परती घेर वह स्मृतियों की गुनगुनी धूप से तोड़ना चाहती थी जैसे।

मार्टिन अब उसे हर बार दिखने लगा था। कई बार तो वह पहले से ही वहाँ होता था। उसकी बातों का दायरा और अंतराल-अंतर्वस्तु और वक़्त के लिहाज़ से बढ़ता जा रहा था। पहले जो सिर्फ़ शहर की आबोहवा, तस्वीरों के रंग और लोगों की आदतों की बात करता था अब उसमें फोटोग्राफी की व्यावसायिक संभावनाओं, डिजिटल कैमरे की नई किस्मों, लेंस के प्रकार, तस्वीर के विविध रंग और वस्तु, रोशनी व चित्र के अभीष्ट ऐंगल के मुताबिक़ उपयोग में लाई जाने वाली फोटो तकनीकों की चर्चा भी शामिल हो गई थी। उसने मार्टिन से ही पहली दफ़ा हाई डायनामिक रेंज, ओवरले, लो ऐंगल, स्लो शटर स्पीड या क्रिएटिव टाइम लैप्स जैसे शब्द सुने थे। मार्टिन बस अपने आपमें डूबकर बोलता चला जाता। फूल, आग, रोशनी, धुंआ और पानी-इन सबको तस्वीरों में कैसे सुन्दर और सघन तरीके से ढाला जा सकता है-इस पर उसकी समझ और दिलचस्पी कई बार उसे हैरान कर देती थी। मार्टिन के मन में सत्य और साकार की छवियों और छायाओं का कैसा अनंत संसार समाया हुआ था। उसके लिए सत्य की यह संरचना भी सत्य ही थी, सिर्फ़ छाया नहीं। मार्टिन उसे कई बार अपना कैमरा देकर तस्वीरें खींचने को कहता। उसका कैमरा हैसलब्लाद, जो उसके लिहाज़ से निकोन, कैनन, सकर और सोनी के सभी नए मॉडलों से बेहतर था। वह जाने उस शहर में कब मार्टिन की छवियों, चित्रों और रंगों की सजग और संवेदनशील दुनिया में शामिल हो गई थी या शायद मार्टिन उसकी भरी-चंचल दुनिया में दाख़िल हो चला था जिसमें फूल-पौधे, शाम-सुबहें, पक्षियों और आतिशी रंगों से भरे आकाश का अनंत वितान था।

मार्टिन को यह बताने की ज़रूरत नहीं थी कि, 'वह एक प्रोफेशनल फोटोग्राफर है जो बड़ी विज्ञापन एजेंसियों, मीडिया घरानों और मोशन पिक्चर कंपनियों के लिए कॉन्ट्रैक्ट पर काम करता है और यह शहर उसका अपना शहर है।' हालाँकि उसने बताया था। मार्टिन बीच-बीच में उसकी ओर सवालिया निगाहों से देखता था। वह अपना नाम और काम बता चुकी थी। शहर उसका था या नहीं, यह अभी वह तय नहीं कर पाई थी। हालाँकि यह तय होने लगा था कि उस शहर के कुछ रंग उसके मन पर धीरे-धीरे अपना असर छोड़ रहे हैं। एक शाम बतखों की चख-चख के बीच उसने मार्टिन से अंग्रेज़ी में पूछा था (क्यूंकि ख़ामोश बोलती आँखों और कुछ अस्पष्ट इशारों के अलावा संवाद की यही एक भाषा थी उनके बीच)—

'हाउ लॉन्ग विल यू शूट दिस साईट?'

और मार्टिन का जवाब वाक़ई अप्रत्याशित था।–

'टिल आई कैप्चर द रियल कलर्स ऑफ़ योर हार्ट।'

इस जवाब पर मार्टिन के साथ वह भी हँस पड़ी थी। उस रोज़ वहाँ से उठकर उन दोनों ने एक-दूसरे की उँगलियाँ टटोलीं, एक-दूसरे की आँखों में झाँका फिर सामने की सड़क का एक सिरा थाम दूसरे सिरे पर फैले मैपल के झुरमुटों में खो गए थे।

वह सिमटती हुई गर्मियों और खुलती हुई शरद का संधिकाल था। मैपल का सौन्दर्य उन दोनों की आतुर आँखों में प्रकृति के चटख रंगों की गागर उड़ेल रहा था। गहरे पीले, सुनहरे, नारंगी और सुर्ख पत्तों की झालरें ऊपर फैले आकाश को मौसम का सबसे सुन्दर लिबास सौंप रही थीं। मार्टिन चुप था और वह जैसे रंगों की इस सजीली दुनिया में डूबती जा रही थी। उस समय सिर्फ़ हवा थी जो उनकी बातें आहिस्ता-से एक-दूसरे से कह जाती थी। उस रोज़ शायद हवाओं को मैपल का शबाब लुभा गया था और उन्हें कहीं जाने की कोई जल्दी नहीं थी। वह महसूस करना चाहती थी कि मैपल का वह झुरमुट दरअसल रंगों का एक अपार जंगल है जिसमें बेशुमार पक्षी हैं और वो संगीत है जो पक्षियों की चहक, उनके पंखों की फरफर और झूमते मैपल की शाखों और पत्तों पर हवा के स्पर्श से फूटता है। उसने जैसे कुछ याद करते हुए मार्टिन से पूछा था—

'तुम्हें गिटार बजाना आता है?'

मार्टिन ने कंधे उचकाते हुए 'न' में गर्दन हिलाई थी। उसने शायद देखा नहीं। सुनने जैसा मार्टिन ने कुछ बोला नहीं। मौसम के संगीत में खोई वह महसूस करना चाहती थी कि जैसे वह जंगल धीरे-धीरे उसकी ज़िंदगी में बदलता जा रहा है। अनजाने ही उसकी उँगलियाँ मार्टिन की उँगलियों को सहेजती गई थीं। मार्टिन को लग गया था कि वह उसके साथ होते हुए भी कहीं और थी और तब उसने बोलना ज़रूरी समझा था—

'नहीं। क्यों?'

यह सिर्फ़ जवाब नहीं था। वे ध्वनियाँ थीं जिससे उसने जाना था कि वह जंगल नहीं था, झुरमुट ही था। उनके भीतर ले जाने वाले रास्ते आपस में थोड़ी दूर जाकर एक-दूसरे को बीचोबीच काटते थे और फिर बाहर खुले आकाश के नीचे सड़कों की ओर निकल जाते थे। मार्टिन उसकी ओर मुख़ातिब था—

'जाने कितनी बार इस मौसम में इधर से गुज़रा हूँ लेकिन ये गहरे रंग, ये हवा और ये एहसास...'

उसने एक गहरी साँस लेकर अपनी बात वहीं छोड़ दी थी। उसने मुस्कराकर मार्टिन को देखा था—

'तुम्हें मालूम है ये मैपल हैं?'

मार्टिन बिना बोले उसकी तरफ़ देखता रहा। वह जैसे ख़ुद से बातें कर रही थी—

'ये सुनहरी, संतरी, लाल-पीली पत्तियां। सब मैपल की पत्तियां हैं। हम इन्हें चाहे जिस नाम से बुलाएँ-शुगर, रेड या ब्लैक मैपल। एक ही पेड़ के कितने नाम, कितने रूप!'

उसने थोड़ा थमकर कहा था—

'तुम बता सकते हो कि इनमें से सबसे सुन्दर कौन है?'

मार्टिन एकटक उसे देख रहा था।

'ये एक साथ कितने सुन्दर लगते हैं न!'

वह शायद अपनी बात पूरी करना चाहती थी, बस। मार्टिन की आँखों ने चुपचाप हामी भरी थी। वह कहना चाहती थी कि मैपल का यह सौंदर्य महज थोड़े दिन ही रहेगा फिर यह धरती इन रंगों को अपनी छाती में समेट आकाश की उस सतह को बेरंग कर देगी। वीरानी की गर्द इन पेड़ों से लिपट जाएगी। जिसे कुछ अरसा बाद फिर बर्फ़ ही घुलेगी आकर।

उस शाम अंधेरों ने पहली बार उन्हें अपने आग़ोश में लिया था। मार्टिन उसे बाइक पर पीछे बिठाकर ज़ोन्ब्लोएम्बेग के उस मोड़ तक लाया था जिसके भीतर थोड़ी ही दूर पर उसका स्टूडियो फ्लैट था जिसमें वह अकेली रहती थी। रस्ते भर वह मार्टिन को बताती आई थी कि ये होएफ़्ब्लदलान, मूर्बलोएम्वेग, अज़ालिया और ज़ोन्ब्लोएम्बेग दरअसल फूलों के नाम हैं और जिन्हें एक साथ, हर मौसम में सिर्फ़ उस रास्ते पर देखा जा सकता है (और अपनी इस बात पर वह ज़ोर से हंसी थी)। मार्टिन वाक़ई यह सबकुछ नहीं जानता था। तस्वीरों की दुनिया के बाहर भी सत्य की ऐसी असंख्य दुनियाएँ हैं—उसे आज पता चल रहा था। वह उसके दोनों हाथों को थामे उसे ऐसे देख रहा रहा था जैसे रात के लिए अलग होने से पहले अगली मुलाक़ात की इजाज़त माँग रहा हो और शायद यह बताना भी चाह रहा था कि अँधेरों को इस तरह रोशन होते आज वह पहली दफ़ा देख रहा था। वह मार्टिन को पढ़ना चाहती थी—

'कहाँ डूबे हो?'

''हाँ! अगर ये डूबना है तो... तुम दिलचस्प हो। ये जगहें जहाँ से हम गुज़रते रहे लगातार, कितनी ख़ूबसूरत हैं! काश! मैं उन सारे फूलों को देख सकता। छू सकता

उन्हें। उनके रंग, उनकी महक और कोमलता को महसूस कर सकता 'एमी'।'' मार्टिन ने पहली बार उसका नाम लिया था।

उसे याद हो आया था वह कैसे उन शब्दों को छू रही थी अपनी नज़रों से। मार्टिन ने जाते-जाते उसकी तरफ़ मुड़कर पूछा था—

'तुम्हारे नाम का मतलब क्या है एमी?'

वह शरारत से मुस्कराई थी—

'वो फिर कभी बताऊँगी। सबकुछ आज ही जान लोगे।'

वह आज जहाँ थी वह ज़िंदगी का दूसरा किनारा था। वह मन ही मन ज़िंदगी के पहले किनारे की तरफ़ लौटना चाह रही थी। ज़िंदगी के इतने रंग। वह खिलना। वह मुरझाना। वह सपनों का नीला आसमान। वह सच की सख़्त ठंडी ज़मीन। वह खिलखिलाहटों का निर्झर। वह उदासियों की बरखा। वह जाने किन-किन जगहों और वक़्तों के बीच से होकर गुज़री थी। कौन सा वक़्त, कौन सी जगह उसकी ज़िंदगी का सबसे यादगार सफ़ा था—यह कहना कितना मुश्किल था! आज यह सोचना बेकार था कि उसकी जड़ें कहाँ थीं और उसका विस्तार कहाँ तक था। कई बार वह सोचती कि उसे वक़्त के साथ मुस्कराते हुए ज़िंदगी के आख़िरी छोर तक जाना चाहिए मगर थोड़ी दूर जाकर उसे लगता था कि पीछे ज़िंदगी के रास्तों पर कितना कुछ उससे छूट गया है। काश! वह सबकुछ अपने दामन में समेट सकती। काश! वह मनचाही जगहों पर मनचाहे वक़्तों के लिए ठहर सकती। ज़िंदगी अगर उसे गुज़रे हुए रास्तों पर वापस लौटने की इजाज़त और मोहलत दे सकती तो वह कहाँ जाती, क्या करती—ये सवाल भी जाने कितनी बार उसके मन में आता था। तमाम कोशिशों के बाद भी वह इसका जवाब तय नहीं कर पाती थी। और तब हर बार थकान, खीझ या अनिश्चय के आवेश में वह आईने के सामने खड़े होकर अपने चेहरे को ग़ौर से देखने लगती थी। वह पारदर्शी मोमिया रंगत वाली त्वचा जिसके भीतर बारीक सलवटों ने जाने कितनी धूप, कितनी बारिशें और कितनी बर्फ़ छिपा रखी है। वह बालों की ज़र्द सफेदियाँ जैसे एक साथ कई नीली सिगरेटें सुलग गई हों और उनका गहरा धुँआ ठंडी हवा में छल्ले बनाता गया हो। वह अपनी आँखों में एकटक देखने से घबराती थी। उसकी माँ अक्सर उन आँखों को चूमकर बड़े दुलार से कहती थी—

'मी प्रिन्सेसा! तुस ऑजोस सोन कोमो? ल मिओ।'

तब वे सूखी वीरान आँखें अनायास ही हरी-भरी हो उठती थीं। तब उसके

पास अपने सारे सवालों का जवाब होता था। वह शायद वापस लौटकर पेरू के गांवों में एक नन्ही बच्ची बन जाती जिसने एक सुर्ख बूटेदार जामा पहन रखा है और कंधे पर सुनहरी पिछाड़ी डाल रखी है। उसके सिर पर गोल थालीनुमा पगड़ी है और वह नर्म भेड़ों के झुण्ड में उछलती-लिपटती इधर से उधर भाग रही है और उसकी माँ उसे पकड़ने की नाकाम कोशिश कर रही है। या वह शायद एक जवान लड़की बन जाती जो मंतारो की घाटी में घूम-घूम कर कन्तुता चुनती, उनसे एक घर बनाती और फिर अंजुरी भर-भर फूलों को उछाल उनकी नर्म बारिश में इतराती फिरती। या शायद सूरज को अपने पैरों से धकेलती टिटिकाका झील में डुबो आती फिर देर रात तक किनारे बैठ सब नावों के वापस लौटने का इंतज़ार करती। या शायद मकाउलिक तोतों के घेर में शामिल हो एंडीज़ की सबसे ऊँची चोटी पर जाकर बैठ जाती और आकाश को मुँह चिढ़ाती। या शायद पहाड़ी मुर्गों से उनका नारंगी झबला चुराने की जुगत भिड़ाती। या शायद...

उसे पता ही नहीं चला कब वह रोने लगी थी। वहाँ माँ नहीं थी जो उसके आँसू पोछकर गले से लगा लेती और कहती—

'मेरी राजकुमारी! तुम्हारी आँखें ठीक मेरी तरह हैं।'

वह अपनी आँखें पोछते हुए सोफे पर बैठ गई थी। उसे लगा जैसे उस घर के सभी दरवाज़े-खिड़कियाँ अचानक ग़ायब हो गए हों और बाहर की सारी बर्फ़ उमड़-घुमड़ हवा की तेज़ लपेट के साथ अन्दर भरती जा रही हो-उसकी कोशिकाओं को सुन्न करती। उसकी मांसपेशियों को चीरती। उसकी हड्डियों को कंपाती। उसकी निगाहें सामने मेज़ पर बिखरे सामान से जैसे नत्थी होकर रह गई थीं। वह लैपटॉप, पेपर्स, कुछ पुरानी निशानियाँ और वो ख़त-जिसकी भाषा उसे आती थी लेकिन मज़मून, इतनी बार पढ़ने के बाद भी उसकी समझ और यक़ीन से परे था। उसकी आँखें अनायास बंद हुई जा रही थीं। उसने उन्हें खोलने की भी कोई कोशिश नहीं की। उसे हलकी झुरझुरी महसूस हो रही थी। उसने टटोलकर पास पड़ा कंबल उठाया और सर से पाँव तक चारों ओर लपेट लिया। अब उसका शरीर गुनगुनी गर्माहट में लिपटा पूरी तरह शिथिल था और मन शांत। उसके कानों में हवा और बर्फ़ के आवेग से उपजा हुआ शोर फड़फड़ा रहा था।

वह जाने कब तक वैसी ही सिमटी रही थी। जब आँखें खुली तो उसने यह जानने की कोशिश नहीं की कि शाम कितनी ढल चुकी है। बर्फ़ अब रुक-रुक कर झर रही थी। बाहर सबकुछ दूर तक सुन्न, सर्द और सफ़ेद दिख रहा था। उसने पास

ही रखी हुई लैंप जला दी और कमरे के दूसरे कोने की ओर बढ़ गई। यह माह्लबेक का वक़्त था और उसकी आँखों में सीगल फुदकने लगे थे।

वह पिछले कितने दिनों से बाहर नहीं जा सकी थी। उसे पता था कि यही होने वाला है। यह कि तूफ़ान अभी कुछ रोज़ और रहने वाला था। लगभग हर साल इस मौसम में उसका यही हाल होता था लेकिन इस बार यह बर्फ़ कुछ ज़्यादा ही बेरहम थी। ट्राम, बसें, कारें यहाँ तक कि बाइक-सब ठप। बस नीचे से ऊपर तक गर्म कपड़ों में लिपटे पैदल चलने वाले लोग-जिन्हें बेहद ज़रूरी काम से जाना था या फिर बर्फ़ से दोस्ती गाँठने निकले कुछ बच्चे-जिन्हें नए दोस्त, नए खेल बहुत पसंद हैं-ही सड़क पर दिखते। उसे कई बार लगता था कि जीवन के बारे में, भविष्य के बारे में इतना कुछ पता होना भी अच्छा नहीं है। शीत, गर्मी, बर्फ़, बारिश-सबके बारे में इतनी सटीक जानकारी हमें डरपोक बनाती है या शायद अनिश्चय के हमारे सुख और रोमांच को सीमित करती है। उसका कितनी बार मन हुआ कि बाहर निकल जाय लेकिन उसे पता था कि उन सड़कों पर, जहाँ बर्फ़ की धातुई तहें जमीं थीं, बाइक चलाना उसके लिए आसान नहीं होगा। उसे यह भी पता था कि जहाँ वह जाना चाहती थी वहाँ बिना ट्राम या बस के इस मौसम में, इन क़दमों पर पहुँचना नामुमकिन जैसा ही था। इस ख्याल से ही उसके घुटनों में एक दर्द चमक जाता था। उसे अजीब लग रहा था कि वह अपने ही घर में-इन खिड़कियों और दरवाज़ों के पीछे बाहरी दुनिया के लिए कैद थी। लेकिन भीतरी दुनिया-जिसमें असंख्य दरवाज़े थे, अपार खिड़कियाँ थीं-वहाँ जाने से उसे कौन रोक सकता था। वहाँ तो उसका अपना संयम भी नाकाम था। वह एक बार फिर भीतरी दुनिया के दरवाज़े पार कर रही थी। खिड़कियाँ फाँद रही थी।

यह जवान होती सर्दियों और बदमाश हवाओं का मौसम था। वह ताल के किनारे बैठी पक्षियों की किलोलें देख रही थी। न्यूपोर्ट का धुंआ सरसराती हवाओं को चूम रहा था। वह बड़े ग़ौर से बतखों, हंसों और सीगलों को देख रही थी। उसे पता था ये बतखें 'गूज' हैं—जंगली बतख की एक किस्म, जो कभी मिस्र से उड़कर यहाँ आए होंगे। जानने वाले यह भी कहते थे कि उनके पूर्वज नील नदी की घाटियों और दक्षिण सहारा के रेगिस्तानों में पैदा हुए थे। ऐसी बातों पर वह हमेशा असहज हो जाती थी। वह सोचती, वह ख़ुद कहाँ से आई थी? उसके पूर्वज कहाँ के मूल निवासी होंगे या कहे जायेंगे? वे कौन लोग हैं जो आख़िरकार तय करते हैं कि सच क्या है, प्रामाणिक क्या है? और वे कैसे लोग हैं जो इस फ़ैसले को मान लेते हैं

आसानी से ? उसे ताज्जुब होता था उन पक्षियों को देखकर–कभी कितने शांत, कभी कैसे बेचैन ! क्वैक–क्वैक ! शोर, छीन–झपट ! वह क्या था जो उन्हें व्यग्र करता था ? वह क्या था जो उन्हें चुप कर देता था ? बीतराग बनाता था ? वह ताल (जिसका आकार उसे कभी समझ नहीं आया था कि कैसा था), वह हिलियोत्रोप्लान का किनारा, वे पेड़, वे झाड़ियाँ–अब यही सबकुछ उसकी दुनिया थी। वह सोचती कि क्या ये पक्षी भी कभी अपने पूर्वजों की ज़मीन पर वापस लौटना चाहते होंगे ? कभी आपस में बैठ इस जगह और यहाँ के लोगों के बारे में कुछ राय–मशविरा करते होंगे ? क्या वक़्त, हालात, शहर और मौसम की पाबंदियाँ इन पर भी लागू होती होंगी ? वह उस बतख को देख रही थी जिसके ऊपर के पंख भूरे, कत्थई और बैगनी थे लेकिन भीतरी तह में बर्फ़ जैसी सफ़ेदी लिए हुए थे। उसकी गर्दन काली थी... नहीं शायद उसपर गहरी–तीखी हरियाली थी और उसपर एक सफ़ेद छल्ला–जैसे बर्फ़ की माला हो। उसकी छाती मेहंदिया रंग की थी और उसके पाँव... उसके पाँव तो पानी के भीतर थे। कैसे दिखते। वो बार–बार अपनी चोंच पानी की सतह के नीचे डुबो रही थी। कभी उमगती हुई हवा में अपने दोनों पंख पसार पानी की सतह पर खड़ी हो जाती थी। उसे अजीब सा महसूस हो रहा था। उसके हिस्से इतने और ऐसे बेमेल रंग–जैसे किसी बेढंगे चित्रकार ने अनमेल रंगों का घोल उसके पंखों पर उड़ेल दिया हो। फिर भी वह कितनी ख़ुश थी ! अपने आप में समाई, परिवेश में घुली–मिली। कुछ पंछी ऐसे भी थे जो रह–रहकर ताल में डुबकी मार रहे थे। कुछ दूसरे थे जो बाहर, बस उससे थोड़ी ही दूर नीम–गुलाबी पंजों पर चहल–क़दमी कर रहे थे। कुछ भक्क काले अपने अनोखे सलोनेपन की अकड़ में थे। वह ताल और उसका जल उन सबका था। उस हवा पर उन सबकी उड़ानों का असर था। वह ताल सिर्फ़ सफ़ेद पंछियों की जागीर नहीं था। सौन्दर्य के इतने आयाम, ऐसे रुख़ ! वह आज सबकुछ देखना चाहती थी जो उस ताल को इतना तरल, हवा को मादक और उन पंछियों को इतना मासूम बनाता है। उसका मन भी डूबते सूरज के साथ ताल की सतह के भीतर उतरता जा रहा था। उसने अपने कंधे पर किसी का स्पर्श महसूस किया था। वह मार्टिन था। पिछली कई मुलाकातों में उसकी आँखें मुस्कराती–सी लगती थीं उसे। आज वह सचमुच मुस्करा रहा था—

'तुम सचमुच खोई हुई थी !'

उसने मार्टिन को ऐसे देखा जैसे उसकी आँखों में वह तस्वीर देखना चाह रही हो जब वह सचमुच खोई हुई थी। ख़ुद को दूसरों की नज़र से देख पाना कितना मुश्किल काम है। उसने चाहा कि मार्टिन उसके पास बैठ जाय लेकिन ऐसा कोई साफ़ इशारा उसके अंदाज़ या आवाज़ में नहीं था—

'तुम बता सकते हो ये ताल कैसा दीखता है।...। ?'

उसे ख़ुद ब ख़ुद लगा था कि उसे कुछ और बोलना था ताकि मार्टिन वह सुन सके जो वह पूछना चाह रही थी। वह शायद अपने सवाल में यह भी जोड़ना चाहती थी मगर नहीं जोड़ सकी-

'मतलब अगर तुम्हें किसी को बताना हो इसके बारे में या लिखना हो... उसे जो इसे देखना चाहता हो और देख न पा रहा हो।'

वह शायद मानने लगी थी कि इतनी मुलाकातों में मार्टिन अनकही बातों को भी सुनने-समझने लगा होगा। मार्टिन की आँखें फिर से मुस्करा रही थीं-

'यह शायद तिकोना है। चपटी भुजाओं वाला त्रिभुज!'

'तुमने कभी मैपल का फल ठीक से देखा है मार्टिन! समारा। अब वह नहीं दिखेगा। अगले मौसम में देखना।'

उसे जवाब का इंतज़ार नहीं था। वह कभी ताल, कभी सीगल और कभी सर्द हवा में सिहरती शाम को देख रही थी। आस-पास बिखरी रौशनी अचानक दूधिया होने लगी थी। उसे याद आया कि बर्फ़ कैसे चुपचाप झरने लगी थी। हवा में तैरती घनी तरलता। संघनित नमी के नर्म फाहे। आसमान से झरती हुई सफ़ेद रेशम। जैसे कोई कपास के रेशे धुन रहा हो आकाश में और पूरी धरती उसे अपना भीगा आँचल पसार बटोर रही हो। उसका चेहरा उस बरखा में सुर्ख हो उठा था। उसका पूरा शरीर रोमांच की एक नाज़ुक लहर के हवाले था। उसके दोनों हाथ, अधखुली आँखों के साथ असमान की ओर उठे हुए थे जैसे देखना चाह रहे हों उसे, जो यह ताज़गी, यह उजास, यह कोमलता और यह रंग उड़ेल रहा था प्यार से धरती के दामन पर। उसके दामन पर। उसके हाथ शायद उसे बुला रहे थे, सराह रहे थे। उसकी आँखें बंद हो गई थीं। वह अपनी पलकों पर उन भीगे लम्हों का स्पर्श महसूस करना चाहती थी। उसकी आवाज़ में एक चहक थी—

'मैं बस इस ताज़गी में घुल जाना चाहती हूँ मार्टिन! आई जस्ट लव इट... जस्ट वांट टू डाई लाइक दिस...'

उसने पहले कई बार बर्फ़ देखी थी लेकिन इस बार-इस शहर में पहली बार! वह बताना चाहती थी कि यह एहसास कितना नया, कितना अलग था। मार्टिन उसे ख़ुश होता देख रहा था। मौसम की पहली बर्फ़ का इंतज़ार सबको रहता है, उसे भी था। वह उसके कोट पर अभी-अभी इकठ्ठा हुई बर्फ़ हटाना चाह रहा था लेकिन उसने मना कर दिया—

'मार्टिन देखो कैसे ये पक्षी नर्म बर्फ़ पर अपने पंजों के निशान छोड़ते हुए ताल

में उतर रहे हैं। तुम इन चिह्नों के साथ इनकी तस्वीर उतार सकते हो? ठीक ऐसी ही नाज़ुक एक तस्वीर।'

और तब पहली बार उसने मार्टिन को देखा था जो उस रोज़ बिना कैमरे के था। बर्फ़ तेज़ हो रही थी और मार्टिन उससे वापस चलने को कह रहा था। आस-पास की ज़मीन और वह शाम सफ़ेद होती जा रही थी। बर्फ़ धीरे-धीरे अपने लिए जगह बना रही थी। आस-पास लगे लैंप पोस्ट उस सफ़ेदी को दमका रहे थे। उस शाम उसने मार्टिन की हथेली देखी और उससे उमड़ती हुई ऊष्मा उसे अपने सीने में उतरती-सी लगी। वह एक ऐसी बारिश थी जिसमें तरलता थी लेकिन नमी नहीं। रौशनी की सुनहरी किरणों में सफ़ेद मोती की अटूट लड़ियाँ फूटती दिख रही थीं। रंग और रौशनी की श्रृंखलाएं आकाश के अनंत से धरती की गोद तक ऐसे खिंची हुई थीं जैसे रौशनी से गुंथा हुआ रोमांच का कोई दरिया बहा आ रहा हो और वह तलहटी में खड़ी उसकी थाह लेना चाह रही हो। उसकी सतह और किनारों के बारे में बस अनुमान लगा रही हो। लोग तेज़ी से सड़कों से ओझल होते जा रहे थे मगर वह बर्फ़ के उस पूरे प्रवाह को अपनी बाँहों में समेटना चाहती थी जैसे। सराबोर होना चाहती थी सर से पैर तक। डूबना चाहती थी रूह तक, शायद। वह कर पाती तो बर्फ़ का एक क़तरा भी ज़मीन तक न पहुँचता। उन लम्हों में वह बिलकुल अकेली थी मौसम की पहली बर्फ़ के साथ। उस नाज़ुक आवेश के बीचोबीच। मार्टिन साथ था भी, नहीं भी। वह जहाँ थी, बस वहीं थी। मार्टिन उसे लगातार कंधे से पकड़ रास्ते पर आगे खींच रहा था। वह अनमनी-सी ऐसे बढ़ रही थी जैसे उसकी चेतना उसके क़ाबू में न हो या जैसे उसने अभी तय न किया हो कि उसे कहाँ जाना था।

उस पूरे रास्ते बर्फ़ उन दोनों के साथ थी और वे अपनी हथेलियों को अपने चेहरों पर दबा बर्फ़ में खोई हुई ऊष्मा तलाशते रहे थे। जिस रास्ते पर वे जा रहे थे उसपर पहले ही जाने कितने पैरों के निशान थे। कितने पाँव साथ-साथ, तनहा, जाने कहाँ के लिए, जाने किसलिए गुज़रे थे। बर्फ़ से खिली हुई ज़मीन ने उनके इतिहास को फौरी तौर पर सहेज रखा था। उसकी नज़र उन रास्तों से होती हुई दूर से चमकते हुए चर्च के शिखर पर जा टिकी थी जो रौशनी के हल्के आवरण में लिपटा हुआ बर्फ़ के उद्दाम निर्झर में खिला हुआ था। गहराती शाम के वितान पर दूर से खींचने वाली वह आकृति कैसे जड़-सी गई थी उसकी स्मृतियों में। उसने मार्टिन का हाथ हिला उस ओर इशारा किया था। वह अपने अपार्टमेंट की पारदर्शी खिड़की से अक्सर उस शिखर को देखती थी। तब उसमें बहुत सादगी हुआ करती थी। आज उसमे अजीब सी शोखी थी। क्या यह बर्फ़ का असर था, शाम का, रौशनी का या उस सबका जिसमें मार्टिन भी शामिल था।

वह मोड़ आ गया था जहाँ अक्सर मार्टिन उसे छोड़ता था। सड़कें निर्जन थीं। बस दूर तक बिछी बर्फ़ की सफ़ेदी रौशनी को चटख कर रही थी। उसने मार्टिन को देखा। उसके सुनहरे बालों में बर्फ़ के अनगिनत कण उलझे पड़े थे। उसके गले में बर्फ़ का स्कार्फ़ और जैकेट पर जगह-जगह बर्फ़ की कीमियागरी थी। वह ठिठुरे हुए होंठों से मुस्करा रहा था। वह ज़ोर से हँसना चाह रही थी लेकिन उससे पहले मार्टिन उसकी हथेली को होंठों से लगा वापस लौटने की इजाज़त मांग रहा था। वह उस शाम को रोकना चाहती थी। उस स्पर्श, उस रोमांच, उस सर्द ताज़गी को और जीना चाहती थी। वह चाहती थी कि ये बर्फ़ यूँ ही झरती रहे। ये रंग यूँ ही बाक़ी सब दूसरे रंगों पर चढ़ता रहे, छाता रहे। उसने मार्टिन की आँखों में देखा-

'आज एक कॉफ़ी... या थोड़ा ड्रिंक!'

मार्टिन वहीं था जहाँ वह थी।

'तुम कैसे दोस्त हो? यह भी नहीं जानना चाहते कि मैं कहाँ, कैसे रहती हूँ?'

उसने धीरे-धीरे, लेकिन ढेर सारे उलाहने और मनुहार की अदा के साथ यह भी जोड़ दिया। मार्टिन अब उसके पीछे चल रहा था। उसके हाथ अपने बालों, कपड़ों और गले से बर्फ़ झाड़ रहे थे। थोड़ी देर में वे दोनों कैथेड्रल के ठीक पीछे बनी बिल्डिंग के दूसरे माहले पर बने एक अपार्टमेंट में दाख़िल हो रहे थे। अन्दर आते ही एक भीनी गर्माहट ने उनका स्वागत किया। वह मार्टिन से उसका जैकेट मांग रही थी। उसने अपना कोट उतारकर दरवाज़े के बाहर सीढियों की ओर तेज़ी से झटक दिया था। बर्फ़ के तमाम बारीक टुकड़े फ़र्श पर पहुँचते ही नमी के नामालूम क़तरों में बदल गए थे। उसने अपना कोट और मार्टिन की जैकेट पेग पर टिका दी थी। अपने जूते खोलते हुए उसने मार्टिन को देखा और वह भी उसकी नक़ल करने लगा। मार्टिन असहज था यह कहना मुश्किल था। हाँ उसकी निगाहें ज़रूर चंचल थीं। वह एक बार में ही उस छोटे कमरे के पूरे विस्तार को जान लेना चाहता था। उसकी आँखें उस बिखराव, उस बेतरतीबी में समाई हुई उसकी ज़िंदगी का तर्क खोजने में व्यस्त थीं। वह थोड़ी देर के लिए वाशरूम में थी लेकिन उसके लिए तो कमरे में चारों तरफ़ बस वही थी। उसके कपड़े, किताबें, बट्स और राख से भरा ऐशट्रे। पास पड़ी न्यूपोर्ट की डिब्बियां। बीयर के कुछ कैन और वाइन की ख़ाली-लुढ़की बोतलें। कुछ बिस्कुट-मफ़िन के टुकड़े और फटी हुई पन्नियाँ। मेज़ पर खुला पड़ा लैपटॉप। कोने में खड़ी भूरे कवर वाली टेबल लैंप और उन सबके बीच गुम सोफ़ा और बेड। उसे एक पल को अपना कमरा याद आया। वह सोच रहा था कि अकेला होना कई बार कैसा बेतरतीब होना भी है। मार्टिन की नज़र दीवार पर टंगी उस पेंटिंग पर जा लगी थी।

'मेरा अपार्टमेंट इतना बड़ा नहीं है कि देखने में इतना वक़्त लगे।'

वह पीछे खड़ी मुस्करा रही थी। मार्टिन ने पीछे मुड़ते हुए पूछा था—

'तुम्हें बच्चे पसंद हैं?'

उसकी निगाह भी अनायास ही उस चित्र की तरफ़ उठ गई थी—

'मुझे शायद यह स्त्री पसन्द है जिसने उस बच्चे को ऊपर उछाल रखा है।'

मार्टिन अपनी उँगलियों और चेहरे पर गर्म पानी की धार महसूस करना चाहता था। वह वाशरूम की ओर बढ़ गया।

उसने खिड़की के परदे हटा दिए थे। चर्च का शिखर बर्फ़ की अनवरत वर्षा में अनावृत था। उसके ऊपर लगा हुआ क्रॉस काली रात के सीने में उभरती रेख-सा लग रहा था। मार्टिन ने लौटकर देखा उसने हल्के कपड़े पहन लिए थे और हीटिंग मीटर के पास खड़े हो भीतर का ताप बढ़ाने की कोशिश कर रही थी। थोड़ी देर में उसने लैंप जलाकर बाक़ी रौशनी बंद कर दी। अब वह मार्टिन के सामने थी, बदली हुई-सी। उसने पूछा था—

'तुम्हारे पास कितना वक़्त है?'

'पता नहीं। कोई ऐसा नहीं जो मेरा इंतज़ार कर रहा हो कहीं।'

मार्टिन उस परिवेश में खोता जा रहा था। उसे जाने कैसे मार्टिन की कही एक बात याद आ गई थी। 'स्लो शटर स्पीड'—नीम अंधेरों में खिंची तस्वीरों में ज़िंदगी के रंग भरने की तकनीक, एक हुनर। वह मुस्कुराई थी—

'ख़ैर! क्या लोगे? कॉफ़ी या... ?'

'शायद थोड़ी रेड वाइन। अगर मिले।'

'माह्लबेक! ...यहाँ तो सर्फ यही...'

उसने उसकी तरफ़ देखा था।

'पसंद-नापसंद के मामले में पक्का नहीं हूँ मैं... तुम्हें यह इतनी पसंद है।'

उसने रुक कर जोड़ा था।

'और सिगरेट?'

'नहीं पीता। पी सकता हूँ। पर शायद पीना नहीं चाहूँगा।'

मार्टिन इतनी देर में वहाँ इस तरह होने को लेकर सहज हो चला था। उसने ग्लास में वाइन उड़ेल दी थी। वाइन की हल्की महक कमरे में पहले से मौजूद मेंथोल और मिंट के ठंडे धुएं से फैली तीखी गंध पर तैर गई थी। वह शहर के उस हिस्से के बारे में, मैड्रिड के बारे में, अपने बारे में, पंछी-ताल-मैपल के बारे में और शायद उस ताज़ा बर्फ़ के बारे में बात करना चाहती थी और मार्टिन... वह शायद यह सबकुछ सुनना चाहता था।

'मार्टिन! तुम इस तरह, पिछली बार बर्फ़ में कब भीगे थे?'

उसकी आँखों में शोखी थी।

'याद नहीं। लेकिन, कई बार। मगर इस तरह कभी नहीं।'

मार्टिन शायद बेहतर, किसी सीधे जवाब की तलाश में था।

'यह बर्फ़ कितनी सुंदर है न?'

वह बस आश्वस्त होना चाहती थी।

'बर्फ़ के कई रंग हैं। लेकिन...हाँ! यह वाक़ई सुन्दर है।'

वह खिड़की की तरफ़ खड़े हो बाहर बर्फ़की झर-झर देख रहा था।

'यहाँ से, इस गर्म, नाजुक, आरामदायक जगह से देखने पर। और शायद तुम्हारे साथ होने की वजह से।'

मार्टिन ने अपनी बात को रुक-रुक कर पूरा कहा। उसने आख़िरी घूँट का स्वाद लेते हुए मार्टिन को देखा था—

'यह आसमान से उतरती एक नाजुक कविता की तरह है और तुम इसे कैमरे की निगाह से देख रहे हो।'

'नहीं शायद। अगर वैसे देखता तो तुम्हारा ज़िक्र न करता।

उसे समझाने के साथ मार्टिन ने जैसे ख़ुद समझना चाहा। वह फिर से ख़ुद को मार्टिन की निगाह से देखना चाहती थी लेकिन उसकी निगाहें खिड़की के शीशे पर जगह-जगह ठहरे बर्फ़ के रेशों पर ठहरी रहीं। कोई अक्स जैसे वहाँ बनता-बिगड़ता जाता था, लगातार। पानी की बूँदें बीच-बीच में आकर उन्हें पोछ जाती थीं। बर्फ़ और पानी के बीच का यह खेल उसे बाँधे रहा। रात कब बर्फ़ की रिमझिम पर सवार उसकी आँखों में उतर आई थी, उसे पता न चला। उसने मार्टिन की ओर देखते हुए कहा-जो दोनों ग्लास दुबारा भर रहा था—

'तुम्हें लगता नहीं कि ये बर्फ़...ये जैसे आकाश का श्वेत-प्रेम हो, धरती के लिए बरसता हुआ। और ये धरती जैसे आतुर, अपने अंगों को पसार इस प्रेम को समेट रही हो। ये घर की छतें, ये खिड़कियाँ, ये पेड़ों की टहनियाँ-सब इस वर्षा में भीग रहे हैं। और धरती बस आँखें मूँदे आकाश के आवेशित आलिंगन में निरत है।'

मार्टिन को यक़ीन ही नहीं हो रहा था कि वह सचमुच बर्फ़ की शीतल फुहारों से भीगी हुई उस तस्वीर को अपने शब्दों से एक सुंदर कविता में बदल रही थी। वह अपना ग्लास ले खिड़की के पास आ गया था जहाँ उसके और सिहरती रात के बीच बस शीशे का एक परदा रह गया था। वह भी उसके पीछे आ खड़ी हुई थी। मार्टिन के कंधे पर हाथ रख, बाहर देखते हुए उसने कहा था—

'आओ हम नाचें, मार्टिन! जैसे यह बर्फ़ नाच रही है।'

और वह सचमुच धीरे-धीरे कुछ गुनगुनाने लगी थी। मार्टिन ने अपना हाथ ख़ाली कर लिया था और वह उसके गले से जा लगी थी। मार्टिन उसे सुनने की कोशिश कर रहा था—

'मी आमोर! पोद्रिया कोमपर्तिर मी सिलेंचियो
पोदिया लेर लोस लाबिओस...'

सुर बिखर रहे थे। उसके शब्दों का आरोह-अवरोह गीत जैसा नहीं था पर मार्टिन उनकी नमी से झर रहे ताप को महसूस कर सकता था। वह बस मार्टिन के कंधे से सिर लगाये जैसे भावनाओं की अपार नदी में उतरती जा रही थी। थोड़ी देर बाद उसने आँखें उठाई थीं और उन्हें मार्टिन की आँखों से उलझा एक जाल-सा बुनने लगी थी। वह जैसे अपने आपसे बोल रही थी—

'मेरे प्यारे! क्या तुम मेरी ख़ामोशी बाँट सकते हो
पढ़ सकते हो मेरे स्थिर होंठों को
... ... ।
मुझे अपनी दुनिया में आने दो
जैसे शामें आतीं हैं रातों के क़रीब
छूने दो अपने जज्बातों को
जैसे रातें छूती हैं सुबहों को
मैं बिछना चाहती हूँ तुम पर
जैसे ज़मीन पर बिछती है बर्फ़
मेरी ख्वाहिशों का एक सिरा
बरबस छूता है तुम्हें
जैसे पिघलती ख़ुशबू को छूती हैं साँसें... ...
मेरे प्यारे! तुम हमेशा के लिए मेरे रहो
सेरा मिओ परा सिएम्प्रे...

खामोशियाँ एहसास रच रही थीं और शब्द उन्हें आवाज़ दे रहे रहे थे। मार्टिन उसे सुन रहा था। देख रहा था। उसकी आँखें कब की बंद हो चुकी थीं। वहाँ कोई संगीत नहीं था। एक रौशनी थी जो अन्दर-बाहर आ-जा रही थी। एक तरवीर थी अँधेरी रात के पन्नों पर बर्फ़ के रंगों से बनी। एक सिहरन थी जो उनके स्पर्श से सँवर रही थी। और बस साँसें थी जो उन्हें एक-दूसरे से लिपटाये थिरक रही थीं। वक़्त वहीं ठहरा हुआ था। बाहर रात बर्फ़ के आग़ोश में सफ़ेद होती जा रही थी और भीतर बर्फ़ के नाज़ुक क़तरे उनके होंठों के बीच फँसते-पिघलते जा रहे थे।

बाहर बर्फ़ की फुहारें विरल थीं और भीतर, वहाँ उनके बिलकुल पास मदहोशी और मासूमियत में लिपटा हुआ एक सघन अंतराल था... वह जैसे मार्टिन को, उस शहर को नए सिरे से जानने की कोशिश में गुम हो गई थी। मार्टिन उसे सोफे पर बिठाना चाह रहा था लेकिन वह लेटना चाहती थी। वह उतरना चाहती थी उस ठहरे हुए वक़्त में। बिखरना चाहती थी उन्हीं साँसों के आग़ोश में। ठीक वैसी ही-उसी रौशनी में लिपटी, उस स्पर्श के साथ। बर्फ़ के रंगों से सजी हुई रात को देखते हुए। मार्टिन वहीं था, उसके लिए। ठीक उसमें उतरता, समाता। उसकी आँच में खिलता-भीगता। और वह गुनगुने पानी की धार-सी गिरती-मचलती उसकी धमनियों पर, उसकी चेतना पर। बाहर बर्फ़ ही बर्फ़ थी और भीतर कुछ था तो बस बंद आँखों से झरती हुई रेशम, गुनगुने रेशों से बुने हुए जिस्म और स्पर्श की उद्याम लहरों में भीगते उनके होंठ थे। उनके बीच, धड़कनों की उठान और बेकली से उत्पन्न ऊष्मा में बर्फ़ का एक भी क़तरा कहीं नहीं बचा था।

जब उसकी आँख खुली सुबह का चेहरा बर्फ़ से धुला हुआ था। चर्च की घंटियाँ उसे जगा रही थीं। वह अपने उस कमरे को देर तक ऐसे देखती रही थी जैसे किसी और का हो। उसके अंगों में एक ताज़ा अंगड़ाई उमग रही थी। वह याद करने की कोशिश कर रही थी जब मार्टिन उसके गालों पर हाथ रख जाने की इजाज़त मांग रहा था और वह उसकी हथेली को अपने चेहरे पर लपेट सोना चाह रही थी। फिर होश और बेखुदी की सरहद से नींद ने उसे अपनी ओर खींच लिया था। वह आज आँखों में मुस्करा रही थी जैसे मार्टिन उसके सामने आँखों ही आँखों में मुस्कुराता रहता था। वह देर तक वैसी ही पड़ी रही थी—अपने ताज़ा अतीत को सवांरती-सहेजती, पुलकित होती।

जब वह तैयार होकर बाहर निकली थी तो उसे यक़ीन ही नहीं हुआ कि यह वही शहर है जिसे अपना कहने और मानने के बीच उसे हमेशा एक लंबा फ़ासला दीखता था। वह बर्फ़ जो रात के साँवले लिबास पर आकाश से झीने मखमल-सा झर रही थी, वही दिन के उजाले में कितनी बेबाकी और सख़्ती से धरती पर जमी हुई थी। धूप बर्फ़ की सतह से मिल रंगों की एक अटूट शृंखला बना रही थी। हल्की हवा बार-बार उस शृंखला से उलझ रही थी। दूर तक बस एक बेदाग दर्पण दमकता हुआ-सा। जिस पर गुज़रने वालों के छोटे-बड़े, गहरे-हल्के निशान थे। टम-टम ट्रामों, तेज़ गाड़ियों और मधुर घंटियों वाली बाइकों से शहर आबाद था। किनारे की पटरियों पर लोग सधे क़दमों—गर्म कोट और रंगीन स्कार्फों में लिपटे इधर-उधर जा रहे थे। उसकी निगाह बर्फ़ पर फिसलने वाली छोटी गाड़ियों पर रूकती थी जिनपर छोटे बच्चे चकमक आँखों से बैठे होते और उनके माँ-बाप उन्हें आसानी से एक

छोटी रस्सी के सहारे खींच रहे होते। उसका मन हुआ काश! वह भी ऐसी किसी गाड़ी पर बैठ जहाँ चाहे जा सकती। वह भूल रही थी कि गाड़ी अपने-आप नहीं फिसलती थी। रातो-रात उसके लिए शहर का रूप-रंग और मौसम बदल गया था। वह इतने धीरे ट्राम स्टेशन की तरफ़ जा रही थी जैसे उसे वक़्त से कुछ लेना-देना न हो। जैसे चलना कहीं पहुँचने से ज़्यादा ज़रूरी हो।

अचानक हवा के एक ताज़ा शोर ने उसकी यादों का कमज़ोर तार झटक दिया था। वह अपने कमरे के बासी दायरे में लौट आई थी। उसकी नज़र फिर से मेज़ पर बिखरे हुए सामानों से जा लगी थी। एक कोने में फटा हुआ वह पैकेट पड़ा था जिसमें, बाहर आने से पहले, यह सबकुछ क़ैद था। वह सोच रही थी कि अगर वह उस पैकेट को बिना खोले एक किनारे रख सकती। अगर वह घर की सब खिड़कियाँ खोल हवाओं में नहा सकती। वह बाहर जा सकती रोज़ की तरह उन पंछियों के पास जो उसे देखते ही ख़ुशी का शोर करते हुए फड़-फड़ उसकी ओर उड़ आते हैं। काश! यह बर्फ़ इतनी बेसाख़्ता और बेरहम न होती। उसे एक पल को लगा जैसे उसकी साँस बहुत तेज़ चलने लगी है। जैसे वह अपने इतिहास को दौड़ते हुए पार कर आई थी। उसने अपने गले और कलाई पर धड़कन का वेग पकड़ने की कोशिश की। वहाँ कोई हलचल नहीं थी। एक उदास ठंडापन था। वह उठने लगी थी। उसे एक कड़वी, बहुत गर्म कॉफ़ी पीने का मन हो रहा था। ये सर्दियाँ, ये बर्फ़ उसके लिए ठीक नहीं थी। उसे गरमाहट की ज़रूरत थी। किचेन की तरफ़ जाने से पहले उसने हीटिंग मीटर को थोड़ा बढ़ा दिया था। हाथ में कॉफ़ी का मग लिए हुए वह कमरे के पिछले हिस्से में खिड़की के पास पड़ी आरामकुर्सी पर बैठ गई। अहाते में सेडार के पेड़ों की हरी छतरी बर्फ़ के बोझ से भारी हो गई थी। उसे लगा जैसे ताल के सफ़ेद पक्षियों का पूरा झुण्ड एक साथ आकर उन पर बैठ गया हो। बर्फ़ की रिमझिम के बावजूद उनमें कोई चुहल, कोई हरक़त नहीं थी। वे सुन्न, बेआवाज़ पड़े जैसे उसके बाहर आने का इंतज़ार कर रहे हों। फिर कभी उसे लगता जैसे यह बर्फ़ न हो, बर्फ़ीले प्रान्तों के चालाक सफ़ेद रीछों का रेला हो जो बर्फ़ की धार में बहकर आने वाली मछलियों पर झपट्टा मारने की ताक में थिर हो और हवा रह-रह कर उनके घने बाल हिला रही हो। उसे बेचैनी हो रही थी। उसने अपनी निगाहें सेडार के पेड़ों से हटा कर मैपल की वीरान टहनियों पर टिका दीं जहाँ बर्फ़ की पतली तहें ऐसे ठहरी हुई थीं जैसे पतझर के ताज़ा ज़ख़्मों से उबारने के लिए प्रकृति ने मरहम के बाद उन पर ढेर साड़ी रुइयाँ बाँध दी हों।

उसे याद हो आया वो पल जब मार्टिन के साथ उसने इस घर को अपनी ज़िंदगी का ठिकाना बनाया था। तीस बरस लम्बे इतिहास को फलांद कौंधती हुई-सी स्मृतिरेख। मार्टिन से उसने कहा था—

'हमारे लिए यही घर सबसे अच्छा है। ये सेडार के नन्हें पौधे जो अहाते में लहरा रहे हैं, देखते-देखते छतनार पेड़ों में बदल जायेंगे। और तुम देखना हवा कैसी भी तेज़ और सर्द हो, बर्फ़ कितनी भी गलाने वाली हो, वक़्त कैसा भी बदरंग हो-यह यूँ ही लहराता रहेगा। वीरान पतझरों में हरी-भरी खिलखिलाहटों का शोर लिए। धरती की कोख से अपनी अदम्य जिजीविषा का ज़ोर लिए। धूप जब मैपल के झरने से उदास होगी तो सेडार उसे अपनी बांहों में भर गुदगुदायेगा।'

वह बस बोलती जा रही थी और मार्टिन ने सिर्फ़ इतना ही जोड़ा था—

'हाँ! ठीक तुम्हारी तरह। तुम्हारे नाम की तरह।'

आज भी जब चर्च की घंटियाँ उसे सुनाई देतीं हैं तो उसे अपना वह आशियाना याद आता है जहाँ से चर्च का शिखर साफ़ दिखता था और जिसपर उसने ख़ूबसूरत बर्फ़ को बावली हो नाचते देखा था। बीस बरस ऐसे निकल गए जैसे हथेली पर ताज़ा बर्फ़ पिघलती है देखते-देखते, नमी और शीत का एहसास छोड़ती। उसने कभी गुज़रे लम्हों को अलग से सहेजने की कोशिश नहीं की। वह बस मार्टिन के साथ एक-एक लम्हा जिए जा रही थी। मार्टिन की तस्वीरें जब सामने होतीं, जैसे इतिहास जी उठता। वो आँखें, वे बाल, वो शरीर की बनावटें, वे मुस्कानें, वो उदासियाँ-लगता ही नहीं जैसे कभी उन दोनों ने ही ये छवियाँ शहर के मौसम में उड़ेली थीं। ज़िंदगी साथ रहते हुए भी कैसे हमें अपनी ही छवियों से दूर किये डालती है। सबकुछ एक-एक कर पीछे पड़ता, छूटता। विस्मृति के हवाले होता। और हम चाहकर भी कुछ नहीं कर सकते। सिर्फ़ छवियाँ और परछाइयाँ ही क्यूँ, साथ चलती हुई ज़िंदगी भी तो दूर हो जाती है-कभी पीछे रहकर तो कभी तेज़ रफ़्तार आगे निकल। आँखों से ओझल होती हुई। मार्टिन भी तो उसकी ज़िंदगी था। उसकी अपनी ही तस्वीर। पिछले बीस बरस की ज़िंदगी और उससे पैदा हुई अनंत छवियों में जो शामिल रहा, वह कैसे एक रोज़ आँखों से हमेशा के लिए ओझल हो गया। यह जगह जिसे उन दोनों ने अपने लिए चुना था, अब वह पुराना पता भर है जहाँ सिर्फ़ वह रहती है, मार्टिन नहीं। वह अपने इतिहास, स्मृतियों और जीवन से बनी असंख्य छवियों की पूँजी उसके पास छोड़ आगे जा चुका था—फिर न लौटने के लिए। जैसे आज वह खिड़की के पार देख रही थी वैसे जाने कितनी बार उसने पहले देखा था लेकिन मार्टिन के बाद वह हर निगाह कितनी जुदा थी। बाहर धूप का रंग कितना पीला था और हवा का स्पर्श कितना चुभीला। मगर यह सेडार फिर भी मुस्कराता रहा-

उसे इस घर में उसकी पहली नज़र, पहली सुबह और पहली चहक की याद दिलाता-सा। और वह सुबह, वह चहक, वह नज़र ही है जो उसे पिछले दस बरसों से जीने को मजबूर किये जा रही है। उसे आज भी मार्टिन की उस बात पर प्यार उमड़ता है जब उसने कहा था कि तस्वीरें सिर्फ़ सच की परछाइयाँ नहीं हैं। वे गुज़र रहे जीवन को साथ बचा लाने की कोशिश हैं। जो मुश्किल वक़्तों में कई बार जीना सहल कर जाती हैं। यही कोशिश थी जो उसे मार्टिन के बाद पंछियों से भरे उस ताल से जोड़े रही जहाँ वह बेनागा सुबह-सुबह जाती थी। उसे देखते ही कैसे वे सब के सब उसकी ओर उमग आते थे। उनके पंख हवा में एक संगीत रचते थे। उसके हाथ से दाने चुनते, ब्रेड के बारीक टुकड़े उठाते। उनकी ख़ुशी उसे फिर से एक जवान लड़की में बदल देती थी जो बरसों पहले उनके करीब गुमसुम बैठा करती थी। उसे पता था कि वह उनके इंतज़ार में शामिल हो गई थी, ठीक वैसे जैसे वे उसकी मुस्कराहट की वजहों में। इस बीच कितने पक्षी वहाँ आये-गए इसकी कोई आहट उनकी फरफराहट में नहीं मिलती। धूप हो, बारिश हो या बर्फ़ उसने कभी उनकी उड़ानों और डुबकियों में मायूसी की छाया नहीं देखी। वह रोज़ शायद यही देखने वहाँ जाती है कि ताल कैसा लहरों से भरा रहता है और पक्षी कैसे उमंग से भरे, पहचानी आँखों से उसकी राह तकते हैं। वह अपने लिए रोज़ वहाँ जाती रही है-रोज़-रोज़, एक दिन का जीवन उठाकर लाने। उस शहर ने उसे एक ख़ूबसूरत ज़िंदगी दी थी और वहीं उसे आगे भी एक उम्र गुज़ारनी थी। वह ताल, वे पक्षी, ये मुस्कुराते हुए सेडार-सब आज भी उसे अपनी ओर खींचते हैं। उसे प्यार करते-से लगते हैं। और यह 'लगना' ही गुदगुदा जाता है। वह अपनी उदासियों में हंसी का रंग घोल देती है और फिर उसे माल्बेक में पिरो मेंथोल के धुएं में उड़ा देती है।

वह हर बार की तरह इस बार भी बर्फ़बारी के मौसम के लिए तैयार थी। उसने बर्फ़ के कई रंग देखे थे। वह आसमान से झरती सफ़ेद रेशम। वह रौशनी में उमड़ता अनंत का निर्झर। वह तेज़ हवाओं की धार पर फहरता सर्द छींटों का सैलाब। वह दिग्भ्रमित कीटों का व्यग्र समूह। वह टूटते हुए शीशे की किरचों का नुकीला निपात... यह बर्फ़ अपने दामन में क्या-क्या छिपाए थी—कितने जादू! कैसे ज़ख़्म!! इन मौसमों की आहट उसे सबसे पहले मैपल देते थे। उनकी पत्तियां कितने पहले से टहनियों का साथ छोड़ देती थीं। मैपल अपनी गहरी-फैली जड़ों से संजीवनी खींचते थे जैसे वह खींचती है सुदूर अतीत से अपनी जिजीविषा। उसे अब थोड़ी दूर जाने के लिए भी बाइक की ज़रूरत पड़ती थी। ताल तक पैरों पर जाना बेहद थकाऊ होता था और बर्फ़ में तो पाँव जवाब देने लगते थे। बर्फ़ की सर्द लहरें आहिस्ता से उसके तलवों को सुन्न कर देती थीं। घुटने दर्द की सिहरन से भर जाते थे। बस

उसका मन ही था जो इस मौसम में भी उत्साह से भरा रहता। उसे पता था कि इस बार बर्फ़ ज़्यादा पड़ने वाली थी। मौसम विभाग ने चेतावनी जारी की थी। शुरुआती दिनों में जब बर्फ़ धीमी थी, वह बाइक से ताल तक गई थी। लेकिन अब रास्तों पर बर्फ़ की परतें सख़्त हो चली थीं। उनमे अजीब-सी चिपचिपाहट और फिसलन भर गई थी। अब उसे बाइक पर भी पार नहीं किया जा सकता था। वह ख़ुद को देखती। वही बर्फ़ जो कभी उसमें आंच भरती थी, आज ठिठुरन भरती है। उसकी त्वचा कैसी ढीली और खुरदुरी हो चली है। उसपर वक़्त का बारीक जाल-सा बिछ गया है। पास के स्टेशन से उसने दो बार ट्राम पकड़ी थी। पिछली बार वापस आते हुए उसने गुलाबी पंजों वाले गूज की आँखों में गाढ़ी वीरानी देखी थी। ताल की चपटी भुजाएं धीरे-धीरे बर्फ़ में बदल रही थीं। कुछ नन्हें सीगल ऐसे भी थे जो उसके बुलाने पर भी उस रोज़ करीब नहीं आये थे। उसने पास जाकर उनकी ओर खाने की चीज़ें उछाली थीं। यह बदलाव वह पहली बार देख रही थी। हवाएं बहुत ज़्यादा सर्द हो गई थीं और शरीर में सुइयां चुभो रही थीं।

वापस लौटने पर वह पैकेट उसे मिला था जिसे उसने किनारे रख दिया था। पिछले दस बरसों में उसने महसूस किया था कि यह शहर बहुत कम बोलता था। बाइकर्स की ट्रिंग-ट्रिंग और ट्राम की टन-टन के अलावा सबसे ज़्यादा आवाज़ें उसे पक्षियों के करीब ही सुनने को मिलतीं थीं। वह कई बार सोचती कि यह परेशान करने वाली ख़ामोशी जीवन को कितना मुश्किल बना देती है। उसे पेरू की चख-चख याद आती। उसे अजीब लगता-इतने लोग एक साथ, एक जगह, इतने चुप कैसे रहते हैं भला! पहले बर्फ़ बाहर बुलाती थी, खींचती थी—अपने नर्म गुनगुने आवेश में। अब डराती है, क़ैद करती है बंद दरवाज़ों और खिडकियों के पीछे। इन दिनों उसने यह फ़र्क कितना ज़्यादा महसूस किया था! वह डाक से मिले उस डिब्बे को देखती। कौन उसे, क्या भेजेगा? क्यूँ भेजेगा भला? कभी-कभार मिलने वाली किताबें, मैगज़ीन्स या दुकानों और कंपनियों के आकर्षक विज्ञापन। वह सोचती उस पैकेट में उसके काम का क्या हो सकता है? सब्र की भी एक इन्तहा होती है। आख़िर उस खालीपन को भरने के लिए भी तो कुछ चाहिए था। वह वीरान आँखों वाले गूज के बारे में सोच रही थी। वह पैकेट लैपटॉप की वजह से भारी था। फोटोग्राफी से जुडी हुई कुछ किताबें कुछ पन्ने जिनमें 'एमरांता' का ज़िक्र था और एक ख़त जिसमें एमरांता के साथ मार्टिन का भी नाम था। एमरांता यह तो उसका ही नाम था। उसे यह नाम कहीं पढ़े खासा लम्बा वक़्त हो गया था। मार्टिन भी तो उसे इस नाम से नहीं बुलाता था। वह समझ नहीं पा रही थी कि क्या करे। वह शायद बर्फ़ में बिना कपड़ों के खड़ी होना चाहती थी। वह शायद उस ख़त के साथ, उस ट्राम स्टेशन

पर जाकर उस ओर देखना चाहती थी, जिधर मार्टिन गया था, आख़िरी बार। मगर उसके पाँव जैसे जम गए थे। हवा के जाल में उलझा बर्फ़ीला आवेग-जो भयानक शोर कर रहा था, उसे रोके हुए था। ठीक दस बरस बाद अपने नाम के साथ उसने मार्टिन का ज़िक्र देखा था कहीं। वह मार्टिन की कम्पनी की तरफ़ से आया हुआ एक संवेदना-पत्र था। वह कम्पनी के एक व्यावसायिक शूट पर उत्तरी ध्रुव के बर्फ़ीले प्रान्तों की ओर गया था और अब उन्हें यक़ीन हो चला था कि वह कभी नहीं लौटेगा। उन्हें यक़ीन था कि वह बर्फ़ के तूफानों में हमेशा के लिए खो गया था। यक़ीन होने और न होने में कितना मामूली अंतर था। वह आज तक उसके जाने का यक़ीन न कर सकी लेकिन उन्होंने इतनी जल्दी यक़ीन कर लिया था कि अब वह नहीं लौटेगा। कितना फ़र्क था दोनों के असर में। बस एक ख़त और बस... वह जिस दुनिया से रत्ती-रत्ती, रेशा-रेशा इतने बरस दूर होने की कोशिश करती रही थी उसी दुनिया में वापस फेंक दी गई थी जैसे। वह आईने के सामने खड़े हो फूटकर रोना चाहती थी। ख़ुद को इस तरह कब देखा था उसने-इतना जर्जर, इतना छिन्न। जैसे कोई दुःख चमकता हो स्मृतियों के सघन में। मार्टिन होता तो कहता शायद-'हाई डायनामिक रेंज' या 'ओवेरले' का असर। ये ठंडे उदास दिन और बर्फ़ की मार से रोती-कराहती रातें, उसने इस चमकते दुःख के साथ काटी थीं। मार्टिन के जाने के बाद ऐसा न था कि उससे बातें न हुई हों पर उसमें संवाद कम सन्नाटे अधिक हुआ करते थे। एहसास की वह एक नाजुक डोर जो उसे यह यक़ीन करने से रोकती थी कि वह जा चुका था ...और उन्हें कितनी आसानी से यक़ीन हो गया था कि वह अब नहीं लौटेगा!

बर्फ़ हल्की थी और वह बाहर निकल चुकी थी। वह बर्फ़ से लड़ना चाहती थी। सिर से पैर तक उसने ख़ुद को तैयार कर लिया था। हाथ में वह बैग था जिसे ताल के सब पक्षी पहचानते थे। वह शायद उसकी पहचान का एक ज़रूरी हिस्सा हो गया था। इन दिनों कितनी ही बार देखे गए वो पन्ने उसकी आँखों के सामने उड़ रहे थे। काले अक्षर सामने बर्फ़ की सतह पर बेढंगे चित्र बनाते जा रहे थे। पटरियों पर बर्फ़ की तहें ऐसे चिटख गई थीं जैसे मोटे शीशे की सतह पर किसी ने ज़ोर का हथौड़ा मार दिया हो। ट्राम का ट्रैक अभी भी घनी बर्फ़ में गुम था। कुछ मशीनें भारी शोर करती हुई सड़कों और पटरियों से बर्फ़ हटा रही थीं और कुछ लोग हाथों में धारदार औज़ार लिए गाड़ियों के शीशों से बर्फ़ खुरच रहे थे। बर्फ़ का छोटा बवंडर रह-रहकर हवा में खड़ा होता और ग़ायब हो जाता। उसे पता था कि बर्फ़ पिघलने

में वक़्त लगता है बावजूद इसके कि उसकी तहों में पहले ही नमक के बुरादे डाल दिए जाते हैं। बर्फ़ में एक अकड़ है जो हवा को भी अपनी तहों में उतरने की मोहलत नहीं देती। उसने कितनी बार इस बर्फ़ को हवा और धूप से लड़ते देखा था। आज फिर से देखना चाहती थी। वह भारी बूटों और मोटे दस्तानों के अंदर अपनी उँगलियाँ गिन रही थी। उसे लग रहा था जैसे उसकी नाक और कान की पोरें बर्फ़ के जादू से ग़ायब हो गई थीं। उसे अचानक लगने लगा कि वह नमक के सर्द रेगिस्तान में भटक गई है जिसका ओर-छोर उसे नहीं पता। उसकी जीभ पर नमक की एक किरकिर परत ठहर गई हो जैसे। और उसके अंग-अंग गलते जा रहे हों। वह सबकुछ देख रही थी लेकिन उसकी आँखों के आगे बस मार्टिन के लैपटॉप में सहेजी नई-पुरानी तस्वीरें झर-झर गुज़र रही थीं। उनमें बरसों पुरानी एक लड़की थी जो सफ़ेद हंसों को अपनी तरफ़ बुला रही थी। जो मैपल के रंग-बिरंगे पत्ते बटोर रही थी। जिसने अपने कानों पर सामरा लटका रखा था। जो दोनों हाथ ऊपर उठाये बर्फ़ का उद्याम निर्झर अपने सीने में उतारना चाह रही थी। उन तस्वीरों में एक आदमी भी था जिसका चेहरा मार्टिन से मिल रहा था। उसके सिर पर बाल बहुत कम थे और शरीर पर उम्र का भार कैसा बढ़ गया था! वह तय नहीं कर पा रही थी कि उस लड़की और इस आदमी के बीच भला क्या नाता था और वह इन दोनों से कैसे जुड़ी हुई थी? उसके पाँव बर्फ़ की खुरदरी, सख़्त परतों पर घिसट रहे थे। उसे हिलियोत्रोप्लान का किनारा दिख रहा था। उसकी भौहों पर थोड़ी बर्फ़ ठहर गई थी। उसने दस्ताने की पीठ से उसे झाड़ दिया था। वह तय नहीं कर पा रही थी कि जो कुछ उसके पास भेजा गया था वही कुल मार्टिन की विरासत थी और यह एमरांता थी—वह ख़ुद, जो उसकी वारिस थी। इन्श्योरेंस के पेपर्स।

वह वहाँ पहुँच गई थी जहाँ जाना चाहती थी। वह कुछ ढूँढ रही थी। वहाँ ताल नहीं था। चपटी भुजाओं वाला तरल त्रिभुज बदरंग बर्फ़ की कड़ी चट्टान में कहीं खो गया था। कुछ बच्चे वहाँ खेल रहे थे। वह जगह, वह अनिर्वच आकार तो वहीं था लेकिन हंसों, सीगलों और बतखों का ठिकाना कहाँ था! बर्फ़ उसे निगल गई थी। उसकी परेशान आँखें इधर-उधर दौड़ रही थीं। उसे लग रहा था कि अभी अचानक एक साथ सारे पक्षी ताल से उमड़कर उसकी ओर उड़ आएंगे। उसे एक पल को लगा कि वह जगह जहाँ ताल हुआ करता था, निस्पंद पक्षियों से पटी पड़ी थी और वहाँ पानी का एक भी क़तरा नहीं बचा था। वह ग़ौर से उस आकार को देख रही थी जो उसे बर्फ़ीली चट्टान काटने वाले किसी दोमुँहे हथियार-सा लगने लगा था। वह अपनी आँखों की तीखी धार से उस उबड़-खाबड़ चट्टान को तोड़ना चाहती थीं। उसे यक़ीन था कि बर्फ़ की सतह के नीचे ज़रूर उन पंछियों का जमावड़ा

होगा। वे सबके-सब इतनी जल्दी कहाँ जा सकते हैं! वह डुबकियाँ लेती बतख। वह बदरंग पंखों वाला गूज। वह बचकानी नाव-सा लहरों पर तैरता हंस। वे काले पंखों वाले पंछी। सब एक साथ नदारद। वह पिछले दिनों गूज की आँखों में तैरती हुई वीरानी का सबब नहीं पढ़ सकी थी। उसे लगा जैसे वह बिना पैरों के खड़ी हो और उसके सीने पर बर्फ़ की एक मोटी परत जमती जा रही हो। उसे लग रहा था कि उसके घुटने पत्थर हो गए हों और उनसे उठने वाली सर्द तरंगें उसके दिमाग़ को घेरती जा रही हों। वह गिरना नहीं चाहती थी। वह चीख़ना चाहती थी लेकिन उसके मुँह से आवाज़ नहीं निकल पा रही थी। दूर से कोई जैसे उसे पुकार रहा था—एमी! मी प्रिन्सेसा...!! वह जल्दी कहीं बैठना चाह रही थी लेकिन वह बेंच जिसपर पिछले तमाम बरसों से वह बैठती आई थी, वहाँ बर्फ़ पसरी थी। उसे वह गूज याद आ रहा था जिसके पंजे गुलाबी रंग के थे और जिसके पंख भीतर की तरफ़ सफ़ेद थे। वहीं कहीं उसके पंजों के नन्हें निशान थे। वह अपने हाथों से बर्फ़ की मज़बूत तहों को खुरच उन चिह्नों को देखना चाहती थी। उसने नीचे देखा था। उसके पैरों के नीचे पानी मटमैली परतों में जमा हुआ था और चुपचाप बर्फ़ की बेदाग सफ़ेदी को बदरंग किये जा रहा था। वह शायद ताल के ऊपर खड़ी थी। जाने कब तक वह वैसे ही खड़ी रही थी फिर उसने अपनी निगाहें सामने धमाल मचाते उन बच्चों पर जमा दी थीं जो बर्फ़ पर फिसलने वाले जूते पहन तेज़ी से ताल के एक सिरे से दूसरे सिरे तक दौड़ते हुए खिलखिला रहे थे। मैपल के झुरमुटों से आया हवा का एक सर्द झोंका उसे कँपा गया था।

□□